書下ろし

悪漢《わる》刑事《デカ》

安達 瑶

祥伝社文庫

目次

プロローグ

鉛《なまり》色の空が重い。

灰色の海もどんよりして、のっぺりしたモノトーンの世界だ。

温暖な内海に面した地方とはいえ、冬の海を吹き抜ける風は冷たい。

以前は旅客で賑《にぎ》わっていた港は航路のすべてが廃止され、主を失った波止場を寒々とした風が、びょおびょおという音を立てて吹き抜けている。

一万トン岸壁には東南アジアから木材を運んできた小さな貨物船が波に揺れているだけで、他に船影はない。

行きかう車も見えず、船影のない岸壁に釣り人の姿もなく、カモメさえ寄りつかない。聞こえるのは寂《さび》しく冷《ひ》ややかな風の音だけのこの港は、まるで人が死に絶えた後の世界のように見える。

その光景の中に、動くものがあった。

生臭い波がたぽたぽと打ち付ける岸壁で、男が倒れたのだ。よろけながら歩いていたその男は突然、足から力が抜けた様子で、そのまま崩《くず》れるように倒れ込んだ。

やせ細り、シャブ中特有の憑《つ》かれたような目をした三十くらいのその男は、船を係留するのに使うビット（ボラード）に頭を打ち付け、そのまま動かなくなった。

しんとした港に、風と、波の音だけが響いている。

倒れた男の薄汚れたジャケットが、赤く染まっている。

別の男が倉庫の陰から現れると、咥《くわ》えたタバコを海に投げ捨て、倒れた男の脇腹を蹴り上げながら凄《すご》んだ。

「いいかげんケジメをつけろ、言うとるんじゃワレ」

蹴りながら発するドスの利《き》いた声は、港のコンクリート倉庫に妙な具合に反響した。

「まさか、このままで済むとは思っとらんやろな？」

倒れた男は最初は身体をくの字にして防御していたが、次第にその力も失せたのか、何度も蹴りあげられるうちに、なすがままに身体を揺らせるだけになり、やがて弱い呻《うめ》き声も、港を吹き抜ける風にかき消された。

「おい、伊草《いぐさ》さんよ。もう、そのへんにしておけ」

三人目の男が旧フェリー・ターミナルから出てきて、言葉でタオルを投げ入れた。

荒れるに任せて不気味な風情《ふぜい》のまま建っている以前の待合室は、悪ガキどもがスプレー・ペイントで落書きし放題で、ガラスはすべて割られている。市民の憩《いこ》いの施設に生まれ変わったはずが、善良な市民は誰も近寄らない場所になり果て、さらなる税金の無駄遣いだと言われたくない政治家も、この港を見捨てたに等しい。

「だいたい、ヤクザのヤキ入れにどうして俺が付き合わなきゃいけないんだ？」

「それは、佐脇《さわき》さんに見届けて欲しいからですよ。佐脇さんは鳴海《なるみ》界隈じゃ、いや、T県警一番の、コワイ刑事ですからね」

くたびれた革ジャケット姿の佐脇と呼ばれた男は、色の入ったメタルフレームの眼鏡《めがね》越しに、眼光鋭く相手を見据えた。

髪油をたっぷり使った髪は海風に乱れ、緩《ゆる》んだネクタイとヨレたワイシャツがやさぐれ風味を増している。ヤニ汚れした歯に剃《そ》り残しのある濃《こ》い髭面《ひげづら》は、風采《ふうさい》を下げているのだが、きちんとすればそれなりにパリッとして見えそうな鋭い面立ちには、隙《すき》のなさがうかがえる。

「ウチとしてもご法度《はっと》にはきちんとケジメをつけてる。この男みたいに何でもアリみたいな輩《やから》は野放しにしない。そこんところを佐脇さんには判っておいてほしかったんです」

佐脇はポケットに両手を突っ込んだまましばらく黙っていたが、ぶっきらぼうに口を開いた。

「伊草よ。あんまり俺を買いかぶるな」

「そこまで偉《えら》きゃオレは今ごろは県警本部長だ、ですか？　しかしまあ、実際のところ鳴海署の署長より、佐脇さんのほうを大切に思ってますよ、我々はね」

　伊草と呼ばれた男は、そう言ってニヤリと笑った。彼は佐脇よりも身なりも恰幅《かっぷく》も良く、きちんと整えられた髪と、端整な顔立ちは知性的にすら見える。ヤクザが好むイタリアものではなく、ブリティッシュ・トラッドのダークスーツをぴしりと着こなしている姿は、佐脇と並ぶとどっちがカタギなのか、ちょっと見には判らない。

　佐脇の視線に気付いた伊草は、倒れたままの男の頰を平手打ちして気を戻させた。

「ウチは昔気質《かたぎ》なんで、ヤクザだからなんでもありって方針じゃないんですよ。クスリとコドモのエロ写真はね……筋が悪過ぎるし、手間のワリに痛手が大きすぎるんでね。そうして筋を通してるから、各方面とも紳士的なおつき合いをさせてもらってるわけですが。しかしこの男は、ウチの方針を無視しやがった。いっそこの港に浮かべちまってもいいが、それよりキッチリ罪を認めさせて、刑に服させたほうがダンナの手柄にもなるし、ウチとしても順法企業としてのイメージアップも図れるし、コイツの更生にもなって、要するに三方一両得ということで」

「お前はよく喋《しゃべ》るな。さすがは司法試験崩れだ」

　ヤクザの幹部はバツの悪そうな表情を浮かべつつ、胸ポケットのシガレットケースから佐脇に差し出したタバコに、カルチェで火をつけた。

「まあ、最初からヤクザを目指して頑張るようなヤツに、ロクなのはいませんや。ダンナ方だって、ハナっから悪徳刑事になろうと思って警察には入ってないでしょ？」

伊草はライターを仕舞いながらそう言うと、挑むように佐脇を見据えた。その顔には、俺たちは対等だと言わんばかりの薄ら笑いが浮かんでいる。

と。無言で対峙《たいじ》する二人の隙をつき、失神していたはずの男が起き上がると、そのまま走り出し、失神していたとは思えない疾走をした。

一瞬焦《あせ》りの表情を見せた伊草に、今度は佐脇が勝ち誇るような笑みを浮かべた。

「バカかお前は」

佐脇は、にわかに緊張した伊草の胸ぐらを摑《つか》んで睨《にら》みをかました。

「いいか。あくまで、お前らは俺たちのお目こぼしで旨《うま》い汁を吸えてるってことを忘れるな。お前らと俺らが対等であるわけがない。どこまで行ってもヤクザはヤクザ。サツはサツだ。判ったか？」

伊草のおびえた顔を確認した佐脇は、手を離した。

「ってことでアイツは、お前の責任で一両日中に出頭させろ。お宮入り目前のヤマが解決すりゃ、帳場の連中も大喜びだろうよ」

へい、と自虐的に古めかしいヤクザ風の返事をした伊草は、これまた古風なヤクザ的に、両手を膝において深々と頭を下げた。

佐脇と呼ばれた刑事は吸いかけのタバコを岸壁から海に弾くと、コツコツと靴音を響かせて港から歩み去った。

第一章　悪漢刑事登場

早朝の住宅街の一角に、激しい怒号が響いている。

コンクリートの塊《かたまり》のようなマンションの前は、取材するマスコミとそれを制止する警官、そして野次馬の人だかりでごった返していた。やがてエントランスに、頭からジャンパーを被《かぶ》った男が現れた。チェックのシャツにブルゾン、眼鏡をかけて青白い顔をした初老の男は、区役所の窓口あたりが似合いそうな風貌で、警官やマスコミの攻勢にはおよそ似つかわしくない。

その男めがけて人の波がわっと押し寄せ、カメラのレンズが向き、マイクが突きつけられた。

「浦田《うらた》さん！　容疑を認めるんですか？」

浦田と呼ばれた男の両脇には制服警官が挟むように立って、男の両腕を掴んで離さない。

その横に、佐脇が立っていた。

押し寄せる取材関係者に佐脇は眼光鋭い視線を浴びせ、行く手を塞《ふさ》ぐ取材陣の首根っこを片っ端から摑み、容疑者から引き剝《は》がした。

さらにしつこく突き出されるマイクやカメラも体当たりで次々に跳ね飛ばして道を空け、鮮やかな手際で容疑者を護送のパトカーに押し込んでしまった。

「お前らいい加減にしろ。会見は後からだ」

「佐脇さん、罪状とか自白してるのかとか、そこらへんだけでも教えてよ」

「駄目だ」

報道陣の前で仁王立ちしている佐脇のうしろから、容疑者を乗せたパトカーが走りだし、取材陣が浮き足立った。

「バカかお前ら。追うんじゃない！」

着たきり雀《すずめ》の革ジャケットに緩《ゆる》んだネクタイ、ヨレたワイシャツ姿の佐脇は、向かうところ敵なしの勢いで現場を仕切った。

ごった返す現場では、理知的な美人で胸の大きな女性リポーターが『うず潮テレビ』のマークをつけたマイクを握り、ビデオカメラに向かってリポートしている。

「たった今、T県警および鳴海署の合同捜査本部は、未成年を猥褻《わいせつ》なビデオに出演させた疑いで、パソコン・インストラクター、浦田保《たもつ》容疑者・五十三歳を逮捕しました。調べによると浦田容疑者は複数の女子中学生を言葉巧みに誘って、その猥褻な行為をビデオに撮影し、インターネットを通じて売り捌《さば》いていたと見られます」

カメラが少しパンして、まだ混乱が残る現場の様子を捉《とら》えた。

報道陣の矛先《ほこさき》は、現場を乱暴に仕切る佐脇に集中している。他に有力な警察関係者が残っていないこともあるが、佐脇の、いかにも周囲を威圧するような迫力が、どうしても注目を集めてしまうのだ。

背はさほど高くはないが、柔道などの格闘技で鍛え抜かれたのが一目瞭然の逞《たくま》しさと、乱暴なだけではなく、どこか愛嬌《あいきょう》もあるアンバランスなキャラクターに、記者たちはある種の親しみを感じて突っ込んでくるのだが、何枚も上手の佐脇によって手もなく捻《ひね》られてしまう。

「佐脇さん。浦田容疑者と、その、噂《うわさ》されている有力者との繋《つな》がりは押さえられたんですか？」

「バカかお前は。そんなことここで軽々しく言えねえだろうが」

記者の質問を片っ端からバカマヌケと切って捨てる佐脇の口許はしかし緩んでいて、殆《ほとん》ど笑っている。それがいっそう人を小ばかにしたように見えてしまう。

「……捜査はこれからが正念場のようです。現場を終わります」

現場から中継している女性リポーターは、報道陣を舐めた佐脇の態度に憤慨したものか、ぶった切るようにリポートを終えた。

テレビのニュースに映った自分の姿を、佐脇はむっつりした表情で眺めていた。

「あら、これ、アンタじゃないの？」

ベッドから起き上がった全裸の女が、画面に映っている男と、自分の隣で裸のまま、煙草を吸いつつテレビを見ている男を見比べた。

「ああ。ここに来る前の現場だ」

「佐脇さん。あんた、それなりに仕事もしてるんだね」

「当たり前だろ。女を抱くだけで食えるほど、俺はいいご身分じゃない」

佐脇は、女を抱き寄せて乳房を揉みつつ、指を秘部に這《は》わせた。

「で、佐脇サンは取り調べで犯人を締め上げたりはしないの？」

「そういうのは他の奴がやってる」

そう言い、目はテレビを見ながら、指は女芯の中で活発に活動を続けている。

「ねえ、もう一回やらない？」

女は色っぽい流し目を佐脇にくれたが、男の目がいっこうにテレビから離れず、機械的に指で弄《いじ》るだけの、心ここにあらずな状態に苛立った。

「なによ。アンタ、もしかしてあの事件の女子中学生ともヤッたわけ？」

「中学生？　あのエロビデオに撮られちまったバカなメスガキのことか？」

エロガキに興味ねえよ、とうそぶきながら、佐脇は女の乳房に舌を這わせた。

「ガキには興味はないが、亭主が刑務所に食らい込んで空き家状態の三十女と、エロオヤジにワザを仕込まれたガキの案配《あんばい》を比べてみるのも一興かもな」

どうやら亭主が服役中らしい、男運の悪そうな女が佐脇のペニスを摑んでしごき始めた時、携帯電話が鳴った。

かけてきたのは鳴海署の署長だった。

「佐脇くん！　今どこで何をしてる！　マスコミを相手にするときは細心の注意を、とあれほど言ったろうが。乱暴でヤクザみたいなあの刑事は誰だと抗議の電話が殺到してるぞ」

「何を言ってるんですか署長」

佐脇は渋い声を響かせた。カラオケマイクに良く乗りそうな、深みのあるバリトンだ。

「ご心配には及びませんよ。マスコミの操縦法は心得てますから。連中はエサさえ撒《ま》いてやればいつでも尻尾を振りますよ。こっちで万事巧《うま》くやっておきます。署長は安泰です」

「……そうかね」

署長は己の保身しか頭にない。鳴海署の刑事課に身を置き、多くの署長を迎えては見送ってきた佐脇には、どこを突けばどんな音が鳴るのか、すべて判っている。

「ちょっと署に戻るわ。続きはまた今度」

そうは言いつつ行為を中断した佐脇は、シャワーも浴びず、全身に情事の匂いを残したまま、安物のネクタイを締めて女のアパートを出た。

鳴海署は、旧市街の中心部に位置している。戦後すぐに建ったような、コンクリートが汚れ切った陰鬱《いんうつ》な建物だ。隣の市役所の前庭に植わっているヤシの葉が色褪《あ》せて、貧相さを余計に際立たせている。

その署の玄関で、佐脇は猛然と走ってきた一人の記者に摑まった。

「ちょっと佐脇さん。さっきは酷《ひど》かったじゃないですか！　あんまり我々を踏みつけにすると、こっちにだって考えがありますよ」

記者クラブ幹事の、いつも突っかかってくる記者・吉井《よしい》が口を尖《とが》らせた。

「せめてものお詫《わ》びに、教えてくださいよ。早い話が、あの女子中学生の裏ビデオ、実際に作ってたのは『鳴海酒造』の販売部長なんでしょ？　販売部長が黒幕で、今日捕まった浦田は販売部長に使われた小者でしかない。けど『鳴海酒造』は県内有数の地場産業だから傷をつけるなと、上のほうから圧力がかかってるんじゃないんですか？」

吉井はすべて判ってるんだという口ぶりで迫ってきた。

「バカかお前。どうして俺がお前にお詫びしなきゃならないんだよ」

汗臭いが引き締まった身体を安いスーツに包んだ刑事は、長い腕を伸ばして吉井を鳴海署の正門から脇にどけ、顔を近づけた。

「これは完全オフレコだ。いいな？」

吉井は頷《うなず》いた。

「お前にだけ教えてやる。別に圧力はない。実際のところ、鳴海酒造の販売部長って線は、ない。誰かが悪意を持って流したガセだ。母屋《おもや》の連中には確認したのか？」

佐脇の吐く息はタバコと酒の匂いがし、唇を歪《ゆが》めた皮肉な笑みが吉井に向けられている。秘密を暴露しているのか、あるいは誤情報を意図的にリークしているのか、その表情からはまるで読み取れない。

「もちろん聞いてはみましたがね。県警本部のみなさんは言葉を濁すばかりだったので」

「そりゃそうだろ。あいつらは何にも知らないんだから」

「そうでしょうとも。例によって、内偵から摘発まで全部仕切ったのは佐脇さんだってハナシが流れてます。ウチのネットワークの看板ニュースに間に合わせたいんで、ちょっとでいいんです。洩らしてくれませんか」

「あんた、『うず潮テレビ』だよな」

佐脇刑事は吉井の胸を指で小突いた。

「おたくに女の新人がいるよな？　さっき現場からリポートしてた、あのチチのデカい」

「磯部《いそべ》ひかるですか？　いい子ですよ。真面目《まじめ》で……おっしゃる通り、オッパイも大きくて」

佐脇の狙《ねら》いを瞬時に察した記者もニヤリとした。魚心に水心。

「磯部と今度、一席設けますよ」

言質《げんち》をとった女好きの刑事は、地元テレビ局の記者の耳に囁《ささや》いた。

「いいか。いかにもロリエロビデオに娘を売りそうな、金に詰まった糞《くそ》親を見つけて話をつけてたのは、国道九八号沿いの『銀玉《ぎんだま》パラダイス』の店長だ。あのパチ屋を洗えば、いろいろと出てくることがあるかもな」

「あ、ありがとうございますっ。合コンの席、必ず設けますので！」

そう言い残すと、ローカル局の記者は飛ぶように走っていった。

佐脇は、署の中に入り、刑事課に向かった。さすがにここまでは記者たちも追ってこられない。

おいーっす、といかりや長介のような挨拶《あいさつ》をしたが、刑事課の連中はデスクに向かったまま、頭は下げても誰一人、佐脇には寄ってこない。佐脇はあからさまに敬遠されていた。

それにも慣れっこな様子で意に介さず、佐脇は自分のデスクに座ると、よれよれスーツのふところからスポーツ新聞を引っ張り出して読み始めた。

「いいんですか、佐脇さん？　女と引き換えに特ダネ教えちゃって」

署内で唯一《ゆいいつ》、佐脇と親しく口をきく若手の石井《いしい》が声をかけてきた。

石井は二十代後半だ。佐脇とは対照的に髪をきちんと整えて、高価なものではないが、ぱりっとした濃紺のスーツを着こなすその姿は、優秀な若手官僚のようだ。

「ここから全部見てました。吉井とニヤニヤして喋ってましたけど、どうせ『うず潮テレビ』の女子アナだかリポーターを紹介しろとか言ったんでしょう？」

石井は、年上で先輩の佐脇に対して敬意は感じさせるが対等な感じで気軽に口を利く。彼は、鳴海署だけではなくT県警の中でもキレモノだが、どういうわけか昇任試験は受けずに、ヒラの巡査のまま所轄署暮らしを続けている。

「しかし佐脇さん提供の特ダネと引き換えに女を差し出す側も、これでマイナスのカードを引いて、佐脇さんとは更にのっぴきならない関係になるわけですよね。貸しを作ると同時に、弱味も握られる、と」

石井の口調は批判的だが、同時に、よくやるもんだという、感心するような響きもあった。だが佐脇はぶっきらぼうに遮った。

「三年前の、例の病院長の事件な。アレの山添明《やまぞえあきら》の供述調書、出してくれないか」

「あの国見《くにみ》病院の？　山添にはアリバイあったじゃないですか。何でまたお宮入り確定の、あの事件を今になって？」

「いいから出してくれ。もう一度見たいんだ」

佐脇はそれ以上言わず、スポーツ新聞のページを捲《めく》った。

その日の夕方。

石井に出させた古い供述調書をひっくり返していた佐脇に、「署長からのお呼び」がかかった。

署長室に行くと、次の人事で県警本部の要職に栄転する予定の金子《かねこ》署長が、落ち着かない様子で佐脇を一瞥《いちべつ》し、顎《あご》でテレビを示して、まあ見ろと促す。

署長室のテレビには、夕方のニュースが流れていた。国道沿いのパチンコ店が映った後、そそけだったパーマの女に、リポーターがインタビューする映像になった。

パーマ女の顔にはモザイクがかかっている。

「あなたがまだ中学生のお子さんを裏ビデオに出演させていて、その仲介をしたのがこの『銀玉パラダイス』の店長だというのは本当なんですか?」

「なーに言ってるの? アタシは被害者よ。大事な大事な未成年の娘を、メチャクチャにされた母親よ。どうしてそんなバカな言いがかりをつけられなきゃならないのよっ! アンタ、きちんとウラを取ってそういうことを言ってるんでしょうねっ」

「しかし、まだ中学生の娘さんを売り込んだのは親であるアナタだと、店長は任意聴取でしゃべってるようなんですが?」

「ちょっと。悪党の言うことと、可哀想な被害者の親の言うことと、アンタはどっちを信じるのよ？」

パーマ女の顔が歪むのがモザイク越しにも判った。声も変えられているが、その声がいっそう甲高《かんだか》くなって裏返った。

「アタシは、自分の娘を薄汚い性犯罪者の餌食《えじき》にされたのよっ！　アンタそれ、被害者に対する態度なのっ！」

パーマ女は激高してカメラを睨みつけた。しかし取材リポーターもめげない。

「仲介した店長は、容疑者から一本につき三十万を受け取っていたということですが」

それを聞いた女は一瞬絶句した。

「……畜生っ！　あの糞《くそ》店長。アタシには十万しか寄越《よこ》さなかったのに」

「その十万というのは、ビデオの出演料でしょうか？」

うっかり漏らした言葉尻をすかさずとらえたリポーターに追いつめられた女は、ついに開き直ってマイクを摑み、カメラのレンズを手で塞《ふさ》ごうとした。

「だからどうしたっての？　アタシが自分のお腹《なか》を痛めて産んで育てた娘だ。どうしようとこっちの勝手、アンタらにガタガタ言われる筋合いはないんだよッ」

「でも、お嬢さんはまだ十三歳でしょう！」

画面が揺れ、マイクをもぎ取ろうとする女のノイズを盛大に拾った。

「何歳だろうが関係ない。カネかけて育てたんだ。親が困ったら恩返しが当たり前だろッ」

ここまで見ると、署長は、苦虫を噛《か》みつぶしたような顔でテレビのスイッチを切った。

「佐脇君。困るんだよね。こういうことを勝手にされては。捜査情報のリークには慎重になってもらわないと。『瀬戸内《せとうち》援交』シリーズの摘発はお手柄だが、これは余計だよ」

『瀬戸内援交』とは、パチンコ中毒になって借金の山を抱えこんだ母親が、自分の中学生の娘に因果を含めて出演させた、無修正裏ビデオのタイトルだ。『瀬戸内援交』シリーズと題されたそのハメ撮りビデオはマニアの間で大きな話題になって大ヒットしたが、エロネタを扱うマスコミに取り上げられて警察の知るところとなってしまった。このシリーズの実質的なプロデュースと監督をしたのは、地元で有名な老舗酒造会社の販売部長で、この男に「主演女優」を紹介したのが、『銀玉パラダイス』というパチンコ店の店長というわけだ。今朝捕まった浦田は販売部長に使われてビデオ撮影と編集、大量コピーを請け負ったに過ぎない。

要するに事件の張本人は地元酒造会社の販売部長だが、全国的に売り捌《さば》くには裏世界の住人の手を借りずに済むわけがない。本格的に捜査をすれば、地元の暴力団やその上部組織、さらには政界にまで波及する可能性さえあった。経済がほぼ壊滅状態のこの県ではヤクザも政治家も、有力なカネヅルが喉《のど》から手が出るほど欲しいのだ。

それゆえ、この件を徹底的に捜査すると県の政界財界を含んだ大騒ぎになってしまう。

「この事件は詳細については伏せて、当たり障《さわ》りない部分をタイミングを計って公表する段取りだったはずだよ。事件の騒ぎが一段落して、何か他の大きな事件が起きてお茶の間の関心がそれた頃に、そっと小さく出すというハナシだったろう？」

事件の収拾を図ることも大切だ、落とし所を間違えると面倒なことになる、などと遠回しな絡み方をしてくる署長に、佐脇は面倒くささそうに言い放った。

「まあ、『銀玉パラダイス』がウチを定年になったお偉方《えらがた》の貴重な再就職先だ、ってなことは、口が裂けてもマスコミには言いませんので、どうかご安心を。いや、これは公然の秘密ですけどね」

金子署長は佐脇から目を逸《そ》らしてそっぽを向き、イライラと指先でデスクを叩《たた》き続けた。

「まあそれはいいよ。いいけどね、さっきの容疑者連行のアレだって、母屋を差し置いて所轄が目立つなとか……まあ、いろいろとね」

金子署長は佐脇の機嫌を窺《うかが》うように見ると、おもねるような笑みを作った。

「……なあ佐脇君。今度の人事異動で、母屋、いや県警本部に行かないか？　ついでに昇進試験も受けて。いつまでも巡査長でいるより、きみもそろそろ部下を持ってだな。それについては特別な配慮を取り計らうように、むこうにも話は通しておくつもりだが」

署長は、歴代署長がそうしたように、栄転話を持ちかけてきた。

テイのいい厄介《やっかい》払いだ。佐脇の好き勝手とやり放題を封じるには、県警本部で管理してもらうしか方法は無いと思っているのだ。

「ご高配いたみいります。ありがたいお話ってことになるんでしょうが……まあ、遠慮しときましょう。今回も」

「どうしてなんだ？　君もいいトシだし、一生巡査長のままでいいのかな？」

「おれはノンキャリだし、どうせ先は見えてますよ。母屋の交通安全課でハンコ付くより面白いものが、現場にはありますんでね」

もちろん旨味《うまみ》もあると匂わせつつニヤリと笑う佐脇に、金子署長は気色《けしき》ばんだ。

「なぜだ？　佐脇君、君はいったい自分を何様だと……」

怒鳴りあげようとした金子は、だが、急に弱気になって語尾を濁した。

「……思ってるんだろうかねえ。まあ、君が断る気なら、こちらにもそれなりの考えが、まあ、ね」

「おっと署長。署長にどんなお考えがあるのかは知りませんが……」

佐脇はずっと金子を睨みつけていた。『メヂカラ』は気合だ。その気合において佐脇はヤクザの幹部にすら一歩も引けを取らない。

「署長。まあこっから先はおれの独り言なんですが」

その言葉に、金子署長は身構えた。

「……この署にも今あちこちの県警で話題の、裏金の話がありましたっけねえ。辻褄《つじつま》合わせの書類仕事をひところ、私の部下がずいぶんやらされたもんです。そういう話をマスコミに流してやったら泣いて喜ぶことでしょう。いや、その気になれば明日にでも流せますがね」

金子はなにか言い繕《つくろ》おうと口を開いたが、そのままで声が出てこなかった。

「お話は済みましたでしょうか、署長？　それでは、おれも仕事がありますんで、これで失礼します」

アテツケのようにキッチリした敬礼をすると、佐脇は署長室を辞去した。


口笛を吹きながら刑事課に戻ってきた佐脇は、石井を手招きした。

「例の、県警本部公安部長のバカ息子が賭博《とばく》にハマってる件だが、調べはどこまでいってる？」

「尾行をして、念のため証拠の写真も撮ってあります。公判維持出来るくらいの証拠は揃ってますよ」

佐脇は頷いた。

「判った。だがゲーム喫茶の違法ポーカーゲーム程度じゃ、摘発してもチンケすぎて話にならねえ。それよりは泳がせて証拠を握って、イザという時の切り札にしたほうがいい」

そういうことですか、という顔で石井は頷き返したが、その目に佐脇を危ぶむ色が少し浮かんでいるのを当人は見逃さなかった。

「リークの件を心配してくれてるのか？　そいつは問題ない。ガキのロリ裏ビデオなんかふっ飛ぶヤマが出てくりゃマスコミもすぐにそっちに走って、金子もホッとして、みんなニッコリだ」

「そんな便利なヤマ、あるんですか？」

生真面目《きまじめ》さがまともに出ている石井の、きちんと整えられた頭を佐脇は両手でぐしゃぐしゃに乱した。

「いいか石井。これはサバイバルゲームみたいなもんだ。ゲームは楽しまなきゃ損だろ？」

じゃあな、と佐脇は片手を上げてふらりと出て行った。

髪をなでつけると何事もなかったように自分の席で書類を書き始めた石井に、先輩格の光田《みつだ》が、佐脇が戻って来ないのをしっかり確認した上で、コーヒーを啜《すす》りながら寄ってきた。

「お前さあ、あの佐脇サンに忠誠を誓うのはいいが、気を付けないと地獄に道連れってやつだぜ。知ってるか？　佐脇サンは母屋どころか県庁や、県議会の方まで、あらゆるお偉方からまんべんなく嫌われ、憎まれてるって」

「知ってますよ」

皮肉っぽい笑みを浮かべている光田に、石井はそっけなく答えた。

「石井よ。佐脇のオッサンがよく言ってるだろ、『これはゲームだ』って。聞こえはいいが、すげえヤバいゲームだぞ。お前と佐脇が踊っているのはオン・ザ・エッジ。要するに『塀の上』ってやつだ。一歩でも足を踏み外したら終わりだからな。アイツは命綱というか生命保険をいろいろ掛けてるみたいだけど、ヤバいことに変わりはない。ハイリスクハイリターンのリスクは滑《すべ》った時が怖《こわ》いぞ。刑務所どころか、鳴海港に浮かぶぞ」

「言うなれば、一種のギャンブルですよね。佐脇さんに言わせれば、『テクニック抜群の名器の女と思いっきりオマンコする以上の、一度味わうと中毒になる麻薬みたいなもの』だそうですよ」

「だから！」

光田は苛立《いらだ》たしさを隠さず声を荒らげた。

「そういうギャンブルだのドラッグみたいな快感だのは、オマエのキャラには合わんだろ。佐脇のオッサンはいいよ。どうせ出世する気はないんだし、人生投げてるからな。でも、オマエは違うだろ。前途有望の若手が何も好きこのんで、あんな悪い先輩にスリ寄ることはなかろうに」

それを聞いて、石井の表情が真面目なものになった。

「だけど、あの人を超える刑事がウチにいますか？　お宮入りかと思われたヤマで佐脇さんが本ボシ挙げたの、幾つありますす？　母屋の連中もお手上げだったヤマですよ？」

そりゃまあ腕は立つよな、と光田もしぶしぶながら認めた。

「県警のホープ、凶悪なコロンボ、態度のデカい古畑任三郎《ふるはたにんざぶろう》とか言われて、マスコミにも顔が売れちまっているからなあ。でも、佐脇のオッサンはてめえのケツは拭けても、お前まで守ってくれるかな？　自分の身は自分で守らないとヤバいんじゃないのか？」

「それも、心得てますから、お気遣いなく」

石井はクールに答えた。

「出る杭は打たれるって言いますけど、出過ぎた杭は打てないんですよ。だから県警本部の監察だって、佐脇さんにはヤバくて触れないんです」

光田は面白くなさそうに鼻の奥を鳴らした。

「出過ぎた杭は抜かれるんじゃないか？」

「黙って抜かれるほど素直な人でもないでしょう。無理して抜けば、穴の方も無事じゃ済みませんよ」

あくまで佐脇サイドで喋る石井に苛立ったように光田は先輩風を吹かせ、重々しい表情で窓外を見ながら言葉を続けた。

「そうか？　おれはまあ、お前が学校の後輩だから心配してやったんだが……。お前たちが今やってる『瀬戸内援交』のヤマだって、アレ相当ヤバイの知ってるだろ。『銀玉パラダイス』がウチのOBを養ってるって話だけじゃない。ビデオで女子中学生と姦《や》ってる相手にトンデモない大物が映ってるってないか。ビデオのアガリがどこに流れてるかってこともある。だから捜査本部長であるウチの署長は適当なところで幕を引いて、それも時期を遅らせて、マスコミが忘れたころに店仕舞いしようとしてたのによ、佐脇大先生が余計な燃料を投下したもんだから当分燃え続けるし……それに東京のマスコミ連中がヤバい筋を勝手に洗い始めるかもしれんぞ。地元新聞やらうず潮テレビは押さえられても、東京の連中はウチの事情とか、その辺の空気が読めないからな」

しかし石井は、長々と話す光田を完全に無視して、すでに事務仕事に没頭していた。

その態度に光田も鼻白んで、話を中断したまま自分の席に戻るしかなかった。

＊

「これはこれは佐脇さん。わざわざどうもお運びいただきまして」

夜になって、鳴海市で最高級ホテルのラウンジで待ち受けていたのは、伊草だった。今夜の彼は、地元暴力団・鳴龍会《めいりゅうかい》の大幹部らしく、ぱりっとしたディナー・ジャケットに身を固め、背後には手下を控えさせている。

佐脇は、接待する側のヤクザよりずいぶん見劣りする格好のまま、どっかとソファに腰を下ろして、最高級のドンペリをまるでビールのように一気に飲み干した。

「先日はお世話様でした。佐脇さんのおかげで、あの野郎もようやく覚悟を決めたようで」

「もたもたしてると、タイミングを逸するぞ。上の方はガキのエロビデオの件で相当ビビってるんでな」

「判ってますよ。ここで世間の目を逸《そ》らせる必要があると。しかし、県警上層部も、あのうろたえぶりでは、かえってヤバさ加減を宣伝してるようなもんじゃないですか？」

「今までにもヤバいあれこれは山ほどあったが、ここまで表沙汰《おもてざた》になったのは珍しい。正直、俺もすべてを把握してるわけじゃないからな」

「すべて把握してれば、佐脇さんも今ごろ、もっと羽振りがいいはずですよね」

「とにかく、あの山添って野郎を早く渡せ。そっちが出さないならこっちから攻めていくぞ」

「その件は確かに、承知しております」

伊草は如才《じょさい》なく話を合わせ、佐脇に今度はヘネシーを勧めた。

「如何《いかが》でしょう。ここいらでひとつ、お召し物でも新調なさっては」

「バカかお前？」

佐脇はヤクザの大幹部・伊草を軽くいなした。

「おれが突然アルマーニとか着たら、お前らに買収されてるのを自分で宣伝するようなもんだろ。おれは別に着るものに興味はない。金もそうは要らねえ。欲を出して必要以上に稼《かせ》ごうとするから、手が後ろに回るんだ」

そう言いながら佐脇が差し出した手に、伊草はルームキーを握らせた。

「万事心得ております。存分にお楽しみを」

佐脇はふらりと立ち上がり、エレベーターで客室に向かった。

スイートルームでは、しどけない姿の女がソファに座って待っていた。

「久しぶりじゃないの。佐脇ちゃん」

流行おくれのソバージュにした髪型。スレンダーというよりやせぎすな躰《からだ》を、赤いスリップドレスに包んでいる。美人だが翳《かげ》のある顔立ちを、派手な化粧で華やかにしている。

「よお。由布《ゆふ》か。帰ってきたのか」

佐脇は悪びれずに由布の肩を抱き寄せた。

「あっちの暮らしは、どうだった？」

そう言ってキスをしようとした瞬間、由布は隠し持ったヴィクトリノックスの折り畳みナイフを、佐脇の首筋に押し当てていた。

「なんなの、その軽いノリは？　私をさんざん抱いて、飽きたからってヤクザに引き渡しておいて」

　女はゾッとするほど恐ろしい目で睨んだが、佐脇はヘラヘラした笑みを消さない。

「それは違うだろ。お前が、亭主の弁護費用もかかるし生活もあるから、ワリのいい仕事はないかと言うから、俺はそのワリのいい仕事を紹介してやっただけじゃないか」

　ワリのいい仕事とは、売春だ。特技も資格もない女が多額のカネを手にするには、カラダを売るしかない。由布は美人で床上手でもあるから、悪い選択ではなかったはずだ。

「あんたはデカで、ウチの人が挙げられて、取り調べに有利になると思ったし、いろいろ便宜も図ってくれると言うからあんたのモノになったのに。これじゃウチの人が出てきても、合わせる顔がないじゃないよ！」

「たかがウリやったぐらいでナニ大袈裟《おおげさ》に言ってるんだ。心配すんな。黙ってりゃ亭主にもバレねえよ」

「これでもそう言う？」

　急に泣き顔になった由布は彼から躰を離すと、スリップドレスをたくし上げた。

　その下は全裸だったが、下半身の翳りは一切なく、股間から腰にかけて見事な彫り物の竜が踊っていた。

「関西のヤクザは怖いわ。私が逃げないように、諦《あきら》めるように、こんなことを」

由布は人気があったので、彼女を手に入れた関西ヤクザがずっと手元に置いておくためにやったことなのだろう。

「こんな姿にされて……私は一生、もう」

由布はそう言いながらナイフを構えると、佐脇めがけて飛びかかってきた。

が、彼女はこのワルデカの相手ではなかった。

佐脇は由布のか細い手首をあっさりと摑んでひねり上げた。ナイフは彼女の手から落ちて、床に転がった。

「おい。おれに抱かれてさんざんヨガってたのは誰だ、え？　凄《すご》いわ、こんなの初めて、ウチの人なんかとはくらべものにならない、とかほざいてしがみついてきたのは誰だ、って言ってんだよ？　だいたいお前の亭主が、くだらねえ真似《まね》して捕まるのがいけねえんだろうがよ」

せせら笑いながら細身の女を羽交い締めにしていると、騒ぎを察知した世話係の下っ端ヤクザがドアを執拗《しつよう》にノックした。

無視しようとした佐脇だが、いつまでもノックが続くので、ドアを開けた。

「おい。この女をおれに宛《あ》てがおうってのは、どういう料簡だ？　コイツとはもう飽きるほどヤッたんだ。てめエンとこにこいつを紹介したのが、おれなんだからな。ほかの女を用意しろ」

接待に失敗したと思ったヤクザは青くなった。

「すいません。このねえさんが、どうしても私が行くって言うもんですから。オレ、事情が判ってなくて……」

「いいの。私はいいのよ、久しぶりにこの男に抱かれても……。私も経験を積んで、前より良い味になってるんじゃないかと思うし」

佐脇の手を振りほどいた由布は、自分から抱きついてきた。

「もう何も言わないから、このまま私を抱いて。悔しいけど、やっぱりあんたがどうしようもなく好きみたい。だから」

「おれが、じゃなくて、おれにヤラれるのが好きってことだろ?」

「どっちでもいいよ、そんなこと。だから早く」

由布の瞳は欲情に潤《うる》み、すでに気もそぞろで、股間を彼にこすりつけている。まるでサカリのついた猫のような姿だ。

だが佐脇はヤクザに顎《あご》をしゃくった。

「おい。デカにあてがう女で、どうせタダだからって、てめえ、舐《な》めてんじゃねえぞ」

「はいッ。どういうことでしょうかッ?」

ヤクザは緊張して直立不動だ。よほどこの刑事を、丁重な上にも丁重にもてなせと厳重に言われているのだろう。

「客が土産《みやげ》に食い物を持って来たとして、それをそのまま客に出すって話がどこにある？　お持たせはお持たせ、それとは別に用意した菓子なり食い物を出すのが、常識ってもんだろうが？」

「はあ……おっしゃる意味がちょっと」

「お前バカか？　だからもう一人女を用意しろって言ってるんだ。それも出来るだけ若い女をな。年増《としま》はこいつで充分だ」

察しの悪いやつだぜ全くと舌打ちしながら、佐脇はぬけぬけと二人目の女を要求した。

「はいッ、ただ今すぐに……ってことは、こちらのお姉さんは仕事に戻していいですよね？　由布サンは人気高くて、予約が立て込んじゃってるんで」

「お前耳はついてるのか？　誰が女を替えろと言った。若いのと、この由布と、両方を抱くって言ってるんだよ。おれは」

悪徳刑事がやりたいのは3Pプレイだと、察しの悪いヤクザがようやく理解するには、しばらく時間が掛かった。

ほどなくやってきた新しい女は、佐脇の要求通り、女子高生に見えるほど若い『ギャル』だった。大人の女・由布は浅黒い肌でやせぎすだが、若い麻里《まり》は肌の柔らかなぽっちゃり型で、色白だ。なーんにも考えてない風の、躰だけが成熟した白痴美というやつだ。男好きのする顔が妙にロリロリしているので、この娘に夢中になる男も多いのだろう。

「ほう。なかなか可愛いマシュマロちゃんだ。まずはおれのを大きくしてくれ」

麻里をいきなり全裸にすると、佐脇はその豊かな乳房を使ってパイズリをさせた。

「あ、お客さん、どこかで見たことあるっ！」

胸を使いながら麻里は彼の顔を見て、必死に思い出そうとしている。

ぽっちゃり型とは言え、若いから肌の弾力は強く、ぷるぷると彼のペニスを押し返してくる。

全身をくねらせつつ背中を反らせてペニスをバストでしごく姿はかなり煽情的だ。その艶《なま》めかしい姿はともかく、放っておけば際限なくお喋りをしそうなのが気になった。

「もういいから、じっくり、口でやれ」

佐脇は麻里に濃厚なフェラチオをさせて愉《たの》しむことにした。

そうしながら足の指では、このギャルの秘部を弄《いじ》ってやる。

少女のフェラテクは、驚くほど巧かった。毎晩男に奉仕して場数を踏んでいるのだろうが、サオをしごく力の具合とか、先端をちろちろ舐める焦らし具合とかは教えられて出来るものではない。天性の素質がある。

そんなことを考えながら麻里を眺めていた佐脇の胸に、由布が舌を這わせてきた。

「あんた、男のくせに、ここにキスされるの、好きだったよね？」

彼の乳首は大いなる性感帯だ。肉棒をフェラされ、乳首を愛撫されて、彼はたまらない快感に溺《おぼ》れ始めた。

「だけどさあ佐脇ちゃん。あんた、どうして好きこのんで、こんな危ない橋を渡ってるの？　そう言うのが好きなの？」

脇で見ている由布が聞いた。

「警察なんて適当に大人しくやってりゃ、それなりに昇進するんじゃないの？　悪徳警官になるにしても、もっと地味にコソコソやってればオメコボシになるだろうに、どうしてわざわざ派手にやるのか、そこが理解出来ないのよね」

「お前に理解される必要はない。まあ、たとえばお前をヤクザに売り飛ばしたのも、カネのためというより元はフツーの人妻だった女がどこまで落ちて行くのか見たかったからだ。お前の末路に興味はないが、真面目な女がヤリマンに変貌する過程は実に興味深い。俺の不幸は、そういう部分に探求心があることだな」

そう言った佐脇はむくりと起き上がると、麻里を組み伏して、怒張した陰茎を、彼女の未だ幼さの残る秘部に突き当てた。

「あ。あはあん……オジサン、硬い……」

「いっぱしなことを言うな！」

悪徳刑事は思いきり突き上げて、先端を麻里の女壺の奥底に激突させた。

「うわっ！　ああっ！　す、凄い……感じすぎるッ……」

「はっはっは。どんどん感じろ！　感じてイッてしまえ！」

佐脇はいかにも愉しそうに、かつエネルギッシュに腰をグラインドさせた。

「ちょっと……あんたがヤリマンにした私にも、激しいのをしてほしいわ……」

二人の行為を見ていた由布が、嫉妬《しっと》にかられた風情で言った。

「よし。お前もそこに寝ろ。二人呼んだからには、ウグイスの谷渡りをやらなきゃな」

熟女と少女、とびきりの女二人をよつんばいで尻を突き出させた体位で横に並べると、佐脇は男根を麻里から抜き、由布のすでに濡れそぼり、準備万端の女陰にずいと没入させた。

彼は熟女の蜜壺のなかで腰を使いながら横にも手を延ばし、若い娘の張り切った美尻を撫でた。

「いいぞ。ほらっ！　お前も感じろっ！」

反動を付けて思いきり突き上げると、由布の淫襞も彼の肉棒を包み込み、絡みついた。くいくいと締め上げてくるのが絶品だ。抽送を繰り返せば繰り返すほど味が出てくるのは、由布の名器たる所以《ゆえん》か。

佐脇は最高度に気持ちがよくなっていたが、由布も同じらしかった。彼が腰を突き上げれば突き上げるほどに、腰をくねらせて果肉もクイクイと締めてくる。

「ああっ……やっぱりアンタは凄いわ！」

由布は尻をひくひくと震わせながら、呻くような声を出した。

「おれのナニじゃないと満足出来ないってか？」

佐脇は笑うと、その尻をびたびたと叩く。それがいっそう由布の性感を高めていく。

「あのさあ、そろそろこっちもやってよ」

脇で見ていた麻里が焦れてきて催促した。

「だってこれじゃ、ウグイスの谷渡りじゃないじゃんよぅ」

よしきた、と佐脇は由布からペニスを抜くとそのまま麻里を貫いた。由布の熟女らしい、緩いが肉襞が発達して変化に富む女芯とは違って、味に乏しいながらも新鮮な締めつけで、一途にぐいぐいと攻めてきた。この女に本気になられたらヤバい、と思わせる締まりだ。

麻里は、男根が出入りするたびに全身をひくひくと震わせ、顔を真《ま》っ赤《か》にして、激しいヨガり声をあげた。

「ああ……もっと激しくっ！　ねえっ！」

彼が腰をぐいと突き上げると、麻里はその秘腔からとろとろと淫液を垂らし溢《あふ》れさせた。

「な、なるほどね……女のコたちの間で噂になるチ〇ポだわ、これ」

彼が抽送するたびに、麻里の全身から力が抜け、ベッドに崩れそうになるのを、佐脇が腰をしっかりホールドして支えてやる。

「噂って、そんな噂があるのか？」

「あるのかって、この辺の女は、ほとんどみんな味見してるくせに」

「アンタの病気はますます悪化してるようね。痴情のもつれとかで刺される前に、とっとと男を引退したほうが良いんじゃないの？」

ペニスを麻里に奪われた由布が嫌味を言う。

「それはそうかもしれねえ。でもな、おれが男を引退する時は死ぬ時だ。別に贅沢《ぜいたく》したくもないし、美味《うま》い物を食いたくもない。だが、女だけは不自由したくないんだ」

「はあぁ……一体どんな色情霊が憑《つ》いてるのかしらね？　お祓《はら》いでもしてもらえば？」

由布の言葉がいちいち癇《かん》に障《さわ》るので、先にコイツをイカせようと決めた佐脇は、ペニスを麻里から抜いた。

今度は後背位ではなく、由布の躰をひっくり返して正常位で交わると、最初からスパートを掛けてぐいぐいと突きあげ、下半身が浮き上がるほどに大きくグラインドをかけた。

「い、い、い、いいっ！　だけどイッてしまうっ！　もっとゆっくり楽しみたいのっ！」

「お前はしばらく黙ってろ」

女体をボロボロにするかのように激しいピストンで追い込み、最後に肉のあわいに指を挿し入れて、クリットを押し潰してやると、由布はそのまま失神した。

そんな肉弾戦を、麻里はベッドの端に横座りして興味津々に眺めていた。

「ふうん。すごいんだ。このおねえさん、どのお客さんにもそういうふうに本気出してんの？」

「お前バカか？　女がこんなになるのは、本気で惚《ほ》れてる男だけに決まってるだろ」

由布に代わって佐脇が答えてやった。

「うっそーん。マジで？　まあ、たしかにスゴくはあったけど、そこまでイイわけぇ？」

きゃははと笑う麻里に、さすがの佐脇も呆れ顔になった。

「お前、その口の利き方は何だ？　ったく鳴龍会は女の躾《しつけ》がなってねえな。お前、まだイッたことないいんだろ」

彼に頬をつねられた麻里は少し不貞腐《ふてくさ》れた。

「ないけどそれが何か？　女がイこうがイくまいが、男にはカンケーないんじゃないの」

「ンなこたぁない。女がイけば男も気持ちがいい。イケねえのは、本物のセックスをお前が知らねえからだ」

深みに嵌《は》まると厄介《やっかい》だと知りつつ、目の前に征服出来る山があれば登りたくなるのが男というものだろう。その気にならない奴はセックスの真価を知らないまま墓場に行くだけのことだ。

佐脇はニヤリと笑った。

「いい機会だ。おれが本物の男の味を教えてやるよ」

うわーベタなセリフ、などとはしゃいでいた麻里だが、佐脇にのしかかられて愛撫をされるうちに声が変わってきた。

「ちょ、ちょっとヤメてよオジサン、あたしそういうの超苦手だし。やだ、やだってばー」

麻里は秘部にちょっと触れられただけでも派手に騒ぎ立てた。

「お前、そんなふうでよくこの商売できるな？」

「悪いけどあたし、手でやるのと挿入オンリーで、他はNGにさせてもらってるし。こんなに若いし、カワイイんだから当然でしょ」

「ヘタレな客相手ならそれで通るだろうが、おれを相手にしたらそうはいかないぞ」

「……あんた、そのコムスメまで本気にさせるつもり？」

絶頂の余韻に浸《ひた》ったままの由布が言った。

「由布。お前も手伝え。このガキをまずは大人しくさせて、そのうえでお前をもう一度、じっくり料理してやる」

「この娘も、私みたいにする気なのね……」

由布はものうげに起きあがり、部屋備え付けのバスローブの紐《ひも》を手に取った。

それを見た麻里は、その後の展開を察知して暴れだした。

「ちょっとヤダ。やめてよっ！　聞いてないよそんなの」

「バカ。お前が幾ら騒いでも、他の客の時みたいにお前のオモリは飛んでこねえンだよ。おれはここじゃあ超のつくＶＩＰだからな」

騒いで暴れる麻里の両手を、佐脇は鮮やかな手つきで、あっという間にベッドヘッドに縛《しば》りつけてしまった。

その間に由布も、麻里の両脚を左右に大きく広げさせた形でベッドの足に括《くく》りつけた。

「いやッ、見ないで！　ヘンタイ」

両手で秘唇を広げると、米粒ほどの肉芽が姿を見せた。

佐脇は股間に寝そべって、秘部に顔を埋めると、舌の先で弾くように愛撫を始めた。

「はううっ！」

なおも騒ぐ麻里の秘核を佐脇はおもむろに摘みあげ、ぺろりとその包皮を剝《む》いた。

「やっぱりな。お前が今までイカなくて、男を舐めきった商売をしてたのは、ココが剝けてないからなんだ」

そう言いつつ、秘裂に舌を押し入らせ、小さな突起に触れると、顔を出したクリット本体をねろねろと舐めあげた。

「あ……」

麻里は思わず声を上げた。剝き出しの肉芽は鋭敏で、少しでも舌が触れると強い電気を巻き起こす。とにかく今はセックスよりもクンニの方が、比較にならないほど感じる。

麻里の感度は次第に上がってきた。舌先でころころとクリットを転がしてやるだけで声をあげて全身を揺さぶり、じんじんと激しい電流が背筋をかけ上がるのが見て取れた。

女芯には蜜が溢れてきて、女壺からはとろとろと熱い蜜も溢れてきた。

佐脇に愛撫されるままに、彼女はヒクヒクと躰を震わせた。

色悪《いろあく》刑事の舌捌きは場慣れしていて巧みだった。こりこりと硬く膨らんだクリットを、捏《こ》ねるように舌先で嬲《なぶ》る。そうすると、甘い刺激が麻里の局部からじんじんと全身に広がって行く様子がよく判った。

蜜がだんだんとろみを増して来るころ、麻里はさらなる刺激が欲しいのか、みだらに腰をくねらせ始めた。

この女の肉体のラインは曲線に富んでなかなかのプロポーションだし、さすがに肉体は若々しくて新鮮だ。

クンニしつつ指を女芯に差し込むと、中はカッと熱くなって肉が蠢《うごめ》いていた。男を咥《くわ》え込んで味わいつくそうと舌なめずりしているような感じすらする。挿入した指をネトネトの果肉が咥え込み、離すものかというように締めつける。その淫らな肉襞をぐりぐり弄ってやると、女芯は機敏に反応して、きゅんきゅんと締まる。

大きく広げられた麻里の内腿《うちもも》はいまや張りつめて堅くなり、小刻みに震えている。

「い、いい。感じる……ああ、も、もうダメ……」

そう言いながら、麻里は背中を反らせ、がくがくと全身を痙攣《けいれん》させると、一気にイッてしまった。

「さて。今度は、おれが気持ち良くなる番だ」

彼はアクメの余韻に浸《ひた》っている麻里の肉体に手を這わし、縛《いまし》めをほどいた両脚をぐいと高く持ち上げて腰を重ね、つるりとペニスを挿入すると、力強く抽送《ちゅうそう》した。

「ひッ。あはあ」

湿った肉の音をさせながら、彼のペニスが出入りするたびに、麻里は肩を震わせ、乳房を激しく揺らせた。その大きな双丘がぷるぷる震えるのが、何ともそそる眺めだ。

柔らかい果肉が彼の肉棒を包みこみ、活発に動き始めた肉襞が、亀頭を撫で上げた。

彼がぐいぐいと腰を使うと、麻里の肉体はしなやかに揺れる。きゅっと締まった腰がくねくねとうねり、可愛い乳房がぷるりと動く。

汗と愛液でぐっしょり濡れた秘部を、肉棒がぬるぬると出入りする。数回ゆっくりスライドさせてから、一気に奥の奥までぶすりと突き刺す。ペニスの先端が、彼女の子宮口に達する。

「ああっ……」

麻里は強引に引きずられていく快感に酔った。

佐脇は全身の力を込めて、彼女の秘芯の一点に意識と体重を集中させて押し入り突きまくった。全身のバネを敏捷《びんしょう》に生かして、とにかく強く深く激しく、ピストンを繰り返した。

麻里の昂奮も増して来たのか、激しく腰が揺れ動く。腰を振って彼のペニスを揺さぶるかと思えば、背中を反らして上下に動かして追い込んでいく。

佐脇の肉棒が突き上げるたびに、麻里は全身をうねらせて、快感に溺《おぼ》れる、蕩《とろ》けた表情を見せた。その量感のある尻がガクガクと震え、背中がのけ反る。

彼は、突き出された格好になった乳房に手を触れて、力をこめて両手で揉みしだく。

「あっ！　あああ……か、感じちゃう……こんなの、はじめて」

彼女が昂まれば昂まるほど、女芯もぐいぐいと締めつけてくる。

濡れた秘毛を掻き分けて秘腔を深々と刺し貫いた肉棒は、ぬめぬめと光りながら出入りする。それを充血した秘唇が離すまいと咥え込んでいる。

麻里は何度も反り返り、ふたたびアクメに突っ走ろうという気配になった。

佐脇も我慢の限界を迎えて、ペニスがいっそう硬く膨らんだ。

「イくぜ！」

「あ、あたしもっ！」

中年悪徳刑事と若い援助交際ギャルはほとんど同時に達した。

「これでお前もセックスを舐めなくなるだろう。タダどころか、レクチャー代を貰ってもいいくらいだぜ」

佐脇はそううそぶきながら、すでにイッた麻里から抜かず、さらに抽送を続けた。

＊

「事件発生以来三年、いまだ解決を見ていない、例の国見病院院長刺殺事件ですがね。かねて重要参考人としてマークしていた鳴龍会の準構成員、山添明を逮捕したいと思います。請求の許諾を願います」

翌日、佐脇は酒くさいゲップをしながら、一枚の書類を署長の金子に見せた。

「どうして刑事課長に言わないの？　いちいち私に持ってこなくても」

「課長はウダウダうるさいんでね。それに、こういう重要事件については署長のご意向も確かめないと」

憎たらしい佐脇の態度に、金子署長はそれ以上抵抗するのを止めた。

「どうしてあの事件を今？　山添にはアリバイがあって、それは崩れなかったんだろう？」

「それが崩れました。嘘のアリバイを証言した二名も犯人隠匿《いんとく》、ならびに捜査妨害容疑で逮捕したいと思います。許諾をお願いします」

険しい表情で書類に見入っていた署長は、やがて呻くように言った。

「佐脇君、あれかな。昨日私が厳しく言ったから、君なりに考えて、『瀬戸内援交』事件から世間とマスコミの目を逸らすために、お宮入り寸前の一件を持ち出してきたのかな。この前の、ほれあれだ、風営法一斉取り締まりの情報を流したのと引き換えに、組から人《ひと》身御供《みごくう》を差し出させる話をつけてきた、とか？」

デスクにどっかりと座りつつも上目遣いに部下に探りを入れてくる署長を、佐脇は立ったまま超然と見下ろした。

「さあね。しかし、事件はこれで解決。署長も母屋に戻る手土産が増えて、一石二鳥じゃないですか」

「それは、そうだが……それはそうなんだが……なんだその言い草は！」

妙に納得しそうになった金子は、突然、沸騰した。どうやら自分が小ばかにされているのに気付いたようだ。応接テーブルの上のガラスの灰皿を床に投げてたたき割った。

「佐脇君！　キミは人間観察の修業が足りないようだな。あんまり舐めているとだな、キミが駄目な野郎だと見下してた奴だって、思い掛けない反撃をしてくるもんだぞ」

片頰に笑みを浮かべつつ、佐脇はわざとらしく肩を竦《すく》めて見せた。

「はて。なんのことやら、おっしゃる意味が判りかねます」

おれをコントロール出来るならやってみろと、なおもふてぶてしい態度を続ける佐脇に、金子は怒りを押し殺して呑み込んだ。

「……たしかに、私には手土産が出来た。だが一番得をするのは、どうせまた御手柄のキミだろ。本部からどんなお偉方が来ようが、監察が探りを入れて来ようが蹴散らせる実績がまた増えるんだからね。しかしだ、老婆心から忠告しておくが、月夜の晩ばかりだとは思わないほうがいい」

時代劇にでも出て来そうな古色蒼然とした脅《おど》し文句に、佐脇はふふんとせせら笑った。警階級がものを言う警察機構だが、今や上位にある金子は完全に佐脇に呑まれていた。警視の金子は、佐脇が持っている隠し球や裏ワザを極度に恐れている。

「ご忠告は有り難く受け取っておきますが署長、月夜だろうが闇夜だろうが、腰抜けは夜道にゃ出てこないもんですよ。で、逮捕状《おふだ》は出してもらえますよね？」

上司の恫喝にもいっこうに堪《こた》えた風もなく、佐脇は、子供が小遣いをねだるようにずうずうしく手の平を差し出した。

第二章　傍若無人《ぼうじゃくぶじん》な悪い癖《くせ》

鳴海署の正面にタクシーが横づけされ、痩《や》せぎすの男が一人、降りてきた。男は勝手知ったる様子で署内に入ると一階の受付の前で大声をあげた。

「おれが国見病院の院長を刺し殺した山添だ。自首する。逮捕してくれ！」

憑《つ》かれたような目で、受付の婦警を睨《にら》みつけた。


鳴龍会の伊草がなかなか山添を差し出してこないのに業《ごう》を煮やした佐脇が、ならば逮捕してやろうと動いたのだが、署長の金子が逮捕状を出す出さないでもたもたしているうちに、その動きを察知した鳴龍会が犯人の山添明に因果を含ませたのだ。

山添の身柄を拘束した鳴海署は、山添のニセのアリバイを証言したとして鳴龍会の組員および準構成員の二名を犯人隠匿ならびに捜査妨害で併せて逮捕、迷宮入りが必至と思われていた国見病院院長刺殺事件は一気に全容が解明されようとしていた。

「佐脇さんの計算通り、署長に手土産が用意出来ましたね」

佐脇が、取調べを県警本部から来た刑事に任せ、自分の席で新聞を読んでいるところに、にやにやした石井がやって来た。

「取調べまで母屋の連中に花を持たせてやる必要もないと思いますが」

「いや、おれは調書を書いたり事務処理をするのが面倒でね。いつもいつもお前さんにやらせるのも悪いしな」

佐脇は悪怯《わるび》れずにタバコをくゆらした。

石井の高い能力は、県警すべての中で、佐脇が一番評価している。この田舎《いなか》警察に置いておくにはもったいない逸材だ。

東京のけっこう有名な大学を出てUターン就職したのだが、地元の企業や県庁に入らず、なぜか警察官になり、しかも交番勤務時代には用水路で溺れた子供を救助したり、引ったくりを現行犯で捕まえるなど本部長表彰を受けること数回、さらに事務能力も高くて、書類作成が苦手な同僚の代わりにきちっと書いてやることもたびたびだ。

早くからエリート候補と言われていたのに、本部に行かず鳴海署のような田舎の小さな警察署に居続けているのは、上司となった佐脇が便利に使って手放さないからだと噂されているが、真相は違う。石井自身、あまり上昇志向がなくて佐脇の作った環境に安住しているのだ。

佐脇も相当に警官の平均像から外れているが、石井も違う意味で外れている。

非番の時には連れ立って酒を飲みに行くのがもっぱらな同僚たちとは違い、石井はほとんど飲まない。警察関係者を優遇してくれる（しばしばタダで飲ませる）店に通いつめるというようなこともなく、勤務が終わるといつの間にか姿を消している。休日には何をしているのか、プライベートについて石井が自分から話すこともない。

他人にあまり興味がない佐脇だが、それでも石井については、あまりに羽目を外さないので、こいつは何が楽しくて生きているのだろうと不思議に思うこともあった。

女を紹介してやろうとしたこともあったが、固辞された。同じ鳴海署の婦警とつき合っているという噂はあるし、佐脇の下ネタ話を嫌がるわけでもないから、女嫌いの超堅物というわけでもないのだろうが。

いつも目立たない濃紺のスーツに真っ白なワイシャツ、地味なネクタイをして、まるで普通の会社のサラリーマンか市役所の小役人だ。

しかし去年の年末ごろ、珍しくワインレッドのネクタイをしていたことがあった。

「よう、それはプレゼントか？　忘年会で行った、あの飲み屋のねえちゃんからか」

という佐脇の揶揄《からか》いに、石井は表情ひとつ変えず「違いますよ」と堅苦しく言っただけだった。

ほとんど他人の詮索をしない佐脇と、仕事とプライベートを完全に分けている石井は、奇妙な具合にウマが合った。

「……で、山添は自首ってカタチになるんですか？」

佐脇に勧められたタバコを断り、ピル状ガムを幾つか口に放り込みながら石井は聞いた。

「署長としては、そんなふうにはしたくなかろうよ。内偵が終わって逮捕状の許諾請求をしようとしていた時だから、逮捕したことにしないと、手柄にならないからな」

だからあン時素直に逮捕状を請求しときゃよかったんだと、佐脇は鼻先で笑った。

「おれに対して妙な意地を張るからさ」

と言いつつ新聞から目を離し、ふと廊下を通った女に目を奪われた。

その女は、細身で長身な躰に似合わぬ巨乳を安物のセーターに包んでいるのが妙に煽情的だが、顔は肉体と対照的に、安手のセクシーさとは無縁の、凛とした表情の美女だった。

「今通ったのは山添の女房だな。もう呼んだのか？」

「ええ。任意で事情聴取を。殺された国見病院の院長が愛人にしていたという噂ですから、重要参考人として。さすがに、いい女ですね」

石井が珍しく女の品評をした。

「キミ。女性を外見で判断してはいけませんよ。そういう先入観は刑事にとって、厳に慎まなければならないことです」

タテマエを棒読みで口にした佐脇は立ち上がると、石井に振り向いてニヤリとした。

「誰が調書をとるんだ？　なんならおれがやってやろうか。あんまりサボってると誰かにチクられそうだしな」

刑事課を見渡して嫌みな口調で言うと、佐脇は椅子に掛けてあった上着を取った。

「なんせ山添の女房はキーパースンだ。山添が国見病院の院長を殺した、まさにその動機に関わる女だからな」

佐脇の口にする理由がタテマエに過ぎないと判っていながら、石井は言った。

「その動機なんですが。山添美沙《みさ》からよく聞いたほうがいいですよ」

「なんだお前、山添が無実だと思ってんのか？」

「いや、さすがにそれは思ってません。やつは殺《や》ってます。けど、動機が腑《ふ》に落ちないいんですよ」

少しお時間いただけますかと、石井は愛用のノートパソコンを開けた。その中には、彼の仕事のすべてが入っていると言ってもいい。

「女房の美沙は、山添と大恋愛の末に結ばれた、文字通りの恋女房です」

パソコンの画面を見るわけでもないのに、石井が儀式のようにパソコンの画面を表示させずにいられないのは、譜面がないと安心出来ない音楽家のようなものか。

「山添は大阪府出身ですが小学五年生の時、一家でT県に移ってきました。中学以来の不良でしたが、少年院を出て、一度は更生してます。身元を引き受けてくれた親方についてで駆け落ちして一緒になったんですが、それで大工の修業はおじゃん。保護観察期間中の真面目に大工の修業をしてたんですが、その親方の娘が今の女房です。親に反対されたんで駆け落ちして一緒になったんですが、それで大工の修業はおじゃん。保護観察期間中の勝手な移動だったのでマトモな求職活動も無理。結局食い詰めて、ヤクザ稼業に逆戻り、鳴龍会の盃《さかずき》を貰《もら》ってます。ところが、女房の美沙にはその間、水商売関係のシノギは一切、させてないんですよ」

「たしかにそれは珍しいかもしれんな」

佐脇は伸び始めた顎の無精髭を撫《な》でた。

「あの女房なら、水商売に出せば、結構な値がつく上玉なのにな」

石井はそういう戯《ざ》れ言には取り合わず、話を進めた。

「しかも山添には、女房以外の女が居た形跡も無いんですよ。佐脇さんもご存じの通り、やつはヤク中ではあるけれど苦味走った、結構いい男じゃないですか。とにかくそんな女が、いや、そこまで愛されてる女が、その亭主を裏切りますかね？　だから、どうも引っかかるんですよ。山添の女房が国見病院の院長と出来ていたっていう供述がね」

しかし、佐脇は石井の着眼を今回だけは認めず、「お前には判らんよ」と、一蹴した。

「いいか、女なんてのはな、どこで裏切るか判らん生き物だ。そう思っとけば無駄に怒ったりガッカリすることもない。やれ大恋愛だとか一人の相手に誠を尽くすとか、そんな絵空事をこの腐った街でデカをやってて信じてたら、命が幾らあっても足りないぞ。言っておくが、女に夢を見すぎるな」

石井が納得しないのは判っている。この無愛想で真面目で、律義《りちぎ》な部下をわざわざ不機嫌にさせることもないのだが、石井に一目置いているだけに、先輩として忠告したくなったのだ。

「人間の機微ってヤツは、お前さんが大事にしてるパソコンには入ってないだろ？」

「そうは言いますが、こいつは使いこなせばとっても便利なんですよ」

石井は愛用のノートパソコンを撫でた。その手つきは、まるで女を愛でるようにソフトで、しかもどこかエロティックでもあるのが、妙にほほ笑ましいというか、おかしかった。

いろいろ数字を上げてそのノートパソコンの優秀さを説明し始めた石井の口調には、まるで我が子か愛するペットを語るように熱がこもっていて、なおかつ何とも言えず愉しそうだ。

「判ったわかった。もういい。説明してくれてもどうせおれには理解出来ん。だが、もしもそいつを置き忘れたり盗まれたりしたら面倒なことにならないか？」

「大丈夫です。想定内で、ちゃんと対策は取ってありますから。セキュリティは万全ですし、パソコン全体にパスワード掛けてますし」

オタク臭い石井の喋りを聞いていても、佐脇はいっこうに不快ではない。

石井が鳴海署に赴任してから、永年の経験と動物的なカンと、強引さだけで押してきた佐脇の捜査手法に、新しい色合いが加わった。現場を知らない頭でっかちの理屈だけの若造とは違い、石井の言うことにはいつも筋が通っていたし、その鋭い助言で何度助けられたか判らない。

「じゃあ、行きましょうか」

石井がノートパソコンを抱え、取調室に向かおうとした。

「お前も一緒か？」

佐脇は、当てが外れた様子で顔をしかめた。

「当たり前です。女性の事情聴取は二人以上でやるのが原則ですし、佐脇さんじゃパソコンに入力できないでしょ。キータッチが追いつかなくて」

取調室に入って、山添の女房・美沙を見た佐脇は、素直に魅了された。

初対面ではない。内偵の段階で何度か会って話はしていたのだが、今日の美沙はとびきり美しく、抑えても湧き出る色香があった。夫が逮捕された緊張と脅《おび》えが美沙の肌を蒼《あお》ざめさせ、それがいっそう清楚《せいそ》で、はかなげな美しさを際立たせているのだ。

美沙は、ヤクザの女房という言葉から連想される崩れたところが一切ない。貧しい暮らし向きをうかがわせる安物のセーターが、逆に細身の躰から飛び出すような大きな胸を強調し、抑圧されたセックスを強く感じさせる。それが男の劣情を堪らなく刺激することを、美沙は無意識に意図しているのか、と疑うほどだ。

このトビキリの上玉を前にした佐脇の頭は、真面目に事情聴取しようとしている石井とは違う方向に働き始めた。

事務的な確認の後、佐脇はいきなり本題に入った。

「あなたが院長の愛人だったというのは本当ですか？　それで嫉妬《しっと》にかられた山添が院長を刺殺したと」

ズバリ切り出した佐脇に、美沙はもちろん、立ち会っている石井も驚いた。

「あんたに聞きたいのはこの一点なんだ。ここにいる優秀な石井君の調べによると、あんたと山添は結婚以来一貫してラブラブ状態なんだそうだな。そんなあんたが、国見のオヤジの愛人なんかになるものだろうかと、真面目な石井君は大いに疑問を感じている。スレたおれなんかは、人間ってものはアタマと下半身が別の生き物だと思ってるんだがね」

佐脇は、まるで視姦するように、美沙の躰を舐めるように見た。

スレンダーな躰に突き出た胸が、とにかく眩しい。

「……本当です。ですが、それは、浮気だとか不倫だとか言うのではなく……」

美沙は、院長に目を付けられて、レイプ同然に関係を強要された、と言った。

「しかし男女の関係は、片方の言うことだけを鵜呑《うの》みに出来ませんからねえ。よっぽど説得力のある話を聞かせてもらわないとね」

　そう言いつつ、佐脇は身を乗り出した。美沙の脅えた表情を見つめるその顔は、捕まえた獲物を前にして舌なめずりしているようだ。

「エロ雑誌の煽情的な記事の取材じゃないんだ。これは重要参考人の事情聴取なんだからね。あったことをありのまま話してもらわないと困る。本当のところ、あんたが院長に迫ったんじゃないのか？」

　佐脇は意地の悪そうな笑みを浮かべて、美沙ににじり寄った。

「はっきり言えば、山添はヤクザとして立ち回りは下手だから、実入りも悪い。で、あんたが国見病院で清掃のパートをしていたわけだよな。ヤクザの女房が掃除のパートなんざ泣かせる話じゃないか。で、あんたとしては、うだつの上がらない亭主のことを考えて一計を案じた。あんたが体当たりの肉弾攻撃を仕掛けて、女好きの院長と関係を持ってしまえば、それを亭主にチクって院長を食い物に出来る。そうじゃないのか？」

「違います！　全然違います！」

　美沙は蒼白になって抗弁した。その表情がなかなか被虐《ひぎやく》的で、身震いするほどに美しい。

「どう違うのか、具体的に言ってもらわないとね。ワタシはあんたの真面目さは判るから、そう言われればそうなんだろうと思うが、それじゃ検事は納得しないんだよ」

強く出た佐脇は、美沙の表情を探るように見ながら口調を和らげた。

「これはね、ダンナの裁判に大きく影響するんだよ。ただの営利目的のコロシだと、最近はヤクザに厳しい判決が出るから、懲役終えて出て来たころにはダンナもジジイ、あんたも婆さんになってるかもしれん。しかしだ。あんたが院長にレイプされて自由にされてることを知って怒った亭主が……となれば、情状酌量ってものが効いてくるからね」

美沙は言葉に詰まり、しばらく佐脇の顔をじっと見つめていたが、やがて、目を伏せた。

「……判りました。お話しします」

山添の妻は、蒼い顔からいっそう血の気が引いて、追いつめられた表情のまま、ぽつぽつと話し始めた。

「私が院長室の掃除をしていると、院長が後ろから肩に手をかけてきたんです。『前から気になってたんだ』などと言いながら。パートを始めてしばらく経って、私だけ院長室や応接室の掃除の担当になって、院長と言葉を交わすようになっていたのですが……まさか、そのままあんなことになるとは思っていなくて」

「あんたのダンナがヤクザだってこと、院長は知ってたの？」

「知らなかったと思います。主人はカタギの人に名前を知られるほどの存在じゃありませんし、履歴書にそんなことは書けないし」

「そうだよな。ヤクザの女房を雇うといろいろ厄介《やっかい》だしな」

言葉嬲《なぶ》りをしつつ、佐脇が今にも手にしたボールペンで美沙の胸を突つき出すんじゃないかと、石井はひやひやしながらノートパソコンのキーを打っている。

「じゃあ、院長との『あんなこと』について詳しく聞こうか」

「……あんたもダンナがはじめての男というわけじゃないでしょう、みたいなことを言われました……声を出せなかったんです。院長に恥をかかせてはいけないとか、病院で噂になるのは困るとか、いろんなことが頭をよぎって、こういうところを誰かに見られるのは恥ずかしいという気持ちが、つい先になってしまって……」

「そういうのはいいから、具体的なことを言ってくれないか」

佐脇は、明らかにセカンドレイプをしようとしていた。凌辱の記憶を呼び覚まさせて、美沙を恥辱の波で揺さぶりたいのだ。

「院長先生は後ろから、私のお尻を両手で抱いて、すでに硬くなっていた男性の部分を押しつけてきて……手が、スカートの中に入ってきて……その、私の局部に触れてきて」

美沙の耳は赤く染まり、息遣いが乱れてきた。

「もう片方の手では、私の胸を……上と下でしっかり抱きかかえられるようになってしまって……院長先生はとても慣れた手つきでブラウスのボタンを外していくんです。それも、胸を揉みながら……私も、子供ではありませんから、こうなってしまったら、男の人は最後まで行かないと気が済まないだろうと観念したんです」

「あなたの方にもその気はなかった？」

「それはありません。主人はとても嫉妬深いヒトですし……」

「それで、オッパイを弄《いじ》られつつ、アソコも触られて」

佐脇は、低い声で呟《つぶや》くように言った。

「だんだん感じていったんだ。院長は女の扱いに長《た》けてたそうだからな……で、院長の指はあんたの胸を這い回って、乳首を摘まんだり挟んだりして弄くりながら、下の方も、あんたのパンティの中に指を入れてきた、と？」

「はい……やめてくださいと言って振りほどこうとしたんですが、そうすると余計に院長先生の指が深く入り込んできてしまって、気がつくとスカートがたくし上げられて、下着も下ろされてしまって、そうなるともう、こんな姿を誰にも見られたくない、知られたくないと、それしか考えられず、とにかく早く終わってほしいと思うようになって」

「そのまま後ろから挿入された、と。ホトケの事をあれこれ言うのは失礼だが、院長はナニが自慢だったそうじゃないか。トシの割に精力があり余っていて、ナニもデカくてビンビンだったんだろ？　その一物で、後ろからぐいぐい突き上げられたんだな？　オッパイを揉まれながら」

「ええ……首筋にキスもしてきました……」

事情聴取当初は真っ青だった美沙は、今は頬を紅潮させ、うなじまで桃色に染まってい た。豊かな胸を揺らせているのは緊張や動揺ではなく、もちろん羞恥《しゅうち》でもなかった。美沙は、明らかに、自分の言葉と記憶に刺激を受けていた。

「この女、今、オマンコを熱く濡らしてるぜ」

佐脇が石井に耳打ちすると、真面目な刑事は顔色を変えた。

「ナニ言ってるんですか、佐脇さん！」

「この先は、場所を変えないと聞き出せないだろうな」

佐脇は石井の当惑を楽しむようにニヤニヤした。


それから数時間後。

佐脇と美沙は、ラブホテルにいた。聴取を早めに切り上げた佐脇が、美沙を強引に誘ったのだ。

佐脇は彼女を壁に押し付け、後ろから責めていた。すでに二人は全裸で、濃厚な前戯をしている状態だ。

「任意聴取で、あんたがむらむらしてたのが判ったんでな。火をつけた以上は、消してやらなきゃ殺生《せっしょう》ってものだろ」

「そんな……私がまるで」

「まるで、なんだ？」

そう言いながら、後ろから腰に手を回し、美沙の秘毛に沿って指を這わせ、秘部をじらすようにタッチすると、一文字に結んだ彼女の口から喘ぎ声が漏れた。その部分は洪水のように濡れていた。

「さっきは、どの辺から濡れ始めたんだ？」

彼の指は美沙の乳首を摘まんで転がしていた。かちかちに硬くなった乳首を指で挟みつつ、体を下から上へ揉みほぐしてやると、彼女の全身から力が抜けていった。

「……言いたくない」

罪悪感を持ったのか、彼女は答えを拒《こば》んだ。しかし、佐脇は当然そんなものは無視した。首筋に舌を這わせ、ねろねろと舐めまくる。

「あうっ！　い、いや……」

指先で大きくなったクリトリスを弄《もてあそ》んでやると、美沙の腰がガクガクと揺れた。秘部を押し広げ、柔肉を大きく開かせると、なんとか拒もうと必死になって両足をすぼめようとする。

「こうやって、状況を再現したほうが、あんたも思い出しやすいだろ。口で説明するより実際にやったほうが話が早いしな」

そう言って、しっかりと彼女の秘部の中に差し入れた指を、じわじわと抜き挿《さ》しした。

「あっ。い、いやっ！　や、止めてください！」

「馬鹿かお前。今さらナニ言ってるんだ？　なんだかんだ言ってあんた、院長の愛人になってたんだろう？　一人殺《や》るのも二人殺るのも、縛《しば》り首になるのは一度って言うじゃないか。院長に手込めにされたってのも、どうせ嘘なんだろ？」

「う、嘘じゃありませんっ！」

美沙はすでに全裸で、何を言っても説得力がない。

佐脇は、秘腔を出し入れする指の動きをやめない。

「あ、あああ……」

美沙は耳までを真っ赤に染めて、いやいやをした。

「ここに入って服を脱いだ段階で、もうやる気マンマンだったんだろ。いや、署を出た後、おれの誘いに乗った段階でその気だったのは判ってるんだ。だったら今更カッコつけるなよ。セックスは素直にやろうぜ」

佐脇は美沙の顎《あご》を摑《つか》んで振り返らせると、そのまま唇を奪い、舌を絡ませた。指では乳首をこりこりと摘まみ、女陰の中を弄り続けている。

「こうして男を焦《じ》らすのが、あんたの手管なのか？」

「ち、違います……」

美沙の声に力がなくなっていった。

「そろそろ、指より太いモノが欲しくないか?」

佐脇の指には、ねっとりした愛液がまとわりつき、糸を引いている。

指で下の唇を挟んだり引っ張ったりするうちに、蜜は完全に彼女の媚肉に充満していた。

「来て、私に入れて、と言え」

「そ、そんな……」

「言えよ。あんたのアソコはすっかり、そういう態勢だぜ」

佐脇は、じゅくじゅくと滴《したた》っている淫液をすくいとって容疑者の妻の頬に擦りつけた。

「こんなに汁を溢れさせておいて、シレッとした顔してるのか? 証拠は全部挙がってるんだ、ってところじゃないか」

美沙の顔は屈辱に歪んだ。

「……来て……入れて……」

「お願いします、と言うんだ」

ごくりと唾を飲み込んで、彼女は言った。

「来て……お願いします。私に、入れて」

「よし。そこまで言われちゃ据え膳を食わないと、あんたに恥をかかせることになるからな」

彼は美沙の華奢《きやしや》な肩を抱き寄せて身体を密着させると、秘部に肉棒をあてがった。

ゆっくりと侵入すると、美沙はその感触に顔をぶるぶると震わせ、嫌悪と恐れの感情を露わにして目を閉じ、唇を嚙んだ。

彼女の中はまだ狭かった。人妻のくせにどうしてこんなにも初々しく締まってくるのかと、佐脇は少々驚いた。山添がよっぽど大切に扱ってきたのだろう。

肉棒の太い付け根が肉芽を刺激するたびに、美沙は敏感に反応して、ぐいぐいと襞を締めつけてきた。その柔肉は拒んでいたはずのモノをしっかりと包みこんで離さない。

「それで、こういう具合で院長に犯されたンだな。え？　今までの貞操を捨てて、なし崩しに愛人になったわけか」

「そんな……一回くらいのことで、そんなふうになるわけがないでしょう……」

佐脇が下から突き上げるごとに、美沙の肉体からは力が抜けて、脚が崩れてしまいそうだ。

しかし彼はいっこうに構わず、ぐいぐいと肉襞を抉《えぐ》り続ける。そのたびに、美沙はぼろ布のように揺れ乱れ、もうその呟きは声にはならず喘ぎに変わっていた。

「女盛りでヤリ盛りのアンタだ。院長に無理やり手込めにされたという格好なら亭主にも言い訳出来るしセックスも愉しめる。おまけに小遣いまで貰える。結局のところ、そういうことだったんじゃないのか?」

ワルデカは押し殺した声で囁《ささや》きながら、いっそう執拗《しつよう》に腰を使って責め続けた。佐脇の『追及』は今や、単なる言葉責めで美沙を辱めようという様相を呈し始めた。

「とにかく、実況見分はそろそろ終わりだ。これを基に調書を書く。なんだか猥褻な文書になってしまいそうだがな」

佐脇はフィニッシュに向かっていっそう腰の動きを激しくした。美沙も、突き上げに煽《あお》られて、ぐんぐんと快感曲線が高まってきた。

「な、中は嫌。許して」

美沙は、彼の蠢動の変化を敏感に感じ取っていた。

「いいじゃないか。孕《はら》めば、堕ろせよ」

薄笑いを浮かべてそう言った佐脇の表情を、美沙は幸いにも見なかった。

女の小さなヒップに指を食い込ませ、ウンと呻《うめ》くと、熱いものを思い切り注ぎ込んでやった。

崩れ落ちそうな彼女の躰を両脇に手を入れて支えたが、美沙の顔は上気して、目は完全に潤んでいた。

「よかったんだろう?」

それには答えなかったが、まだ大きなままの肉棒を動かしてやると、彼女は尻を擦りつけてきた。

「院長のセックスが、亭主よりよかったんじゃないのか？」

佐脇の指が彼女の背中からヒップにかけてを撫でると、美沙は答えないまま、切なそうに腰を揺らした。

＊

「それでは、国見病院院長刺殺事件の犯人逮捕につきまして、記者会見を行います。事件の概要と逮捕の経緯につきまして、捜査本部長の金子より説明致します」

ソツの無い石井の進行で、記者会見が始まった。

テレビのライトを浴び、ストロボの砲火を浴び、レンズがすべて自分を捉《とら》える中、金子はハレの舞台を意識して、顔を紅潮させて声を張り上げた。こんな田舎県の田舎警察署に東京からリポーターがやって来て、メインのニュースショーで生中継されることなど、まずない。金子としては一世一代の晴れ舞台とも言えた。

緊張で声が震え、時に警察発表文を読み間違える金子をフォローするのは、横に控える佐脇だ。記者から質問が飛んだ。

「犯人の動機ですが、院長が自分の妻を愛人にしていたのを知った山添が激怒して、病院に乱入し刺殺とのことですが、かなり単純な犯行だと思われますし、現場にも多数の証拠が残っていたと聞いています。どうして山添が自首するまで容疑者として特定出来ず、逮捕出来なかったんですか？」

「それはですね……」

記者の質問に、名目だけの本部長・金子は早速、返答に詰まった。

「その件は、直接担当しております私から」

即座に佐脇が引き継いで説明を始めた。

鳴海署で強行犯を実質上、一手に引き受けている佐脇の頭の中には、この事件だけではなく、関連情報のすべてが詰まっている。だから、金子署長をフォローしていちいち耳打ちしていたのだが、結局、自分で喋ることになってしまう。

「山添は他の事件にも絡んでおり、この件だけで逮捕すると他の事件の捜査に支障が出るとの判断から、言わば、泳がせておりました。しかし、先日、関連事件の捜査のメドもつき、事実関係の整理も出来ましたので、神妙に罪を認めろと説得しましたところ、当人も正式に犯行を認めました。ただ、家族の手前もあるので、カタチだけでも自首させてくれとのことでした。以上の経緯を踏まえて鳴海署捜査本部としては、山添明は正確には自首ではなく、事実上は逮捕だと認識しております」

理路整然というよりもかなり強引な説明だが、佐脇の押しの強さが説得力となって、記者たちもそれ以上は質問せず、県警側の責任を問うような動きも途絶えた。

「では、事件の背景について、補足して説明致しましょう」

会場の主導権を握った手応えを感じた佐脇は、そのまま続けることにした。本来は金子がするはずだった背景説明までやり始めたので、主役の座を奪われた形の金子署長はじめ、鳴海署の上層部は全員が苦虫を嚙みつぶしたような表情になった。


会見が終わって、刑事課に引き揚げた佐脇は、テレビニュースに流れる自分の姿をタバコをふかしながら眺めていた。

「しかしおれは、テレビ映りが悪いな。これじゃまるで逮捕された容疑者が喋ってるみたいだな」

しかしそんな佐脇の軽口に乗ってくる同僚はいない。へんに口を出そうものなら、いつ風向きが変わり突然不機嫌になった佐脇にどやしつけられるか判ったものではないからだ。

が、石井だけは平気で佐脇と一緒に笑っている。

「署長とか部長とか、みんなヨソイキのスーツ着てましたよ。会見前に理容室に寄ったそうだし。でもま、佐脇さんは今のマンマでいいんじゃないですか。東京から来た連中、『こんな辣腕《らつわん》のコワモテ刑事、東京にもいてほしいね』とか言ってましたよ」

「東京でも流れるのか、この映像が？」

「なんだ。佐脇さん、けっこうマスコミを気にしてるんですか？」

石井は驚いて見せた。

「いや、別にテレビや新聞になんと言われようと関係ないんだが、あまり凶悪なツラに映ってるのもどうかと思ってな」

ひとしきり、たわいないことを言いあっていたが、石井は急に真面目な顔になった。

「ところで佐脇さんは、山添の自供をどう思ってるんです？」

「だから、美人の恋女房を女好きの院長が愛人にして、それを知った山添が激怒して刺殺したってことだろ。それでいいんじゃねえか」

佐脇はシレッとした顔で言った。

「しかしですね、あそこの当時の副院長、つまり殺された国見正院長の息子で、今は院長ですが、暴力団と繋がりがあるようで、麻酔薬を暴力団に横流ししていた形跡があるんです。そのクスリを、暴力団が暴走族や地元の不良に高く売ってるんじゃないかと」

石井の指摘に、佐脇はさして興味がなさそうにタバコをふかしている。

「で、私としては、息子の悪事を知った当時の院長が、口封じで殺されたんじゃないかという線を疑ってます。実行犯が山添かどうかは、まだ確証はありませんが」

「そりゃちょうどよかった」

佐脇は自分のデスクの引き出しから、メモ書きを取り出して石井に押し付けた。

「山添美沙の参考人調書。ワープロに打っといてくれ」

石井は、県警の便箋に走り書きされた読みにくいメモを凝視した。

「……これ、いいんですか？　この前の事情聴取とはかなり違いますけど」

石井はノートパソコンを開いて、自分が立ち会って入力した事情聴取のファイルを画面に表示させた。

「佐脇さんのこれだと、山添が日常的に妻の美沙に暴力を振るっていたことになってますね。しかし山添と美沙の夫婦仲はすこぶるよかったと複数の証言が一致してるんです。それに、私が聴取の時に作成したこのファイルでは実際に美沙から聞いたとおり、国見病院で清掃のパートをしていた美沙に院長が目を付け、レイプ同然に関係を持って、というのが事件の発端ですが、佐脇さんの調書では……美沙の手首の痣《あざ》を見て同情した院長が相談に乗るうちに恋愛関係になり、男女の関係に進んだ、という話になってるじゃないですか」

石井を面白そうに眺めていた佐脇は、ふふんと笑ってノートパソコンの蓋を閉めた。

「院長と男女の仲になって、院長のセックスが巧いのでのめり込んだ美沙の不貞を知った山添が『畜生、院長の野郎、殺してやる！』と口走った、というほうが説得力があるし、山添も刑が重くなるよな。殺意の存在が明確だしな。どうだ。そのほうがお前の捜査もやりやすくなるんじゃないか？」

石井は、なるほど、そういうことでしたか、という顔で頷いた。

「山添が勾留されてる期間が長ければ長いほど、美沙との関係も続けられますしね」

なんだ知ってたのかと佐脇は苦笑いした。

「ま、そういうことで、一石二鳥だろ。もう一度署に呼ぶから、その時署名させるんで、よろしくな」

「しかしこれ、あの美沙が素直に署名しますかね？　きっちりやっとかないと、公判維持の支障になりますよ」

「署名するに決まってるだろ。美沙って女は貞淑に見えて、実は好き者だ。亭主の山添に毎晩のようにかわいがられて男なしじゃいられないカラダになってる。そこにつけ込んでいいセックスをしてやれば、途端にメロメロになるんだ。石井よ。お前、もうちょっと女を勉強したほうがいいぞ」

佐脇は色悪《いろあく》の顔でニヤリとした。

「とにかくだ、このまま読み上げて、署名しなきゃ、おれと出来ていることを亭主に言うぞと脅せば、あの女は言いなりになる。お前だって関連捜査するのに時間稼ぎが出来て、都合がいいだろ」

そりゃまあそうですがと石井がなおも躊躇《ちゅうちょ》していると、佐脇のデスクの内線電話が鳴った。署長からだった。

「ああ佐脇君か。今日の夕方、グランドホテルに行ってくれよ。大宴会場だ。和久井《わくい》代議士が地元に戻ってきてるんだ。後援会のパーティだが、ぜひ君をゲストに、とじきじきのご指名だそうでね」

　佐脇は、正直にウンザリした声を出した。

「どうせ資金集めのパーティでしょう？　食い物も酒も、あまり期待できませんな。代議士センセイのお飾りになるのもゾッとしないんで、断っといてもらえますか」

　しかし、金子署長は食い下がった。

「まあそう言うなよ。和久井代議士のご尊父である先代は閣僚経験者で、元警察官僚だというのは知っているだろう？　地盤を継いだ和久井先生も『地域の治安と安全の回復』を公約にしている。そのテーマで講演をしたあとのパーティだ。だからこそ地元で、このところ、立て続けに事件を解決しているお前さんに、是非出席してほしいとの仰《おお》せなんだよ」

　やっぱりお飾りにされるだけじゃないか。それに今夜は美沙を一晩、じっくり抱く予定だ。とはいえ、会見で主役を奪ってしまったにもかかわらずやたら低姿勢な署長の態度を見るかぎり、断れば面倒なことになるのだろう。

　まあいい。美沙ならまたいつでも抱ける。政治にも、警察内部での出世にもまるで興味はないが、ここで署長と、その和久井センセイとやらに恩を売っておくのもいいだろう。それにあそこはメシはまずいが、コンパニオンはそこそこのレベルの女が来る。それを目当てに行ってみるのも悪くない。

「判りました。署長の頼みは断れませんや」


佐脇がグランドホテルに着いた時には、既にパーティは始まっていた。

宴会場に入ってきた彼の姿を目に留めた署長は、苦々しげな表情になった。

「おいおい、なんだその格好は？　和久井先生に失礼じゃないか。佐脇君。きみに常識が無いのは重々承知だが、その……ＴＰＯというものを少しは弁《わきま》えてだね」

「何処《どこ》に行くにもこの革のジャケットですがね。まあ多少、年季は入ってますが」

「多少、どころじゃないと思うがね……」

金子が、またも自分のハレの舞台を穢《けが》そうとしている佐脇におずおずと文句をつけているところに、新しい客の姿を目ざとく見つけたのか、一人の美女が近寄ってきた。

「本日はわざわざお運びいただきまして……何かお飲みになります？」

水割りをウェイターに頼みながら、佐脇は思わずその美女をまじまじと見つめてしまった。

上品な女だ。鄙《ひな》には稀《まれ》という言葉が咄嗟《とっさ》に浮かんだが、このどうしようもない田舎町では、おいそれとお目にかかれる代物では無い。女の数をこなしている佐脇のレパートリーにも、一人もいないタイプだ。

　見事なボディの曲線を際立たせる黒いパーティドレスに身を包み、色白でツヤとハリのある肌に光る大粒の真珠。きらきら光る大きな瞳。なめらかな額。手入れのいい巻き髪。彼女のまわりだけがスポットに照らされて明るくなっているようだ。

　何という香水かは知らないが、彼女が漂わせている花の香りと、甘い菓子のような匂いにふんわりと包まれて、佐脇は戸惑った。

　鈴をころがすような声で、美女は初めましてと佐脇に言った。

「和久井の家内です。金子さん、こちらは？」

「この男は、うちの署の佐脇巡査長です」

　署長は渋々、という感じで紹介した。首をかしげるようにして訊いた彼女の顔がぱっと輝いた。

「まあ。この方が。わたくし東京から戻ったばかりで、こちらのニュースも見ていなくて……お顔を存じあげなくて大変失礼いたしました」

　和久井代議士の妻は、次に真っ直ぐに佐脇の顔を見た。

「佐脇さんのお噂は、かねがね伺っておりますわ」

　飛びきりの美女にそう言われて、佐脇も悪い気はしない。

イヤイヤなどと適当に相づちを打ちながら、和久井代議士の妻と名乗るこの女を、それとなく品定めした。

年のころは二十代後半のようにしか見えない。しかし和久井はそろそろ五十にも手の届こうというトシだが、妻としては若過ぎはしないか？

佐脇はその疑問をそのまま口に出した。

「奥さんは後妻ですか？」

「きみ！　佐脇君！　失礼なことを言うんじゃない！」

うろたえる署長に和久井の妻はくすりと笑った。

「ええ。そうですわ。それも今はやりの、いわゆる『出来婚』ですの。こう見えても子供はもう高校生なんですから」

この女、あまり幸せではないかもな、と佐脇が感じたのはその時だった。

職業柄、ヤクザの情婦やタチの悪いヒモがついている女なら、佐脇は腐るほど見ている。社会的、経済的尺度で測れば彼女たちは不幸なのだろうが、どの女も諦めと同時に、不思議な満足を感じているように見えることがよくあった。だが、この派手で美貌で若作りの代議士の女房は違う。必要以上に明るい声からも、きびきびした立ち居振る舞いからも、どことなく上滑りで、自分のいる場所に満足していない……そんな苛立ちが感じられるのだ。

「今日の集まりの趣旨はご存じですわね？　佐脇さんならぴったりのゲストだと主人が申しまして、署長さんにご無理を言ってお願いしたんですの」

それで佐脇も気がついたが、大宴会場にしつらえられた演壇の金屏風の上には、『安心して暮らせるまちを～地域の安全と子どもたちを犯罪の魔手から守る！』と麗々《れいれい》しく書かれたプレートが掲げられている。

二代続けての治安と犯罪撲滅《ぼくめつ》がウリなのか、と思ったところで、その和久井代議士がマイクの前に立った。

トシの割には色艶《いろつや》のいい顔だ。いかつい顔の先代に比べると繊細な面立ちがソフトな印象を与える。目鼻立ちも整い、毛並みの良さを感じさせる、いかにも二世代議士といった外見の男だ。

「地元のみなさま。和久井でございます。大変ご無沙汰致しまして、申し訳ございません」

支持者を前にした和久井は、きわめて低姿勢に挨拶をした。マイク乗りのいい声で喋り始めると次第に興が乗り、口調は熱くなってきた。

「昨今の目に余る少年犯罪。これには厳しい態度で臨まねばなりません。彼らの多くは家庭教育がなっとらんのです。つまり、彼らは叱《しか》られたことがない。ならば、社会がきちんと叱ってやらねばなりません。そのために警察や少年院、少年鑑別所があるんです」

ライトを浴びて熱弁を振るう和久井は、快活で恰幅もいい。長身だから目立つし、すらりとして脚も長いので、二枚目の風貌が余計に引き立つ。

五十歳というと一般社会ではアガリが近づいた初老だが、政治の世界ではまだまだ若手だ。それを意識しているのか、三十代が着るような若さを強調した仕立てのスーツに、明るい色のシャツとネクタイをスポーティに着こなして、実年齢を聞かなければ五十には見えない。

そのせいか、会場には中年の婦人の姿も多い。ちょっとした親衛隊なのかもしれない。

「とはいえ、犯罪者になる手前の青少年も多数おります。彼らは、きちんとした善導さえあればすくすくと育つのです。そのためには、子供たちを地域全体で見守っていかねばなりません。都会はまだしも、この鳴海には、地域社会がきちんとあります。我が子だけではなく、大人が子供全員に目を配る。子供の健全な育成のために、まさに、みなさんの日々の力が大切なのです」

見た目は若くても、言っていることはジジ臭い。パーティという席を盛り上げるための演説だから耳触りはよくてマトモなのだが、テレビのニュースキャスターやワイドショーのコメンテーターがもっともらしく無責任に放言しているのとあまり大差はない。

「なによ。自分の子供だって満足に見守っていないくせに」

小さく呟《つぶや》いた声が耳に入った。佐脇がふと傍《かたわ》らを見ると、和久井の妻が憎々しげに壇上を見ている。佐脇に聞かれることを承知で、彼女は呟いたのか？

代議士夫妻の夫婦仲にドロドロの人間模様を垣間見てニヤニヤしている佐脇のところに、和久井の秘書がやって来た。

「一言、スピーチをお願い出来ますか」

と言うが早いか、スポットライトが佐脇を照らし出し、司会者がすかさず紹介に入った。

「それでは皆様に今夜の特別なゲストをご紹介いたします。あの、迷宮入りかと思われた国見病院院長刺殺事件の犯人を先日検挙された、鳴海署の誇る逸材、佐脇刑事です。佐脇刑事は未成年を出演させた違法ＡＶも摘発して、その辣腕ぶりは、今や全国的に話題になっています」

金子が顎《あご》で、早く上がれと佐脇に催促しつつ、隣の地元有力者と談笑している。どうせ、私の部下ですから私が命ずれば何でもやりますとか言っているに違いない。

秘書に促されて、佐脇は壇上に上がった。

「えー、ただ今ご紹介にあずかりました佐脇です。かつて、刑務所に慰問に行った毒舌が売り物の落語家が、開口一番『満場の悪漢どもよ』と言ったそうですが、今夜の私も、そう言いたい気分です。みなさん。私は見境なく悪漢を捕まえますからね、ご注意ください」

　ブラックなジョークだと思ったのか、場内はどっと沸いた。しかし佐脇はさらにその場の雰囲気をぶち壊すようなことを言った。

「代議士の方が地域の防犯や少年犯罪を政治に利用されるのも結構ですが、本気なら、まず警察の予算をつけていただかないと困ります。人員が足りない中、安月給でも自腹でも、現場のデカはきっちり仕事をしております。まあ、私なんぞは半端モンですからどうでもいいんですが、警察を選挙のお飾りにされるのはゾッとしませんな」

　会場はざわめき、出席者は当惑して顔をこわばらせた。当の和久井も苦笑しつつ、不自然な笑い声をあげて自らの度量の広さを見せようとしているが、それが余計に佐脇をムカつかせた。

「で、今夜の主賓の和久井先生は、先代から警察との付き合いが深いようですが、なるべくなら警察とは関わりあいにならないほうが楽しい人生を送れます。では、失敬」

　司会者の顔が引き攣《つ》るのを尻目に、佐脇はさっさと会場を後にした。

　イヤイヤ佐脇君はどうも口が悪くてね、と焦《あせ》りまくった署長の言い訳が聞こえてきた。

　パーティで飲んだ水割りが薄かったせいか、どうもイライラする。

　ホテルを出ると、遠くから霧笛が聞こえてきた。

　鳴海は、昔からの港町だ。かつては大都市との間をフェリーが結んで大いに賑わったのだが、今では高速道路が開通して航路は廃止され、しょぼい貨物船が時折り入港するだけの、侘《わ》びしい港町になってしまった。海運で栄えていた昔の光今何処《いずこ》だ。

海も汚れて、釣り人すら寄りつかない。だから、先日のようにヤクザのヤキ入れの場に使われたりする。夜になれば暴走族の遊園地だ。

そのへんで悪さをしているチンピラをぶちのめし、ストレス解消かたがた逮捕してやるかと、佐脇は人気《ひとけ》のない港に足を向けた。

＊

倉庫の向こうにヘッドライトの光が見えた。

こんな時間にこのあたりを流しているのは暴走族か、無防備な馬鹿なカップルくらいのものだ。そもそも、健全な市民は、この港には近づかない。

なんせ、この数年、港では暴走族によるカップル襲撃事件がいくつか起きている。そういうニュースも見ない、情報に疎《うと》いおめでたい男女がふらふらしているのなら、さっさと立ち去るよう警告してやろうと、佐脇は足を向けた。

倉庫街の角を曲がった彼の視界に飛び込んできたのは、遠目にもバリバリの改造車とわかる車だ。見たところ車は一台のようだ。だが暴走族のデートにしては様子がおかしい。

カーセックスしに来たのならヘッドライトを消すだろうに、点灯させたままだ。その上、一台の車からぞろぞろ数人が降りてきた。この種の改造車はスタイリング優先だから車内は狭くて2シーター同然にしか使えないのが普通だ。しかし、ドアから出てきたのは、不良じみた、崩れた格好の若い男が四人。そして女……というよりも少女が一人。

少女はレディースには見えない。援交やナンパに明け暮れていそうな、いわゆるギャルでもない。地元の、あまり偏差値の高くない高校の制服を着ている。スカートの裾もあげていない、校則どおりの、野暮ったい格好だ。

だが車の前に引き出され、ヘッドライトの光が当たった少女の顔を見て、佐脇は久々に口笛を吹きたくなった。とびっきりの、超のつくほどの美少女だったからだ。

抜けるように白い肌。長くまっすぐな黒髪がライトを反射して、きらきら輝いている。細い鼻梁、ふっくらとした唇。大きな瞳が怯《おび》えたシカかウサギのように潤んでいる。気の強さや意志力を感じさせる要素がまったくない。なぜこんな美貌が与えられてしまったのか本人にもまったく判らず、自分でも扱いかねて戸惑っているふうにしか見えない。

そんな美貌が、暗闇の中、スポットライトのような車の明かりを浴びて、ひときわ日立っていた。

と、革の上下を着た男が一歩進み出て、美少女の顎に手をかけた。

少女は遠目にも分かるほどに、激しく震えている。

「おい。環希《たまき》。おまえ、どういうつもりだ？　拓海《たくみ》さんが電話してもいっつも留守電、折り返しもしないそうじゃねえか。学校にも出てこないで逃げやがって。このままバックれられると思ってんのか？　拓海さんだって立場上、メンツってもんがあるんだよ」

　少女が蚊の泣くような声で答えている。

「ごめ……ごめんなさい。あたし、駄目なんです。おと……男の人とお付き合いするのが」

「はぁ？　いい年してネゴト言ってんじゃねえ！　そんな言い訳、誰が信じるかよ！　それとも何か？　お前、拓海さん以外に好きな男がいるんなら、名前言えや。きっちり落とし前つけさせるからよ。黙って二股かけられると思ってんのか？　一度は付き合う、つったんだろうがよ？　つまりお前はもう拓海さんの彼女ってことだ。おれたち『寿辺苦絶《すぺくた》悪《あ》』のヘッドの女に手を出そうなんてバカは、県内くまなく探したって一人もいねえよ。二股なら諦めな」

「そんな……二股なんかじゃありません！　ほんとに……ほんとにあたし駄目なんです。怖いんです」

　どうしたものか、と倉庫の陰で佐脇が思案していると、別の方向から単車のエンジンの音が聞こえ、みるみる大きくなった。改造車のヘッドライトの光の中に現れ、あざやかに急停止したバイクから、一人の若者が降り立ってヘルメットを脱いだ。

　堂々たる登場の仕方だ。

四輪の若者たちが「拓海さん」「ヘッド」と口々に声をかける。

暴走族の首領らしいその若者は怯えている美少女をまっすぐに見つめ、なにやら変身ヒーローのように格好をつけたポーズで彼女に指を突きつけた。

「環希。もう一度訊く。これが最後だ。どうしても、おれに抱かれるのがイヤなのか？」

長身で彫りの深い顔立ち。不良には違いないが、大抵の女なら惚れこみそうな、カッコイイ若者だ。

拓海、と言えば、県内では有名な暴走族『寿辺苦絶悪』のヘッドとして、警察関係者に名前も知られている人間だ。バックにするならこれほど心強い存在もない。あれほどの美少女ならさっさと彼女になって、野郎どもを手玉に取るぐらいのことをすればいいのに。

しかし、環希と呼ばれた美少女はさらに怯えた様子で俯《うつむ》いてしまった。たぶん、こういう連中とは全く縁のない、普通の女子高生なんだろう。

「環希。おれは、バカにされるのは慣れてない。写メで出回ったお前の画像を見て、家を突き止めて、ストーカーみたいなことをしたのは確かに悪かった。だが、おれのものになって後悔した女は一人もいない。嫌なら嫌と言えばよかった。お前は一度は付き合うと言ったんだ。確かにお前は美人だが、男の気持ちをおもちゃにするのは、許されていいことじゃない。もう一度訊く。おれに抱かれるのは嫌か？」

拓海は静かに言った。

環希と呼ばれた美少女は俯いて、押し黙ったままだ。

他人事《ひとごと》ながら佐脇もイライラした。相手を怒らせたいのか、この女は？　イヤならイヤとはっきり言えば話も早いだろうに！

「付き合うと言いながら抱かせない。キスもさせない。最初はそれでも我慢した。時間をかけようと思った。だが、もう限界だ。言っとくが環希。おれはお前に告《こく》ってからほかの女とはヤッてないぞ。どれだけ苦しかったか」

環希の鈍い反応に、暴走族のヘッドも完全に失望したらしい。再びヘルメットをかぶると、仲間たちに言い放った。

「お前ら、この女、好きにしていいぞ」

そう言い捨てるやバイクに跨《また》がり、エンジンをスタートさせた。

無理に未練を断ち切るかのように物凄いスピードでターンさせると、爆音とともにみるみる遠ざかっていった。登場と同様、劇的な退場だ。

あとには拓海の手下たち四人と、怯えた美少女が一人、残された。

環希はさながら、飢えた狼に囲まれた子羊だ。

「……ということなんだよ。環希ちゃん。ヘッドのお許しが出たからには、これからどうなるか、判ってるよな？」

「ゆ、許して……許してください……家に帰して」

「ンなこと、出来るかよ。おれらのヘッドの顔潰しといてよ！」

それが合図になった。

族の一人が、彼女の制服スカートをまくりあげようとした。

「や、止めてくださいっ！」

環希が怯えてそう言っただけで、四人はどっと笑った。

「何言ってるんだよ。おらおらおら、やっちまうぞ〜」

四人は、ゆっくりと彼女をいたぶって、じっくりと料理をする気なのだろう。一人目が、紺の制服スカートをぴらっとめくった。

「イヤッ！」

彼女は慌てて裾を押さえてイヤイヤをした。そのポーズが、いかにもか弱い少女風で、かえって連中の嗜虐《しぎゃく》心に火をつけたようだ。

「いいか。お前はもう、何にもないままで帰れないんだぜ。判ってるな。まず、じっくりお前のカラダを見せてもらおう」

一人目が、スカートの裾をつかんで、ゆっくりと持ち上げていった。

美少女は、腿もキレイだった。すらりとした、形がよくて長い脚が徐々に姿を現した。

「や……やめて……」

「やめない。やめるわけ、ないだろ」

スカートは下腹部をすべて剝《む》き出しにして、お腹の上まできれいにめくられてしまった。

「ああ……」

彼女は顔をそむけた。白い下着に包まれた、下腹部が現れた。

「こんなもの、いらねえだろ」

男は、スカートのホックを外し、手慣れた様子で頭から抜き取ってしまった。

「なんか、上半身だけ制服ってのはＡＶみたいで勃起するよなあ」

別の男が言った。

「上も脱がしちまおうぜ」

反射的に胸を押さえて後ずさった美少女を、別の二人が捕まえてブレザーを脱がせた。

環希は、白いブラウスに下着にソックスだけ、という姿にされてしまった。

「も、もう、これ以上は……許して……ください」

大きな目に涙を一杯溜めて訴えたが、それが余計に男全員の劣情をいたく刺激した。

彼らは、もう我慢できないという様子で美少女にむしゃぶりつくと、そのまま港のアスファルトに押し倒した。

「い、いやっ！　助けて……」

だがそんな言葉も暴走族四人の、獣《けもの》のような唸り声に掻き消されてしまった。彼らは環希の両腕をがっしりと摑み、ブラウスを剝《は》ぎ取ろうとしている。

「ひぃっ！」

彼女の悲鳴とともに、ブラウスが引き裂かれる音が夜の港に響き、純白のブラが露出した。

うおおという歓声とともに、さらにブラが剝ぎ取られ、美少女の、まだ小ぶりの熟しっていないゆえに清らかな乳房が、無残にも剝き出しになっていた。

「い、いやぁ！　やめて。やめてっ！」

断末魔のような彼女の叫びも、今や彼らの興奮剤にしかならない。四人はすでに完全に淫獣と化していた。

二人が上半身を押さえ込み、もう一人が足を押さえて、残った男が環希の白いパンティに手をかけた。

「お前、ヘッドにやらせなかったのは、処女だったからじゃねえのか？　セックスが怖かったんだろ？　まあ、ヘッドのセックスは凄いからな。処女でもいっぺんにヤリマンになっちまうかもな」

へへへと下卑《げび》た笑い声をあげて、男はするするとパンティをずり下ろした。

佐脇のところからは肝心の部分がよく見えないのだが、四人の野獣は口々に美少女の秘部の様子を口にした。

「そこ退けよ。影になってコイツのあそこが見えねえじゃん……薄いなあ。ワレメ見えすぎ」

「モリマンだな。ワレメがぱっくり」

「ほーら。ここにチンポが入るんですよ～。おい。お前、ホントに処女なの？　どうなんだよ？」

環希のパンティを脱がせた男が、彼女の股間に指を這わせた。

「ひっ……」

環希は躰を硬くして、腿を突っ張った。今度は遠目で見ても、ヘッドライトに照らされた秘部に、淡い秘毛がふるふると揺れているのが判った。

「じゃ、おれからいくぜ」

自らの股間をしごいていた男が、ジーンズを脱ぎ捨てると、すでに屹立していたペニスがぴょんと勢いよく飛び出した。痛いほど反り返った先端からは、透明な液体を滴らせている。

「処女だとてこずるな。おれ、慣れてないんだ」

「お前はいつも拓海さんのお下がりばっかりだもんな」

「うるせえ！」

男は大声を上げると、少女の両脚を自分の肩に抱き上げるようにして股を割り、秘部を押し広げた。

もう一人も下半身を露にして、勃起した一物を取り出すと、環希の顔に跨がって、彼女の口にそれを押しつけようとした。

「下の口はあいつ。上の口はおれだ。さ、舐めろよ」

他の二人は、彼女の左右に腰を落として、それぞれが二の腕と太腿をがっしりと捕まえて身動き出来ないようにしている。

美少女のすすり泣く声が、港に響いた。

「あ。こいつ、漏らしやがった。ンだよう、小便漏らしやがって」

環希は、輪姦される恐怖に、失禁してしまったらしい。

佐脇は、そろそろ出て行かないと手遅れになると判断した。

しかし、あんな美少女がどうしてこうも易々と襲われてしまうのか、理解出来なかった。どんな女でも、普通、少しは逃げようとしたり、服を脱がされまいと抵抗したりするんじゃないのか？　あの四人は別に凶器で脅したわけではない。なのに、何の抵抗もしないで、美少女がなすがままになっているのが、腑に落ちなかった。

「小便ちびりやがって……ようし、おれがキレイにしてやろう」

挿入しようとした男は、顔を少女の股間に移した。彼女の両脚をさらに大きく広げて、剝き出しの薄い繁み一帯に口づけをし、わざと音をさせてじゅるじゅると啜《すす》り込んだ。

彼の舌先が舐めていくと、美少女はイヤッと小さな声を上げ、びくんと肩を震わせた。鳥肌が立っているようだ。

ついに我慢が出来なくなったのか、男はクンニをやめて、彼女の秘所に勃起した肉棒を何度も擦りつけた。

「さあて、お前の小便とエロ汁が混じったのがおれのチンポに塗られたぞ……じゃあ、いくぜ」

環希という美少女のあまりの不甲斐《ふがい》なさに、佐脇は次第に我慢がならなくなった。よっぽどのお嬢様でも、自分の身を守るためにはもっと抵抗するんじゃないか？ これでは連中の嗜虐心を刺激するばかりだ。ヤツらの劣情をいっそう掻き立てていることに気付いていないのか？

イヤ待てよ。もしかして、あのコは、いじめられっ子なのかもしれん。小さい時からずっといじめられ続けていれば、諦めが先に立って、今さら抵抗する気も失せているのかもしれない。家でも親にネグレクトされているとしたら……。

佐脇はそっと警察専用携帯電話のボタンを押した。

「ああ、おれだ。場所、鳴海港第二埠頭。倉庫前において暴走族らしい数名が若い女性に暴行中。これから割って入るが、至急、応援を要請する。そうだな、パトカー四台。派手にサイレンを鳴らして来てくれ」

携帯を切った佐脇は、わざと靴音も高く倉庫の陰から出ていった。

「よし、お前ら、そこまでだ。暴行、準強姦、強姦未遂に、ケガもさせてるようだから強姦致傷の現行犯で逮捕する。言っておくが、二人以上の共謀だから親告罪にはならんぞ。その女の子を脅して訴えを取り下げさせようが、おれが目撃した以上はダメだ。神妙にお縄を頂戴しろ！」

佐脇はニヤつきながら、ここぞとばかりに声を張り上げた。

「な、なんだお前……刑事かチンピラか判んねえな。チンピラなら兄さん、順番を譲るから、愉しんでくれよ」

環希に挿入しようとしていた男が、負けまいとしてうそぶいた瞬間、佐脇はその男の髪の毛を摑んで思いきり後ろに引き倒した。

「警察手帳とか拳銃とか見せねえと信用ならないってか？　え？」

固茹《かたゆ》で卵が割れるような、ぐしゃ、という音がして、最初の男は動かなくなった。

「なんだテメエ。おれたちが『寿辺苦絶悪』のメンバーだって知ってンのかよ？」

環希に強制フェラチオをさせようとしていた男が、振り向きざま、ナイフを取り出した。

「馬鹿かお前。ナイフ出す暇《ひま》があったら、その粗末なモノを仕舞え」

佐脇はそう言うが早いか、男の股間を蹴り上げた。これも、ぼす、というような何かが潰《つぶ》れた音がして、男は仰向けに倒れ、アスファルトで頭を強打して動かなくなった。

と、環希の両腕を押さえつけていた二人が同時に立ち上がり、佐脇に襲いかかった。この二人のチームワークはよくて、両側から刑事を攻撃してきた。

最初の二人は一撃で倒した佐脇だが、こちらの方はそう簡単にはいかない。それぞれがナイフと伸び縮みする特殊警棒を持って、同時に襲いかかってきたのだ。

特殊警棒の方を足蹴にして倒し、同時にナイフを突き出した奴の腕を掴んで投げ飛ばした。

だが二人はすぐに態勢を立て直し、叫び声とともに再び襲ってきた。

「そこの君！　危ないから自分で逃げろ！　それくらい出来るだろ！」

佐脇が叫ぶと輪姦される寸前だった環希は、ようやくよろよろと立ち上がって、倉庫の方に行った。

佐脇が手ごわいとみて、二人は分業で掛かってきた。警棒が佐脇の足を狙い、ナイフが上半身を襲う。

だが、これくらいのことは予想していた刑事は、身を屈めて同時に二人の腹にボディブローを見舞った。

みぞおちに拳が命中した二人は体勢を崩してくの字になると、ゲホゲホと激しくせき込んだ。

それを見逃す佐脇ではない。交互に膝蹴りを食らわし、のけ反ったところにアッパーカットを加えた。

しかし、そのころになると、股間を蹴り上げられた男が復活してきた。後頭部を強打した男もなんとか意識を回復してヨロヨロと立ち上がり、佐脇攻撃の布陣に加わった。

四対一で対峙したワルデカは、まず、特殊警棒を奪おうとした。

いきなり矛先を向けられた男が驚き、一瞬、腰が引けたところを狙ってホルスターからS&Wの三十八口径を抜いた。

「おいお前ら。どうせおまわりは撃たねえとか思ってるんだろう？　だがな、最近は規則が緩んで、必要があれば発砲してもいいんだ。四対一で襲われてるんだから、必要な発砲ってことになるよな」

胸に照準を合わされた特殊警棒の男は怯んだ。

「ななな、なにを」

「知ってるか？　おれは県警の射撃大会で優勝したことがあるんだぜ」

嘘だった。佐脇は面倒がってその種のイベントに参加したことはない。しかし、グアムに行った時、射撃場の的を完全に吹き飛ばしたことは何度かある。

その時、佐脇の後ろに回った男が、未だ脳震盪《のうしんとう》から醒《さ》めやらないまま摑み掛かってきた。が、佐脇が事も無げに後ろ足で蹴り飛ばすと、男は再度ひっくり返って動かなくなった。

「くっそー！」

　ナイフの男が得物をメチャクチャに振り回しながら突進してきた。しかしこれも、拳銃を構えた右肘で顔を強打したあと膝蹴りをかまし、倒れた背中を思いきり踏みつけてやると動かなくなった。

　股間を蹴られた衝撃がまだ残る男は、これで完全に怖じ気づいたようで、立ちすくんだまま動けなくなった。

「鳴海署に面倒なデカがいるとは聞いてたけど……それがアンタか」

「そう思うか？　ならそうなんだろう」

　佐脇は撃鉄をかちりと倒して、特殊警棒の男の胸に狙いを定めた。

　ひっ、という悲鳴が男の口から漏れた。

「映画でよくあるだろ。この銃には弾が何発残ってるのか、おれにもよく判らない。試してみるか？　ってな」

　佐脇がニヤニヤしながらさらに一歩を踏み込むと、特殊警棒の男は警棒を投げ捨てて両手をあげた。

「こ、このとおりだ。降参だ。た、たすけてくれ……」

　佐脇は、このナリは立派だが、からっきし根性のない暴走族をもっといたぶってやりたくなった。

「今日からお前ら、自分たちのことを珍走団と呼べ。そうしたら許してやる」

「は、はい。わ、判りました」

助かるなら親や恋人の命も差し出しかねない勢いで、男は頷いた。

そうかそれじゃあ、と次のいたぶりを口にしようとした時、遠くからパトカーのサイレンの音が聞こえてきた。

「助かった。警察だ！」

男が意味不明のせりふを口走る。

「馬鹿かお前。おれも警察だ」

「だから……マトモな警察が来てくれた」

男は言い返し、じりじりと後ずさりしてから、さっと自分のマシンに逃げた。

他の二人もほうほうのていで逃げ出した。

「おい。お仲間を忘れてるぞ。お前らスゲー薄情なんだな。コイツがいろいろゲロするだろうが、それはいいのか？」

佐脇にそう言われて、あとから逃げようとした二人が慌てて取って返し、失神したままの男に駆け寄ると、自分の車に押し込んだ。秒速で発進させると、一目散に逃げ去った。

「病院につれて行け！　下手すると死ぬぞ」

一応叫んでみたが、たぶん聞こえていないだろう。

佐脇は、環希に目を移した。

アスファルトの地面に座り込み、ぼろぼろに引き裂かれたブラウスのまま、半裸の状態で呆然としている環希に近づくと、佐脇は革のジャケットを羽織らせてやった。

「もう大丈夫だ。マトモなおまわりも来るから、これから現場検証して……」

そこまで言ったところで、佐脇は考えを変えた。

ショックに打ちのめされ、「うちに帰りたい」と繰り返している環希に、これからの手続きはとても耐えられないだろう。まず輪姦の一部始終を、気の利かないマトモなおまわりに話さなくてはならない。そのあと署に行って、被害者として調書を取られる。細部にわたる事情聴取を受けなければならないのだ。

それはまさにセカンドレイプ、サードレイプそのものだ。しかもこの美少女は見たところ、精神的に並外れて脆《もろ》そうだ。

婦人警官が聞き取るにしても、彼女がダメージを受けずに済むとは、とても思えない。

「判った。家まで送ろう」

佐脇は私物の方の携帯電話を取り出すと、由布を呼び出した。

「悪いが、車に乗って、すぐ港まで来てくれないか。事情はあとから話す。早く来てくれないと、警察が来てしまう」

サイレンはどんどん近づいてきた。

「あんたも警官でしょ？　なに？　今度は県警と戦っているとでも？」

「そういう突っ込みはあとから聞く。とにかく、すぐ来てくれ」

自分で呼んだパトカーだが、こうなると邪魔だ。だが再度連絡して追い返すことも出来ない。暴行傷害事件の報告をしてしまったからだ。

環希の服の乱れを直してやり、パンティも拾ってきて穿かせてやって、倉庫の陰に隠すと、佐脇は表に出てパトカーの到着を待った。

指定通り四台のパトカーが到着し、彼はヘッドライトの光の輪の中に立った。

「暴走族はサイレンを聞いて、逃げ去った」

どやどやと降りてきた警官に向かって佐脇は現状の説明をした。

「被害者は、おれが族とやりあっているうちに、自力で逃げた。報告書はおれが自分で書く」

そうは言っても、現場の確認など、やって来た警官にはやることがある。

佐脇がそれを眺めつつ、起きたことの説明をしていると、由布が顔をそっと出して頷き、佐脇が確認したのを見てとると素早く顔を引っ込めた。

簡単な現場検証が終わってパトカーが引き揚げようとした。

「佐脇さん、署まで乗って行きますか」

「いや。おれは飲み直して帰るよ。報告書は明日書くから、今夜はいいだろ」

警官は納得して、パトカーを出した。

それを見送った彼は、倉庫の陰に入った。

「あんたらしくないんじゃない？　いつもなら、このコをあっさりパトカーに乗せてオシマイにするところなのに」

中古のシルヴィアに乗った由布は憎まれ口をたたいた。

「いや……この子が、レディースとかチーマーとか、そういうタグイだったらそうしたろうが……」

環希はシルヴィアの後部シートで躰をまるめて震えていた。

由布は、黙って頷いた。

「取り合えず、お前の部屋に行くか。このままだと、親御さんが驚く」

佐脇も乗りこんで、車は由布のマンションに行った。

環希が風呂に入っている間、由布は制服の汚れを落とし、ブラウスのボタンをつけてやった。

「お前、案外優しいじゃねえか」

「人間として、女として放っておけないだけよ。だけどあんた、今度はあの小娘を毒牙にかけるつもりなの？」

由布の目は厳しかった。

「ンなわけないだろ。おれがガキを好かねえのはお前も知ってるだろうに」

「……私の時だって、あんた、最初は優しかったから、ね」

佐脇は笑い飛ばした。その時には、環希とどうにかなるつもりは、まるでなかったからだ。

風呂から上がって由布のバスローブを着た環希は、港で見た時よりも数百倍可愛くて、美しかった。試練をやり過ごした安堵《あんど》が、美少女をいっそう輝かせているのかもしれない。

環希は偏差値の低い高校でいじめられていた。中学でも美人すぎるという理由でいじめられ、不登校になって出席日数が足りず、そんな高校にしか行けなかったのだ。

そんな環希の写真が携帯メールで出回り、底辺高校を中退した暴走族のヘッド・拓海の目にとまった。

「付き合ってほしい」と拓海に迫られて、怯えた環希はひたすら逃げ、断り続けたのだが、うんと言わなければ家族にまで危害が加えられそうな危険を感じて、一度は交際を承諾した。しかしやっぱり恋人になることは……というより拓海に抱かれる決心がつかなかった。それで躊躇しているのを、焦《じ》らしているように取られてしまい、呼び出されて輪姦されそうになったのだった。

そんな事情を、環希は時間をかけてぽつりぽつりと話した。

「美人に生まれた災難だな」

由布の非難する目線を感じつつ、そう思うしかないだろう、と佐脇は言った。

「私……またあの人たちになにかされるんでしょうか」

環希は、今にも消え入りそうな弱々しい声で聞いた。

「そうならないように、守ってやるよ。連中も、おれがついてることを知ったんだから、そうそう手を出してはこれないだろう」

親御さんにはおれからきちんと話をするからと、ジェントルな顔をした佐脇は、環希を自宅まで送っていった。

第三章　口を開けた暗黒

佐脇は、美沙のために強引にアパートを借りてやった。彼女は水商売を嫌うので定食屋のパートも見つけてやった。夜は居酒屋になるその店は行きつけなので、無理が利く。美沙は、事実上の愛人だ。適当に時間を作って、ランチのあとアパートに寄って抱いたり、店が終わったあとアパートに寄って抱いたりと、亭主が仮釈放されないのをいいことに、抱きまくっていた。美沙も、佐脇の強烈なセックスに慣らされて、彼の来訪を全く拒《こば》まなくなっていた。

そんな楽しい毎日を送っていたある夜。美沙との情事を済ませて小綺麗なアパートから、口笛を吹きながらアパートの階段を降りてきた佐脇の目の前に、部下の石井が立っていた。有能な部下は、いつものように小柄な躰に肩から重そうなショルダーバッグを下げ、憤懣やる方ない、という表情を浮かべていた。

「佐脇さん。いい加減にしたらどうですか？」

石井の目には険《けん》があった。

「いい加減って何をだ？」

爪楊枝《つまようじ》で歯をせせりながらのんびりと聞き返す佐脇を、石井はなおも睨みつけた。

「とぼけないでください。このアパートに住んでいるのは山添美沙でしょう？　容疑者の妻と関係して、マスコミに嗅《か》ぎつけられたらどうするんですか。スキャンダルですよ。佐脇さん、警察にいられなくなりますよ」

石井はいつになく真剣な顔で言った。

佐脇は悪戯《いたずら》を見つかった悪ガキのような表情でニヤリとして見せた。

「今更、お前に説教されるとは驚きだな」

「もう一度言いますが、佐脇さん」

今日の石井は引っ込まずに、語気を強めた。

「いい加減火遊びはやめたらどうですか。こんな、警察官として後ろ暗い生活からはキッパリ足を洗ってくださいよ」

「無理だな。お前の言ってることは、猫に鰹《かつお》節は食うなと説教してるようなもんだ。な？　この町も、県警も、ろくなもんじゃないんだから、お前みたいに真面目にやってもバカを見るだけじゃねえか」

へらへらと言い返す佐脇にさらに怒って突っかかってくるかな、と思いきや、案に相違して石井は疲れたような顔になって、呟いた。

「山添の供述調書ですが、言ったことと調書がまるで違ってると、やっこさん、弁護士に泣きついたようですよ。その弁護士が記者会見を開く動きを見せています。佐脇さんは、山添を勾留延長させて、そのまま収監させようってハラなんでしょ。美沙を自分のモノにするために。こんなことマスコミに知れたら……監察だって、知らん顔も出来なくなるでしょうし」

「ああ、だから今日のお前はキツいのか。心配するなって。マスコミには美味しいエサを時々呉れてやっている。やつらにしてみりゃ、おれは大事なネタ元だから大丈夫さ」

佐脇は余裕たっぷりなところを見せて石井を宥《なだ》めにかかったが、聡明な部下は納得しない。

「虎だって充分エサを食わせておけば山羊《やぎ》と同じ檻《おり》で飼えるって言うけれど、マスコミなんて、いつ手の平返しするか判ったもんじゃないです。節操も何もないというのは佐脇さん自身よくご存じでしょう」

石井は、佐脇ににじり寄った。

「私は佐脇さんを尊敬しているから、勿体《もったい》ないんですよ。せっかくのヤマが、佐脇さんの女好き故に立件出来なくなる可能性だってあるんですよ。佐脇さん自身だって仕事を続けられなくなるかもしれないというのに」

上司思いの石井の真情に触れた佐脇は少しバツが悪くなり、話題を変えた。

「お前、今日は夜勤明けで非番のはずなのに、こんな時間まで何やってるんだ？　例の可愛い婦警とデートはしないのか？　女は時々ハメてやらないと逃げられるぞ」

生活安全課の婦警とのことは署内で少々噂になっている。恋人のことをからかわれた石井は赤くなった。

「彼女とは、そんなんじゃないですよ」

「そんなんじゃないってお前、男と女がいたらヤルことは一つだろうが？」

「佐脇さんとは違いますから。今日は家には帰りません。デートもしません。ちょっと調べていることがありまして。三日前に与路井《よろい》ダムで死体が上がりましたよね。ゲームセンターの従業員ですが。あれがちょっと引っかかっているもので」

「与路井ダムのあれは自殺だろ？　そんなどうでもいい、事件でもないようなことに貴重な休みを使って首を突っ込むなんて、馬鹿かお前」

「どうでもよくはないです。あのゲームセンターはこの町の不良のたまり場です」

たしかに石井の言うとおり、問題のゲームセンター『ジャックポット』の周辺では若者による恐喝や暴行傷害事件がよく起きていた。

「そういや、去年のクリスマスイブにサラリーマンが襲われて重症を負った事件も、あれ、まだ犯人挙がってなかったな」

赤いジャージを着た高校生ぐらいの若い男が現場から逃げて行ったという目撃情報はあ

ったものの、完全に迷宮入りだった。

「この前の集団強姦未遂の暴走族も結局、取り逃がしたんだよな。どうも、ウチの県警は最近、少年犯罪の取り締まりが手ぬるいような気がするな」

自分が逃がしたのに佐脇は他人事《ひとごと》を装ったが、石井はそれを真に受けた。

「たしかにその傾向はありますね。人権派だの左がかった市民団体だのが最近うるさくなったということもないのに、おかしいと言えばおかしな話です。それはそうと」

問題のゲームセンターに集まる若者たちのあいだで薬物が取引されていた、という情報があり、その出所が問題なのだと石井は言った。

「院長刺殺事件の、あの国見病院。麻酔薬の数量が合ってない、というハナシがあるんです。暴力団に横流ししてるんじゃないかという私の見立てに一致する情報です」

「やめとけやめとけ。そんなヤマを追うのは」

佐脇は思わず大声で石井の背中をどやしつけていた。

「どうせヤク中の医者がこそこそ抜き取っているとか、そんな程度の話なんじゃないのか？　大したヤマになるワケがない。悪いことは言わん。帰って休め。もしくは女をデートに誘え」

「厄介なことに首を突っ込むな、ですか？　それって佐脇さんも始終、上から言われていることですよね？　佐脇さんに薫陶《くんとう》を受けた私が言うことを聞くと思いますか」

聞かないだろうな、と佐脇はニヤリとした。

「じゃ、私はちょっと現場に行ってきますんで。あんまり長々と立ち話するのもナニですし、逢って話を聞かなきゃならない相手もいますしね。佐脇さんこそ人に説教する前に火遊びはやめてくださいよ」

今からかよという佐脇を無視して、石井は踵《きびす》を返して去って行った。

小柄な背中にショルダーバッグのストラップが食い込んでいたのが、佐脇の目には妙に残った。


石井と別れた翌日、佐脇は丸一日休みを取って酒池肉林を楽しみ、ゆうゆうと出勤した。

デスクには、佐脇あての伝言が載っていた。差し出し人は覚えのない名字だったが、環希という名前を見て、先日暴走族から助けてやった女子高生だとようやく思い出した。

メモに記された携帯番号に掛けてみると、相変わらず怯えたような声の環希が出た。

「おれだ。いや、鳴海署の佐脇だよ。あれからどうした？　連中はちょっかい掛けて来ないか？」

環希を輪姦しようとしたやつらは相当痛めつけてやったから、確実に病院送りになっているはずだ。そいつらは別件で挙げればいいが、そもそもの原因になった連中のボスは無傷だ。手下をやられて黙っているはずもない。刑事のおれに手出しは出来ないが、環希をきっとまた呼び出すだろう。それを待ち伏せして、脅迫罪か何か適当な罪名で現行犯逮捕してやるつもりだったのだ。

「それが……何も言ってこなくて……。佐脇さんに言われたとおり、家の外には出ないようにしてます。けど、すごく怖くて」

「それは、おかしいな」

連中のボスは……たしか、タクミとか呼ばれていた。佐脇は刑事課なので、少年犯罪のことはよく知らない。こういう時は……石井に聞けばいい。あいつなら大抵のことは知っているし、抜群の調査能力と署内の人脈ですぐに調べあげてくる。

「おい。石井はどこにいる？」

環希からの電話を切った佐脇はアルミの灰皿で煙草を消しながら、傍《そば》のデスクで書類を書いている光田に訊ねた。

「石井は欠勤だよ。二日酔いなので休むとメールで連絡があったらしい」

佐脇を嫌っている光田は、目を合わせずに言った。

「メールだと？」

嫌な予感がした。真面目な石井は自己管理も万全で、佐脇が記憶するかぎり自己都合の欠勤はしたことがない。いや、それ以前に石井はそもそも酒が飲めないのだから、二日酔いということはあり得ない。さらに几帳面《きちょうめん》な彼のことだから、必ず電話をかけてくるはずだ。メール一本で済ませるはずがない。

「おい。誰か手の空いている奴、石井の家までひとっ走り行ってみてくれ。それと、石井が付き合っている生活安全課の婦警、なんて名前だっけか」

佐脇が大声をあげると「篠井由美子《しのいゆみこ》巡査ですよ」という返事が部屋の向こうから返ってきた。

「その篠井につないでくれ。大至急」

彼は不吉な予感を打ち消そうとタバコをせわしなく吹かした。

「佐脇さん。篠井、出ました」

いつもなら佐脇に秘書か助手のように使われまいと言うことを聞かない同僚たちだが、今はその切迫した感じに呑まれていた。

「生活安全課の篠井巡査？　佐脇だ。つかぬことを聞くが、昨日、石井と会ったか話はしたか？」

「え？　佐脇さんって、石井さんの。ああ、いえ、昨日は会っていませんし、電話で話もしてないんです」

「話もしてない？　今日、あいつは休んでるんだが、それについて何か知らないか？」

「いえ、まったく……」

由美子は困惑し切った声を出した。

「私たち、そんなに頻繁に会ってないし、連絡もしょっちゅう取り合ってるわけじゃないんです。お互い勤務の時間も違いますし……」

そんなのは判ってるが、と佐脇がなおも言おうとした時、刑事課のスピーカーが鳴った。

「鳴海署管内、鳴海市与路井町大字与路井の与路井ダムにて死体発見。人造湖に浮遊する二十代から三十代の男性。着衣あり所持品なし。ダム管理事務所からの通報により機動捜査隊がすでに出動。初動捜査中」

それが流れた途端に、刑事課は騒がしくなった。数人の刑事が立ち上がって出動する支度を始めた。

与路井ダムは、鳴海市の外れの山間部にある。管轄の境界に近く、警官の配置も手薄なため、付近の県道やダム公園は暴走族の溜まり場となり、深夜は彼らの専用レース場の様相を呈している。

「男性で小柄？　クリーム色のコート？」

「また自殺かよ。与路井の飛び込みはこれで二件目だな」

同僚たちの声を聞くや否や、佐脇は刑事課を飛び出した。一昨日、別れ際に石井が言った、『三日前に与路井ダムで死体が上がりましたよね。ゲームセンターの従業員ですが。

あれがちょっと引っかかっているもので』という言葉が瞬間的に頭の中に蘇っていた。石井は『現場に行く』とも言っていたのだ。

現場に向かうパトカーに無理やり同乗し、サイレンを鳴らして、白バイも先導させて可能な限り飛ばした。

与路井ダムは、山の奥深くにある。ダムの下からてっぺんまで百五十六メートル、ダムの堤の長さが四百メートルある、この県最大級の重力式コンクリート・ダムだ。発電と農業用水確保のためについ最近完成して巨大なダム湖が出来たのだが、まだ観光地として整備されていないので、訪れる人も少ない。

山が海の側までせり出している鳴海市の中でも一番奥にあるから、道路事情も悪く、直結しているのは左右にくねくねと曲がる片側一車線の細いワインディング・ロードだけだ。県に予算がないのでこの道路は工事のために通したままなので、事実上、走り屋と称する暴走族の一派の専用コースと化している。

パトカーも、この道をトロトロ走るしかない。警察無線でやり取りすると、ダム湖に浮かんでいた遺体は検屍のため鳴海署に運ばれたということが判った。

急遽パトカーをユーターンさせながら、佐脇は、無駄な時間を使わせた現場の警官を怒鳴り上げた。

「馬鹿野郎！　そういうことはさっさと言え！」

「すみません。自分は遺留品の捜索などで現場状況の把握が遅れました」

しかし、道中、警察車両とは一台もすれ違っていない。

「多少遠回りでも道が太い県道三四五号線を回らせたんです」

佐脇は舌打ちした。違う道だからすれ違いようがない。

「で……ホトケの状況は？」

「機動捜査隊の横田《よこた》隊長の検視によりますと、口や鼻からの泡沫、気道内の溺水、皮膚の膨化などの所見から溺死は明白とのことです。現場において、非犯罪死体と断定されました」

「つまり、人造湖に身を投げた自殺だってことか？」

佐脇は、肝心な事実を聞くのを躊躇《ためら》った。それを聞いて、答えを聞くのが嫌だった。たぶん自分の推理は間違っていないだろうが、警官になって初めて、自分の推理が間違っていてくれと願った。

「身元は……判ったのか？」

無線の向こうの警官は、少し沈黙し、急に口が重くなった。

「はい。それが……まことに残念なことなのですが」

「いいから、早く言え」

そこまで言われれば、いっそすっぱり殺《や》ってくれという心境になった。

「……石井巡査に間違いありません。コートの内ポケットに警察手帳がありました」

それを聞いた佐脇は、思わず交信途中だった無線を切ってしまった。

パトカーが鳴海署に戻った時、すでに石井の遺体は検視室に運ばれていた。

この管内では、検屍はすべて警察医に指定された国見病院の医師が行う。しかし、犯罪に関係していない『非犯罪死体』の検屍は解剖まで行わずに外見の所見だけで済ませる場合が殆《ほとん》どだ。しかも、現場で検視した警官の意見を追認するだけという場合が多い。

「ちょっと入れてくれ。石井はおれの部下だったんだ」

検視室に入ろうとした佐脇は、外に立っている制服警官に止められた。

「佐脇さん。今、検屍中ですから、邪魔をしないでください」

「邪魔なんかしない。とにかく中に入れてくれ」

彼は今まで、検屍の席に同席を拒《こば》まれた例《ためし》はない。

「今、司法解剖が始まったんです。ですから……後で警察医の先生に話を聞いてください」

上から厳命されているらしい制服警官は、頑《かたく》なに佐脇の侵入を拒んだ。

「佐脇君。署内でナニを騒いでるんだ」

背後で、金子署長の声がした。

「署長。こいつが訳の判らないことを言って、おれを入れないんです」

佐脇は思わず署長に言いつけるような口調になってしまった。しかし、金子の態度は予想外のものだった。

「佐脇君。この件は、現職警官、それも刑事課の人間が自殺したわけなんだぞ。悪戯《いたずら》に騒いで外に漏れてみろ。大変な騒ぎになる。警察の威信がかかってるんだ。それに、ご遺族の感情というものもあるだろう。お前も情があるのなら、ここは自重しろ。な」

言い返そうとする佐脇を、金子は、いつになく居丈高《いたけだか》な態度で押さえ込みにかかった。

「判ってる。お前の言いたいことは判ってる。だが、ここは、キミの個人的感情だけで動く局面じゃないだろう。キミも組織の一員なら、少しは空気を読め。な」

この件を担当している連中は、現職の刑事が自殺した「事実」がマスコミに漏れるのを恐れているのだ。いやしかし、あの石井が本当に自殺したというのか？

検視室には入れそうもない。ここで押し問答をするのも、金子が言う通り、無駄なことだ。

佐脇は、与路井ダムで石井の遺体を検視した機動捜査隊の横田に話を聞きたかったが、横田は検視室に入っている。

では他の隊員をと探したが、みんな現場に戻ったり、他の件で署を離れたりして、いっこうに摑まらない。

遺体が署に戻り、検屍が始まって三時間が経過した。

もうそろそろ終わってもいいだろうと、佐脇は検視室に戻ってみると、ドアは開け放たれていて、清掃作業員が後始末をしているところだった。

「検屍はどうなった！」

大声を出した佐脇を、清掃作業員はうるさそうに見た。

「さっき終わって、仏さんを運び出しましたよ。いつもの葬儀社の社員が」

「葬儀社だって？　どうなってるんだ！」

署に出入りしている葬儀社は決まっている。総務の人間に電話させると、石井の遺体を乗せた霊柩車は、そのまま火葬場に直行したというではないか。

佐脇は、署を飛び出すとタクシーを拾って、火葬場に駆けつけた。

だが、遅かった。彼が到着した時には、石井の棺桶は炎に包まれていた。

「通夜もしないで、いきなり火葬か？　いったいぜんたい、これはどういうことなんだ！」

佐脇は、火葬場に居合わせた人間にだれ彼構わず怒鳴りつけた。

「……佐脇さん。石井のご遺族に連絡を取ったんですが、一番近親の方は近くにはお住まいじゃなく、東北にいらっしゃるんだそうで。お骨は引き取りに来るけれど、すぐには行けないから、火葬してくれとのことで」

刑事課総務係の事務屋が、申し訳なさそうに説明を始めた。

「しかし、普通、一晩くらい安置して、御通夜をやっても罰は当たらんだろうが！」

「そうはおっしゃいますが、ご遺族の意思でして」

水死体は、無残ではある。全身が膨《ふく》らんで、体内に発生したガスで眼球が飛び出していたりする。他の遺体なら死に化粧も出来るが、膨化してしまった遺体は劣化が激しい。

それはそうだが、発見されて検屍して、すぐ火葬してしまうか？

「身内は遠くに住んでるのかもしれないが、最後のお別れをしたい人間は近くにもいるだろ。おれはあいつの上司だったんだぞ。それに、あいつには恋人もいた。というか、お前ら、同僚が死んだってのに、お通夜をしてやる気も起こらないのか？」

佐脇の脳裏に、石井の恋人・篠井由美子の顔が浮かんだ。署内ですれ違う程度だが、同じところに勤めているのだから顔は知っている。地味な学級委員長タイプの、女の子というより『女子』というのが似合う。

そんな彼女が、骨になってしまった石井と対面する姿を想像すると、さすがの佐脇もいたたまれなくなった。

だが、今彼の目の前にいる事務屋は、そういうデリカシーに欠けているようで、言われたことをきちんと遂行しているのにナニを問題にされて怒鳴られているのかまったく理解出来ないという風情《ふぜい》で立っている。

「……もういい。お前には情ってものが判らないらしい」

佐脇は、事務屋を追い払い、火葬場で「焼き上がり」を待っている男に目を留めた。ダーク・スーツに黒い腕章をしている葬儀社の人間に声をかけた。

「今、茶毘《だび》に付されてるホトケの事だが……おれはホトケの上司だったんだ。対面出来なかったんで、様子を知りたいんだ」

その言葉に嘘はない。佐脇は、石井の死に顔を見たかった。

「仕事柄、いろいろなご遺体を見させていただきますが……石井様は、典型的な溺死、と申しますか。皮膚の膨化がありましたし」

「それは、死体が水に浸かっていれば起きることだ。溺死とする条件にはならない」

いつになく佐脇が厳しい口調でビシリと言うと、葬儀社の男は黙ってしまった。

「私ら、医者じゃないですから、死因までは判らないです。まあ、ガス中毒とか一酸化炭素中毒なら肌の色が違ってますから判りますが、溺死となると。まあその、何カ所かに打撲の痕《あと》がありました。それは、水の中で岩とかにぶつかれば出来るものではありますが」

「打撲か。それは顔だけか、全身か」

「顔を中心に、全身にありました。しかし私は医者ではないので、正確なことは……」

火葬場には、身内は誰もいなかった。佐脇の知らせを受けて、篠井由美子が飛んできただけだ。

火葬場に飛び込むように入ってきた由美子は、目を真っ赤に泣き腫《は》らしていた。

「こんなこと……自殺だなんて……信じられません」

火葬の釜の炎を見ると、由美子はその場にへたり込んでしまった。

「こんなに早く火葬しちゃうものなんですか」

「……いや、あまりにも早すぎるよ」

佐脇は、彼女を支えて、待合室のソファに座らせてやった。

由美子は顔を伏せてしばらく泣き続けた。

「おれも、突然のことで驚いてる。それにこのせわしない火葬にも……しかし」

佐脇は、さっき由美子が口にした「自殺」という言葉にひっかかった。

「誰が自殺、と言ったんだ？」

「それは……佐脇さんからの内線電話が途中で切れた後、ダム湖で自殺した水死体が上がって、それが彼らしいから、と言われて、こちらに」

由美子は顔を上げて、じっと佐脇を睨むように見た。

「彼、本当に自殺なんですか。溺死したからって自殺になるとは限りませんよね」

「もちろんそうだ。だから司法解剖したんだ。あいつが、石井が自殺なんか、するはずがないんだ。だいいち、理由がない。訳もなく自殺するほどブンガク的な奴でもなかった」

そうなんだ、自殺なんてするわけがないんだ、と佐脇は手の平を拳で叩きながら待合室をうろうろした。

ここにいても仕方がない。焼き上がった骨を見ても仕方がない。それより、司法解剖をした警察医を捕まえて締め上げたほうがいい。いや、骨には何らかの痕跡が残っているかもしれない。ならばそれは自分の目で見ておかねば……。

佐脇はうーっと呻きながら考え続けた。

「おれは署に戻って検屍や解剖をした連中に話を聞く。君は、やつの骨を拾って写真に撮っておいてくれ。判ってると思うが、不自然な骨折とか痛みは特に接写して」

「判っています。それは任せてください」

由美子は冷静に言った。

死に顔を見られなかったのだから骨を拾ってやるべきだ、という強い気持ちはあったが、すぐにでも石井の遺体に触れた連中を捕まえて話を聞いて、次の行動を取らねばならない、と佐脇は決めた。

「石井が誰かに殺されたのなら、一刻も早く現場保存をしなきゃいかん。しかしたぶん」

そこまで言うと、由美子は頷いた。

「判ります。自殺と決めつけているようだから、現場保存も何もしていないわけですよね。よろしくお願いします」

婚約者未満の彼女は、気丈に頭を下げた。

＊

署長室で、佐脇は金子を前にして怒鳴るように訊ねていた。

「どういうことなんですか、署長。石井は自殺するはずがない。いいですか。石井が署に欠勤を知らせてきたメールの発信時刻は今日、十七日の午前七時二十分。あのクソ警察医の死体検案書によれば死亡推定時刻は昨夜十六日の深夜から十七日の午前二時ごろとなっています。つまり、死亡時刻の後、メールが打たれている。死人がメールを打ったとでもいうんですか？」

佐脇は県警本部に行って遺体発見の一一〇番通報の録音を聞き、現場で遺体を検視した機動捜査隊の横田に話を聞き、石井のメールによる欠勤届を受理した刑事課総務係の浜口に話を聞き、そうして死体検案書を作成した警察医・国見病院外科の沢野《さわの》医師から話を聞いている。関係者の話を聞けば聞くほど、疑念は募《つの》っていた。

「どう考えても、おかしい。石井の死体には打撲の痕が複数あったというし、直接の死因は溺死でも、ダムから突き落とされたかもしれんじゃないですか。あそこは暴走族の遊び場なんですよ」

「メールの送受信に時間がかかるということだってあるだろ。ほれ、ネットが混んでいて処理が追いつかないとか、携帯電話の会社のコンピューターの故障とか、な。それに、あの辺はヒトケのない静かな所だ。この前だって静かな場所に死に場所を求めた自殺者がいたじゃないか。あの辺が暴走族の溜まり場だっていうのは、キミ、情報が古いんじゃないか？」

食い下がる佐脇を、署長は撥ねつけた。

「機捜の横田も言ってましたよ。あの辺は族のテリトリーだってね。署長こそ、シモジモの事をご存知ないんじゃないですか」

「とにかくだ！」

いつもは佐脇にやり込められている金子が、どういうわけか一歩も引かない踏ん張りを見せ、対抗して大声を出した。

「県警指定の警察医・沢野医師の検案書の結論は、溺死だ。あらゆる状況を勘案しても嘆《なげ》かわしいことだが、石井巡査は、ダム湖に飛び込んで自殺したのだ。いいか。とにかくこれは自殺だ。自殺ならば、そこから先はプライベートだから警察は介入出来ない。これ以上余計なことに首を突っ込んで業務を停滞させることはやめたまえ」

攻撃的に言った金子の目は泳いでいた。

こいつはおそらく何か隠している、と佐脇は直感した。しかし、まともな遣り方では聞き出せないだろう。

署長の胸ぐらをつかみ思い切り揺さぶってやりたい気持ちを抑え、佐脇はデスクの前から一歩引いた。

「判りました。署長がそこまでおっしゃるなら、石井は嘆かわしくも自ら命を絶ったのでしょう。ところでちょっと体調が悪くなりましたので、今日は早退させてもらいます。明日も溜まった有給で休みます。明後日もたぶん休むと思いますので、よろしく」

そう言い捨てると、踵《きびす》を返した。

「体調が悪いだと？　何を言っとるんだキミは？　見え透いた仮病は許さんぞ！」

署長室のドアを後ろ手に閉めて、怒号をシャットアウトした。

とりあえず、至急現場に行って、自分の目で確認しなければならない。それに、遺留品の捜索だ。

最後に石井と会ったあの夜、ヤツは肩からいつものバッグを下げていた。あの中にパソコンが入っていたのは間違いない。その後、現場のダムに向かうと言っていたが、別れた時刻から死亡推定時刻までの間に石井が何処《どこ》へ行き、誰に会ったのか。足取りは不明だが、それを調べなければならない。

佐脇が石井が死んだというダムに着いたのは夕方になっていた。

山の中に大きなコンクリートの壁と人工の湖があるだけの、なんとも人工的な場所だった。出来て間がないから、切り崩した山の断面が生々しく、新しく出来た建造物とまるで馴染《なじ》んでいない。このダム湖を観光地にしようとする試みも緒に就いたばかりで、あるのは小屋のような案内所だけ。それも午後三時には早々と店仕舞いして、夜になって暴走族が来るまで、この一帯は無人になる。

自然の湖なら鳥がいてさえずりもしようが、大幅に改造されてしまった現状では、野生動物は警戒して近寄らない。だから、付近は風の音だけが聞こえて、森閑としている。陽があるうちに、現場周辺を詳しく見て回った。案の定、最初に現場に着いた横田たちは、遺体を引き上げて自殺と判断した段階で、現場保存をやめてしまい、詳しい現場検分もしていなかった。しかし、石井の死体がダム湖のどの辺に浮いていたのかという基礎的な記録は残っていた。

それらと照合しながら現場を詳しく見たのだが、これほど真面目に現場をさらったのは刑事になって初めてかもしれなかった。

現場には、殆《ほとん》ど何の痕跡もなかった。ただ、いくつかの足跡は残っていて、それらを佐脇は自分で採取した。田舎警察署では鑑識課員も少なくて、現場の刑事が鑑識の真似事をするハメになることも多い。それが役に立った。

そのうちに夜になった。

佐脇は、石井が死亡したと推定される時刻とほぼ同じ時間帯を見計らって、石井が辿ってきたと想定されるルートで、車を走らせた。

このダムは地元の若者たちの間では族のたまり場として以外に、心霊スポットとしても知られており、夜になると物好きな心霊マニアと暴走族以外はまったく人気の無くなる場所だ。

だが、肝試《きも》しに訪れる連中や、デートやカーセックスのためにやって来るカップルが居ないわけではない。そういう連中が昨夜、このダムに来ていたかもしれない。

佐脇は、何とか目撃者を探したかった。

ダム湖畔の、石井が飛び降りたとされる場所の近くに車を停め、エンジンを切った。

佐脇が乗っているのは真っ赤なフィアット・バルケッタ。鳴海あたりで乗っているのは彼だけだ。特にカーマニアではないが、国産車やドイツ車じゃ当たり前すぎて詰まらんという理由だけで決めた。もちろん仕事に使ったりはしないが、今夜は特別だ。

車を公園の隅の、街灯が届かない暗がりに停め、フルオープンだった幌を閉めた。こうすれば、真っ赤で派手なクーペも夜に溶け込む。

ここは県営公園になっていて、秋には紅葉の名所になる。そんな景色を眺められるように湖面に張り出した展望台が作られている。そこから石井は身を投げた、というのが鳴海署としての統一見解だ。展望台から湖面までは百メートル以上ある。今は渇水期で湖面が低いのだ。

石井は特に泳ぎが得意だということは聞いていない。今は水温が低いから、入水《じゅすい》した瞬間に心臓麻痺を起こして体の自由が利かなくなり、そのまま溺死したのかもしれない。だが、それは、自殺と断定する証拠にはまったくならない。

佐脇は、コピーしてきた部外秘の死体検案書の文面を頭の中で繰り返しながら、外に目を配った。

とりあえず出来るのは待つことだけだ。張り込みには慣れている。

張り込みの定番アイテムであるアンパンと牛乳以外に、由布に淹《い》れさせた濃いコーヒーが魔法瓶に入っている。美沙の躰に溺れて以来、由布を抱くことはなくなっているが、由布は佐脇に鬱陶《うっとう》しがられない程度の間を置いてアパートを訪ねてくる。そして何も求めず、掃除や洗濯や片づけをして帰ってゆく。一緒に食事をすることはないが、今夜は張り込みで帰れないかもしれない、と佐脇が言うとドリップでコーヒーを落としてくれた。

のろのろと這うような速度で時間が過ぎてゆく。

ダム湖沿いの道に、まばらに水銀灯が設置されているが、車一台通らない。峠を越えて隣町に抜ける道路は湖の向こうだ。そちらには時折ヘッドライトの動きが見えるが、このあたりはまったく人気が無い。

ダムを管理する建物からもここは遠く離れている。雲が垂れ込めた夜空に、さらに真っ黒な山のシルエットが不気味にそびえ立っている。湖面はまばらな灯火を映してわびしげに揺れ、少し離れたところにダム湖を跨ぐ橋がかかり、そのシルエットがぼんやりと見える。観光シーズンにはライトアップされる橋だが、今は真っ暗だ。心霊スポットと呼ばれるのも無理のない、まさに肝試しのためにあるようなロケーションだ。

佐脇は、バルケッタのシートにもたれて躰の力を抜き、目だけはぎらつかせて、誰かが現れるのをひたすら待ち続けた。

とりあえず数日は張り込みを続けるつもりだった。石井が死んだ夜、ここに来た人間がいるとすれば、当事者であれ、目撃者であれ、きっとまたここを訪れる。勘がそう告げていた。

その三日目。

真夜中をまわり、午前二時になろうというころだった。

未だに花束が置かれている現場を挟んだ向こうにある橋に、ヘッドライトの灯りが見えた。だがその灯りは橋の手前で消え、車がこちらに来る様子は無い。

佐脇がウィンドウを下ろして耳を澄ますと、ドアが開いて閉じる音が二回ずつ聞こえ、遠目に車から降りる人影が見えた。

人数は二人。声からして、どちらも若い男のようだ。

彼らは徒歩で橋を渡り始めた。軽口を叩いているらしい声の調子にも、身のこなしにも、緊張した様子は無い。佐脇もそっと車を降り、街灯の光を注意深く避けながら彼らに近づいた。橋を渡り終えた二人の声がはっきり聞こえてきた。

「このあたりだったかな」

「いや、もうちょっと先だ。橋からは少し離れていたよ」

「落ちたのは警察官らしいって噂だぜ。やっぱり自殺？」

「きっとストレスの多い仕事なんだよ。念が残っているかも」

「写真撮れるかもな。さすがにちょっと怖いな。実際に二人も人が死んだと思うと」

「なんか鳥肌立って来ねえ？　……この辺じゃね？　ここから落ちたんだよ」

「よし。写真撮ってみようぜ。あれ、シャッター下りないし？」

どうやら心霊スポットマニアの若者たちのようだ。

「君たち。少し話を聞きたいんだが」

「うわっ」

暗闇から現れた佐脇にいきなり声をかけられて、二人は激しく狼狽《うろた》えた。一人は驚きのあまり尻餅《しりもち》をついている。

「す、すす、すいません。おれたち何も見ていないんで。肝試しに来ただけっすから」

ごく普通の若者たちのようだ。髪も染めておらずピアスもしていない。

佐脇は警察手帳を見せた。

「自分は警察の人間だが、君たちを取り調べようというんじゃない。ただ、個人的に話を聞かせてほしいんだ」

佐脇はこの二人の若者を連れて、ダム湖のある山を下り、念のために県境も超えた国道沿いのファミレスに行った。

彼らは鳴海市内の飲食店でバイトをしている中学時代からの友人同士で、心霊スポット巡りが趣味だと言った。

「こいつが車買ったけど、おれたち彼女もいないんで、ドライブしても行き先がなんとなくそういう場所になっちゃうわけで……別に幽霊を本気で信じてるとか、そういうんじゃないんすけど……で、まったく偶然に、出くわしてしまったんです」

彼らは、石井が自殺したとされる夜の出来事を、見たまま話した。

「あのダム、一週間くらい前にも自殺がありましたよね？　大きなニュースにはならなかったけど花束が置いてあったって地元の掲示板に書き込まれてたんで、行ってみようって話になって」

二人がダム湖の際まで来た時はすでに花束はなかった。ここか？　いや、ここじゃね？などと懐中電灯を手に歩き回っているところに、もう一台、車が上ってきたのだという。

「白いカローラでした。手入れはしてあったけど、型式は古かったかな」

それは石井のクルマだ。車を足にしか考えていない倹約家の石井は、中古のカローラを大事に乗っていたのだ。

「その車はおれらからちょっと離れたところに停まって、二人、降りてきました。白っぽいコートを着た小柄な人と、身体の大きなやつが一人。大きいほうはカジュアルっぽい服の感じだったかな」

「うん。毛皮のついた紫のダウン着てお洒落な感じだった。小柄なほうはコートの下はスーツって感じでダサかったけど」

小さなフレームの眼鏡をかけたお洒落なほうの若者がフォローを入れた。

小柄でコートを着た男は、石井に間違いないだろう。

「友達にしては歳が違うみたいだなあ、ってその時思ったんですよ」

チェックのシャツを着たおたく系のほうが話を続けた。

「で、おれらは遠くから見てたんすけど、コートの人がガードレール指さしたりして、若いほうに何か聞いてるっていうか、問いつめている感じになって、そしたら」

「若くて大きいほうが小柄な人の肩を突き飛ばしたんす。いきなり」

二人が顔を見合わせ、どうしようか、と迷ううちに湖面の反対側が明るくなったという。

「車が何台も上ってきたんですよ。中にはホーン鳴らしてるやつもいて、ああこれは族の連中だな、ってすぐに判りました。夜だったたし、この時期、与路井湖は観光地でもないし、こんな時間にこんなとこまで車連ねて上ってくるような連中は地元の暴走族以外、ありえないから」

　夜のドライブで心霊スポット巡りをするような時、一番怖いのは幽霊ではなくて生きた人間、特に暴走族なのだと二人は口を揃えて言った。

「若いやつが携帯で仲間を呼んだんだな、って思いました。なんか二人、揉めてるみたいだったから」

「で、こいつともう一度顔を見合わせて、ヤバい、逃げようって。ゾクのやつらに囲まれてボコられるのは怖かったから」

　二人ともパニックになって車に乗り込み、来た時とは反対側に逃げた。

「ということは、暴走族の連中は鳴海市の側からダム湖にやって来たんだな？」

　佐脇が訊くと二人は頷いた。

「おれらも、白い車の二人も、族車も、全員鳴海市の方から上ってきてました」

　鳴海市から峠を越えた向こう側の新里《にいざと》郡穂積《ほづみ》町には、大規模な暴走族の集団はいない。

「それより刑事さん、こっちも聞きたいんすけど、あの晩、おれら、一一〇番通報したんですよね。白いコートの人が心配だったから。ゾクにボコられるだろうって。電波の状況が悪かったんだけど、山を下りたところでようやく繋がって、与路井湖の近くで暴走族に襲われている人がいるからって、ちゃんと通報しましたよ。だからパトカーが来てくれたと思うんだけど、それはどうなってたんですか?」

まったくの、初耳だった。佐脇が調べた限りでは、その夜、県警通信指令センターではそのような一一〇番通報を受けた記録は無かった。T県は面積が狭いので県警の通信指令センターも警察本部のあるT市だけにある。

「きみたちは携帯から通報したんだね。与路井峠を下りたところで」

佐脇は確認した。与路井ダムから与路井峠を鳴海市とは逆方向に下山すれば、そこは穂積町で、鳴海署とは管轄が違う。しかも、県境が入り組んでいる地域なので、携帯からの一一〇番通報はアンテナによっては隣県の警察に繋がる場合もある。しかしその場合は転送されるはずなのだが……とにかく周囲の警察に確認する必要がある。

二人がだいたいの話を終えたところで、ステーキセットが運ばれてきた。このファミレスでは一番高いメニューだ。

「じゃあまあ、堅い話はここまでだ。食ってくれ。ただ、何かあったら証言をしてくれよ」

「いいっすよ。おれらで役に立つことなら何でも話しますよ。あの白いコートの人、どうなったんスかね?」

若者たちは鉄の皿の上でじゅうじゅう音を立てているステーキに歓声を上げながら訊いた。もちろん彼らは、その白いコートの人間が石井で、自殺したことにされているとは夢にも思っていない。

佐脇はレシートを取り上げて、先にレストランを出た。


車に戻った佐脇は、きつい酒をあおりたくなったが、和久井代議士のパーティがあった日、ホテルの近くの港湾で環希をレイプしようとしていた連中の車の特徴を思い出した。シャコタンと呼ばれる、暴走族仕様の特徴ある改造車だった。

彼らと、そしてそこにやってきた「ヘッド」と呼ばれていた若い男が、鳴海市の暴走族の主要メンバーであることは間違いない。生活安全課から得た情報によれば、鳴海市の暴走族は、『寿辺苦絶悪《すぺくたあ》』一団体のみ。石井が死んだ夜、与路井ダムで何があったかを知るには、彼らを締め上げるしかない。

佐脇は、由美子に電話した。骨を拾って帰宅しているはずだ。彼女は生活安全課だから、暴走族については詳しいはずだ。佐脇はガキの相手はしない主義だから、この方面には詳しくない。総合的な情報を集めて研究していたのが、石井だったのだ。

もう明け方近いというのに、由美子は起きていた。

「全然眠れなくて。一応、デジカメで写真も撮ってあります。あ、骨の検分はしました。凶器の跡とかそういうものはありませんでした」

由美子は気丈に答えた。

「悪いな。申し訳ない。おれはおれでいろいろ動いててな。それで、鳴海の例の暴走族の誰かに会いたいんだが、なにか情報とか知ってるか」

「『寿辺苦絶悪』なら、今夜、集会してるはずです。でも、時間も時間ですから、そろそろお開きかも」

判った、とろくにお悔やみも言わず、佐脇は通話を切ると、連中の集会場所になっている鳴海港の通称・一万トン岸壁に向かった。


港では、さんざん暴走行為を終えたメンバーたちが解散しようとしているところだった。

そこへ、フルオープンにした真っ赤なバルケッタがフォーンという独特のエンジン音高らかに飛ぶように走り込むと、連中のバイクの列の鼻先で急ブレーキをかけた。

「お前ら、いつ寝るんだ。子供はよく寝ねえと育たねえぞ。特にオツムがな」

佐脇はドアを開けずに車を降りた。薄汚いナリと派手な車が妙にミスマッチして似合って見えるのが不思議だ。

「てめえ、この前のデカだな！」

いきり立ったのは、暴走族のナンバー2。この前、環希を襲おうとした連中のリーダー格の男だ。

「この前、港で会った時は決着つけられなかったが、今夜は無事に帰れると思うなよ」

その言葉が合図となって、木刀や鉄パイプ、チェーンなどを手に手に持った族の連中が、佐脇を取り囲んだ。

「お前たち、警官殺しは高くつくって知ってるんだろうな」

「なにィっ！」

ナンバー2はますますいきり立った。しかしそれは手下への格好つけなのは、佐脇にはすぐ判った。

「まあ、勘違いするな。おれは別に集会の邪魔をしにきたんじゃない。今夜はお前らに聞きたいことがあって来た」

「てめぇふざけやがって」と逆上するナンバー2を気にも留めず、佐脇は全員に聞こえるように声を張った。

「お前たち。昨夜、十六日の深夜から十七日の午前二時ごろは何処にいた？」

全員の罵声《ばせい》と怒号がぴたりと止まった。集会の場を不自然な静寂が支配して、岸壁を打つ波の音が寒々と響いた。

「一六日の夜なら全員、『ドンキー』に居た。それに間違いない。そうだろう、みんな？」

静寂を破ったのはヘッドだった。あの晩、手下たちに「拓海さん」と呼ばれていた長身の若い男だ。

しばしの沈黙ののち、全員が一斉にうなずき口々に言った。

「間違いないっす」

「『ドンキー』に、その晩はみんな集まっていたっす」

「なんなら店の人に聞いてみればいいっすよ、刑事さん」

明らかに口調が不自然だった。売れない芸人のウケないコントのようだ。

佐脇は鼻で嗤《わら》った。

「ふん。全員で即座に口裏合わせとはご苦労なことだ。だがな、おまえらが一六日の夜、与路井ダムに行ってたことは、もう判っているんだ。証人だっているんだよ」

ヘッドの拓海が身体を起こした。それまでは車体が黒のシボレー・コルベットのボンネットにもたれかかっていたのだが、佐脇の前に立った。

見上げるような長身の、顔立ちの整った若者だ。こいつなら女には不自由しないだろうに、よりにもよって人一倍臆病な環希を口説いて振られるとは皮肉なものだ。

だが、佐脇が彼女を助けたとはおそらく知らないだろう拓海は、静かに言った。

「おれたちが嘘を言っていると思うのなら、証拠を見せてもらいたい。その、証人と対決してもかまわない」

「大した自信だな。取調室でも同じことが言えるかどうかが見物だがな」

「てめえムカつくんだよ！　口の利き方が」

ずんぐりした茶髪のナンバー2がふたたびいきり立った。

「拓海さん、このデカやっちまっていいですか？　オレが責任とりますから」

言いざま佐脇に向かって一歩を踏みだし、胸ぐらを摑んだのを合図のように、鉄パイプやチェーンを持った数人が佐脇への包囲の輪を狭めた。

このままだとまったく勝ち目はない。しかし、佐脇には不思議と恐れる気持ちは無かった。族の集会に乗り込むことは誰にも言っていない。いや、由美子が感づいたかもしれないが、おれが死んでも特に悲しまないだろう。いや。ここで死ぬのは、困る。おれはいい。だが、石井の死が闇に葬られてしまう。

一人が鉄パイプを振り上げた時、拓海が制した。相変わらず静かな声だ。

「よせ。その男はサツの中ではマシなほうだ。子供をＡＶに使っていた例の、最低の屑どもを挙げたんだ。トモキ」

と、仲間の一人に呼びかけた。

「お前の彼女の妹も、あいつらにビデオ撮られてギャラ値切られたって言ってなかったか？」

「えっ!?　じゃああの『瀬戸内援交』シリーズを摘発したのは」

トモキと呼ばれたチンピラ風の男が素っ頓狂《すっとんきょう》な声を上げた。

「そういえばニュースで見た顔だぜ、こいつ」

全員が佐脇から手を引いたところで、拓海が口を開いた。

「ということで、これで帰っていいっすか、刑事さん。あの晩、おれたちは与路井湖には行ってない。何度訊かれても同じことですから」

潮時だった。佐脇は黙って片手をあげると全員に背を向け、歩き出した。

命拾いをしたという感覚はまったく無かった。それよりも、拓海のあまりの冷静さに嫌な予感がした。


数時間寝たのかどうか判らない状態で朝を迎えた佐脇は、バルケッタを駆ってT市に向かった。県警本部でNシステムのモニターを見るためだ。

車のナンバープレートや運転者の顔まで確認出来るこのシステムは県内には十カ所設置され、県警の情報処理室にオンラインで集められる。このシステムはいろんな使い道が出来るために、システムの詳細も管理部署も秘密にされている。しかし、佐脇はT県警のNシステム管理者の酔った勢いでの喧嘩沙汰を揉み消してやって、恩を売ってある。

他所《よそ》の県のことは知らないが、ここT県警のNシステム管理は、質素そのものだ。十カ所の設置機器が正常に動いているかどうかのモニターと、データを貯めておくサーバーの運転状況のモニター、そして記録されつつあるデータのモニターの、三つのモニターがデスクに並んでいるだけだ。一一〇番の通信指令センターのほうが数百倍ものものしい。

そのモニターを見ながら、担当の技官は首を傾げた。

「……ない」

「ないって？　十六日夜から十七日朝にかけての、与路井湖方面の県道のデータがない？」

「うん……他の場所のものは間違いなく保存されてるんだが……与路井湖方面の第五地点と第六地点のものが、ないんだ」

管理者の津々見《つづみ》技官は困惑した表情で言った。

「データは、画像の形と車のナンバーを読み取った形の二種類で保存される。保存期間はウチの場合、五年。事件絡みのデータは抜き出されて、別途保存。あとあとどんな形で大事になるか判らないデータだから、二重三重にバックアップして、データの伝送ルートだってトラブらないように二重になってるんだが……」

「細かいことは判らんからいい。しかしだ、そんなカンペキなシステムが、どうして肝心の部分がすっぽりないんだ？」

佐脇は津々見の胸ぐらを掴みかねない勢いで聞いた。

「そう言われても……私にだって判らないんですよ。とにかく十六日の夜から十七日朝にかけての、第五、第六地点のデータだけが、まるまるハードディスクから消えているんです」

システムのバグはないはずだしマシン的なフリーズもハングもないし、と津々見は頭をひねるばかりだ。

「データってのは、誰かがミスって消してしまうことはあるのか?」

「ミスによる消去は出来ないようになってるんですが、もし万が一、間違って消してしまっても、バックアップからリストア出来るようになってるんです。そのバックアップにも支障があった場合は、また別のバックアップがあって。それもダメなら仕方がないと諦めるしかないんです」

「で、おれが欲しいデータは、その最終バックアップにもないってことなんだな」

残念ながらそうです、と津々見は自分でも納得出来ない様子で答えた。

「じゃあ聞くが、そのバックアップとか、一切合切を消せる人間はいるのか?　たとえば、お前なら出来るのか?」

「いやいや。僕は出来ません」

津々見はかぶりを振った。

「Nシステムは、警察庁《サッチョウ》のカネでやってるものだから、システムにアクセスするにはかなり高度なステータスが必要なんです。僕は、モニターして異常を見つけるのが精いっぱいで、任意のデータを消すなんて、無理ですよ」

「じゃあ、誰なら出来るんだ」

「理屈で言えば、本部長。でも、アノヒトはキーボードも触れませんからね。それと、刑事部長ですけど、アノヒトも、ナニナニのデータを持ってこいとは言うけど自分じゃイジれません。それ以下のステータスとなると、わざわざ所轄署の署長はこないし、刑事課長も来ないし……ああ」

津々見はなにか思い出したような声を上げた。

「そういや、入江《いりえ》刑事官、そうそう、入江刑事官が来ましたっけ」

「誰だそりゃ」

「いやだなあ。オタクの署の新任刑事官じゃないですか。わざわざ東京から来たっていう」

「東京って、警察庁《サッチョウ》からってことか?」

佐脇は、そんな人事はまったく知らなかった。

「警察庁から、バリバリのエリートが、どうして鳴海みたいなド田舎に来るんだ? 県警本部に来たんじゃないのか?」

佐脇は、自分の保身のためにも、人事情報には敏感だ。自由な今の環境を守るには、余計な人間に嚙まれるのは困るからだ。

「ここんとこ、鳴海署ではビッグな事件が続いてるからじゃないですか? おまけにオタクの刑事も自殺したんですよね」

佐脇の腕が勝手に動いて、津々見をぶん殴ろうとした。しかし、その寸前でなんとか腕は止まった。

「……で、その刑事官様は、何をしたんだ」

「ちょっと見せてくれって言って、モニターしてましたよ。でも、私が横にいましたからね、特に通常以外の操作はしてなかったですよ」

新任の刑事官、という問題に、佐脇は首の骨をグギッと鳴らした。

＊

鳴海市内の、警察互助会指定の葬儀所で、石井の葬儀が行われた。参列したのはごく内輪の警察関係者と、石井の身内だけだった。

県警本部や鳴海署関係者は線香を上げると早々に帰ってしまい、残ったのは佐脇と石井の継母とその連れ合いだという男、そして恋人だった篠井由美子だけになった。

こういうことになるまで、佐脇は石井の家族に会ったことはなかった。署内で一番身近な存在だったのに、石井のことを何も知らなかったのだ。

複雑な家の事情があったらしく、継母という年輩の女性が、警察から見舞金は出るのか出ないのか、退職金はどうなのかと金の話ばかり聞いてきた。生前の石井の暮らしぶり、仕事ぶりについてはまるで関心がないかのようで、自殺だということにも、疑ってもいないのが佐脇の癇《かん》に障った。

席を立って喫煙所でタバコを吸っていると、由美子が話しかけてきた。

「やっぱり私、どう考えても、石井さんが自殺するなんて考えられないんです」

先日、火葬場であった時は蒼ざめていて、気丈とは言え頼りない感じもあったが、今日の由美子は喪服の黒いドレスがよく似合い、目の輝きもしっかりしている。石井と結婚すれば、きっと良い刑事の女房になっただろうに。こんないい女と付き合っていて、自殺など考えるはずがないのだ。

「彼、佐脇さんを尊敬していたんです」

由美子は真剣な眼差しで佐脇を見ている。

「照れ屋で、感情を素直に出せる人ではなかったから、突っかかってばかりいたかもしれませんが……佐脇さんに、お前は昔のおれに似ている、と言われたことをすごく喜んでいました」

そんなことを言った記憶はある。たしかに石井は、刑事になったばかりで理想に燃えていたころの自分に似ていた。褒《ほ》めたつもりは無かった、と佐脇は由美子に言いかけてやめた。

本音は、そんなに真面目にやっても損をするばかりだ、目を覚ませと言っているつもりだった。けれども心のどこかでは、そんな石井に変わってほしくない気持ちもあった。だから彼のことがいつも気になり、放っておけなかったのだと今更のように気づいた。

警察といっても、役所の一つだ。職務に励めば励むほど、内部のドロドロに触れてしまう。警察は、意外なほど許認可事項が多い。つまり、利権官庁でもあるわけだ。利権のあるところ、腐敗がある。その上、捜査ミスによる迷宮入りもあるし、『ある種の作為的な犯人取り逃がし』もある。詰め腹を切らされたり、責任を押し付けられて降格処分されたり（埋め合わせはすると言われるのは、出所したら格が上がるヤクザと同じだ）、真面目にやっても損するのだ。

ならば、合理的に手抜きをして、情報源と持ちつ持たれつの関係を作って恩の売り買いをしているほうがラクで美味しい。手柄は上司を操る大きな武器だ。裏情報は一番上司を意のままに出来る。

警察で楽しくユカイに生きて行くには、昇進を望まず汚名を引き受ければいい。

だが、そんなことは前途有望な石井には伝授してはいけないという気持ちはあった。

佐脇がどんなに無茶をしても、石井の真面目さを茶化して怒らせても、数時間後には必ずヤツは何事もなかったように佐脇に抱えている案件について話し、意見を求め、あるいは性懲りもなく佐脇に説教をしようとした。おかしなやつだと思っていたが、その石井はもう居ない。

孤独には強いはずの佐脇だが、そうでも無かったようだ……と、柄にもなく感傷的になっていると、傍らで由美子が俯いて泣いていた。

「すみません。取り乱してしまって」

悲しい顔が美しいのが本当の美女だ、という持論を持っている佐脇だが、今の由美子は、とびきり魅力的に見えた。

「あの……これ」

彼女が涙を拭って差し出したのは、鍵だった。

由美子は未亡人ではないが、どういうカギだ、と佐脇は一瞬、あらぬ想像をしてしまった。

「JR鳴海駅のコインロッカーの鍵です。彼のノートパソコンを入れておきました。もしも自分と定時に連絡が取れなくなったら合鍵で部屋をあけて、パソコンを持ち出すように、って指示されていました。私」

誰も信用できない、と考えていたのは石井も同じだったらしい。

ヤツが生前追っていた事件が、警察か犯罪組織か、とにかくこの街で権力を握る何者かにとって都合の悪いものであることは確かなのだろう。

「判った。ヤツが何を考えていたかは判らないが、その遺志は継ぐ。あなたは差し当たりこの件から離れていたほうがいい。おれとも会ったり話したりしないほうがいい」

佐脇は由美子に告げ、最後に付け加えた。

「あなたのような人と付き合えた石井は、幸せなやつだったと思いますよ」

「だったら、なぜ死んでしまったんでしょう？　私を残して」

「いや、彼は絶対に自殺じゃない。あなたが自分を責める理由はまったくないんだ」

自殺という形での幕引きはさせない。

葬儀所を出てゆく由美子を見送りながら、佐脇は心を決めていた。

今夜は女の誰にも逢わず、まっすぐに帰ろう。

佐脇も席を立とうとした時、携帯が鳴った。

『あの……私です。環希です……判りますか……』

暗い、力の無い声。先日佐脇が暴走族からレイプ寸前のところを助けてやった女子高生だった。

『こんな遅い時間にすみません。でも、どうしていいか判らなくて』

しばらく鳴りをひそめていた暴走族のヘッド・拓海から、また接触があったのだという。

拓海たちが石井の変死に関わっていたとすれば、大人しくしていた理由はそれだろう。

警察が「自殺」という結論を出したのを見て、また安心して悪さを始めようということか。

苛立った佐脇はつい乱暴な口調になった。

「どうしていいか判らないって、あんた、言うこと聞いて逢いに行くか、警察に被害届だすか、どっちかだろうが？　大体あんた自身はどうしたいんだ？」

『判らないんです……』

環希は電話の向こうでめそめそと泣き始め、佐脇の苛立ちは募った。どちらも怖くて嫌だという。

「あのな。あんたはいろんな意味で弱いんだから、誰か強いもんにすがらなければ生きていけないだろうが？　警察に守ってもらうか、族のヘッドに守ってもらうか、それを決めるだけのことだ」

そう言いつつ、どっちも似たり寄ったりだな、と佐脇はひとりごちた。

『でも、どっちも嫌なんです。怖いんです。……警察に行って知らない人と話すなんて』

でもでもだってちゃんか、と佐脇が舌打ちした時、環希が必死に訴えてきた。

『お願いです。今から逢っていただけませんか？　佐脇さんに話を聞いていただきたいんです』

しかたがねえなとぼやきつつ、二十分後、佐脇は鳴海市の中心部から少しはずれた住宅街にいた。

まだ新しい、このへんでは目立つマンションの下にバルケッタを停めた。

環希の父親は大きな製紙会社の幹部で転勤が多く、一家はもともと県外の人間だという事情も環希の不登校に拍車をかけているらしい。

環希の携帯を一回コールして切り、しばらくすると、細いシルエットがおどおどと辺りを窺《うかが》いながらマンションのエントランスを出てきた。

「すみません。無理を言ってしまって」

環希は佐脇の車の助手席にすべりこみながら謝った。この前はレイプ未遂で服も裂け、泥まみれになった酷い格好だったが、普段の姿を見れば、やはり環希は美少女だった。

化粧をしていない素肌が陶器のようにすべらかで、長いまつげが頰に影を落とし、ふっくらした唇は花びらのようなナチュラルなピンクだ。

何の変哲もない紺のダッフルコートも、濃い緑と紺のチェックの膝丈スカートも、ほっそりしたふくらはぎを包む紺のソックスも、どこか垢抜けて見えるのは都会から来た少女だからだろうか。

大概の女ならよりどりみどりであるはずの拓海が懸想《けそう》するのも無理はない。

だが、その環希は、相談に乗ってほしいと言ったくせに、車に乗りこんでから一言も発しない。佐脇が何か話しかけても生返事をするばかり。

そういう煮え切らない態度が一番嫌いな佐脇は、運転しながら苛々《いらいら》が募《つの》ってきた。

「要するにあんたは族のヘッドの彼女になるのも嫌、だが警察に相談するのも嫌、このままでも怖いから嫌。で、おれはいったいどうしたらいいんだ？」

「ごめんなさい。でも私、それが判らないから……」

「つまりあれか、あんたはおれに、身を挺《てい》して守って拓海に話をつけてほしいってことか？　それはさすがに言い難いから黙ってるのか？」

そこまで言っても、環希は黙ったままだ。自信のなさが全身から溢れている。

とはいえ、否定しないってことは、それが本心なのだろう。どうして本心を言葉に出来ないんだ？

ついに面倒くさくなった佐脇はキレて、走っていた道を急ハンドルを切って外れ、ホテル街に車を乗り入れた。

「判った。守ってやろう。だがな、それには動機ってやつが必要だ。判るか？　人間、何か事を起こすには、動機というか目的というか、そういうモノが必要なんだよ」

環希は、黙って佐脇を見つめ返した。その脅えた小動物みたいな態度に、佐脇の加虐心は痛く刺激された。

「あんた、いっそおれの女になれ。どうせ誰かのモノにならなきゃいけないんだ。だったら、おれの女になるのが一番理にかなってる。ここで覚悟を決めろ。高校生のあんたからカネを毟《むし》る気は無い。ならば、カラダしかないだろ」

環希は脅えて「でも、でも、ごめんなさい許してください家に帰してください」を始めるかと思ったが、そうはならなかった。

脅えてはいるが助手席で固まったまま、何も言わない。

「おいおい、このままじゃホテルの駐車場に入っちまうぞ。それでもいいのか。いいんだな」

態度をはっきりさせない環希に、焦ったのは佐脇の方だった。

面倒なことになったが、もう後にも引けない。

郊外のモーテル形式のラブホは、フロントと顔を合わせずにチェックイン出来る。

駐車場に車を乗り入れ、エレベーターの前に立って、環希の肩を抱き寄せた。

環希は逃げ出さず、そのまま黙ってついてきた。

部屋に入っても、環希は黙って座ったままだ。部屋を珍しがったり、脅えて逃げ腰になるふうもない。

妙に覚悟を決めたような環希を見て、佐脇はなぜか手を出す気になれなかった。

これが罠だと思うわけではないし、未成年淫行を躊躇《ためら》うほどマジメでもない。

だが、このまま何の抵抗もしない環希を抱こうという気持ちにはどうしてもなれない。

簡単すぎる。美少女を前にして鼻血が出るトシでもないし女に飢えているわけでもない。

環希が多少なりとも抵抗したり悪態をついたりすればやる気も出、一度兆《きざ》した加虐心に火がついて、レイプまがいの情交に及ぶだろう。だが、迫っても来ないし抵抗もしない蠟《ろう》人形のような女は、まるで面白くない。

沈黙の時間が過ぎて、佐脇は立ち上がった。

「帰るぞ。お前さんのウジウジに付き合ってるほどおれは物分かりがよくないんだ」

が。佐脇の腰に、環希はすがりついた。

「お願いです！　抱いてください」

少女のみずみずしい香りと、細いが熱い躰。

熟していない果実は美味しくない、というのが持論の佐脇だが、その気迫に呑まれた。

「このまま帰ったら、私、変われません。私だってイヤなんです。いつもいつも、いろいろなことにびくびくして毎日を送るのは、もう……」

気の弱い環希が、必死の勇気を奮《ふる》い起こしていることは判った。だが、本当のところは、そんなに弱くてどうする、それじゃこの先生きて行けないぞ！　と突き放してやりたい。

佐脇は苛立ち、次いでサディスティックな気分になった。どうやらこの環希という美少女には、周りの人間の攻撃性をたまらなく刺激する何かがある。

佐脇は振り返り、背中にしがみついている環希を引きはがし、正面から彼女の顔をのぞきこんで訊いた。

「つまりお前は、自分が変わるためにおれに抱かれたいと、そういうことか？」

こくりとうなずく環希に佐脇は命じた。

「だったら少しは自分から動け。自分の意志というものを見せてみろ。おれに黙ってやられるだけなら、暴走族のヘッドの女になるのと一緒だぞ」

環希は途方に暮れた様子を見せた。

「でも……どうしたら……何をすればいいんですか？」

「男をベッドに誘い込もうとしてるんだ。服ぐらいは自分で脱げ」

やっぱりやめます、そんな恥ずかしいこと出来ません、と環希が諦めるだろうと佐脇は予想した。逃すには惜しい据え膳だが、うっかり食ったが最後、果てしなく面倒なことになりそうな悪い予感がある。ここは何事もなくホテルを出るのが吉だ。

ところが。

「……判りました」

環希は震える声だがきっぱりと言い、紺のダッフルコートの前を開け始めた。

コートを脱ぎ捨て、同じく紺のカーディガンも脱ぎ、白いブラウスの前をあけると可愛い白いブラが見えた。プラスチックのホックの外れる音がして、硬い乳房が露わになった。こうなることを予測して前あきのブラをつけてきたらしい。

まだ大きくはないが、つんと上を向いた可愛い乳房がまろび出た。その先端には桜色の乳首が慄えている。

そのまま勢いですべてを脱いでしまいそうな環希を、佐脇は止めた。

「待てよ。いきなりオールヌードになっても、男はその気にならないんだ」

はっと我に返った環希は、羞恥が戻ったようで真っ赤になった。両腕で胸を隠そうとしたが、佐脇は意地の悪い声を出した。

「おい、往生際《おうじようぎわ》が悪いぞ。ここまで来て今さら隠すんじゃない。そのまま、下だけ脱ぐんだ」

環希は息を呑んだが、魅入られたように、震える手でほっそりした脚からパンティを抜き取ってしまった。

こうなると、佐脇の嗜虐の血が騒ぐ。

「よし。そのままベッドに座れ」

前をあけて乳房を露出させたブラウスとチェックのミニスカートと紺のハイソックスだけの姿になった環希は、言われるままにベッドに座った。佐脇はその正面に椅子を持ってきて腰をおろし、環希を値踏みするように凝視しつつ、さらに命じた。

「自分で自分のおっぱいをいじってみろ」

由布のような女なら何の抵抗もなくやるが、環希には無理だろうと佐脇は予想していた。いつ泣き出すか、いつ、ごめんなさい、もう出来ませんと降参するか、わくわくするような気持ちもあった。そうれみろと説教してしくしく泣かせて、ガキみたいに泣くなと怒鳴りつけてやろうと手ぐすね引いていたのだ。

しかし、環希は、佐脇の思惑を知ってか知らずか、おずおずと胸に右手を当てた。

「どうした？　おっぱいを自分で揉んで、乳首を自分で摘まんで勃たせるんだ」

環希は佐脇の言葉に操られるように、自分のバストをやわやわと揉み、乳首を二本の指でそっと摘まんだ。

ピンクの乳首は、みるみる硬くなり、紅くルビーのような色に色づいてくる。

「これで……これでいいですか？」

泣きそうな顔で聞いてきたが、美少女のそんな顔は虐《いじ》めたくなるだけだ。

佐脇はさらに続けるように命じた。

「片手だけじゃなく、両手でやれ。両方のバストを気分を出して可愛がってやれ」

環希の頬は赤く染まっているが、それが羞恥だけではないことを佐脇は見て取っていた。

黒目がちの瞳が潤み、息づかいが激しくなり、白いブラウスの華奢な肩が上下している。環希が無理しているのは判っている。この先に進めるかどうか。

「よし。次はあそこだ。右手であそこを慰めろ」

「あの……あそこって」

「おまんこだよ。自分でいじったことないのか?」

環希はズバリの単語を耳にして目を見張った。今度はさすがに嫌がるかと思いきや、目の前の女子高生は、右手を短いスカートの裾に忍ばせた。

「何を考えている? 脚をもっと開かないと触れないだろう」

佐脇にあざけるように言われて、環希は躊躇《ためら》いながらも両膝を開いていった。下着を外した肝心の部分はスカートに隠れて見えないが、そこを見せろというのはまだ無理だろう。

「そのままでいい。見せなくてもいいから、自分でおまんこを触ってみろ。お前の好きなように、気持ちがよくなるようにやるんだ」

環希は命令されると逆らえない性格なのか、それともバストを自分で刺激して感じ出しているせいなのか、今度も佐脇の命じるままにスカートの下で手を動かし始めた。

洗脳されやすいタイプってやつか、と佐脇は呆《あき》れた。しかし、とびきりの美少女がブラウスの前をはだけ、ミニスカートの下は大股開きというあられもない姿で自分を慰める姿に、さすがに昂奮を抑えられなくなってきた。

とは言っても、ここで飛びかかったり押し倒したりはしない。環希が命じるままに素直に言うことを聞くのが面白くなってきたのだ。セックスというより、『イジリ』だ。

「もっと指を激しく動かせ。クリトリスってどこか判るか? そこを触れ。濡れているか？　だったら音が出るように弄《いじ》ってみろ」

環希はほとんど主体性がないタイプで、佐脇が言うとおりに指を使った。と、まもなく、美少女のチェックのミニスカートから、くちゅくちゅという秘めやかな湿った肉の音が聞こえ始めた。

環希は耳まで真っ赤になって俯いているが、佐脇に命ぜられるままに、まるで催眠術にでもかかったように強制オナニーを続けている。

こういう女が悪い男に引っかかると、とんでもない犯罪の共犯になったりするんだな。佐脇は、素直な女ほど付き合う男次第で変わってしまう例をこれまでどれだけ見てきたか判らない。

スカートをしどけなく捲《まく》りあげてオナニーをする環希の姿は、佐脇が強制させているが故に、この上なく刺激的だ。

純白のブラウスから突き出た乳房を下から上へ揉みしだいている環希も、次第に熱が入ってきた様子で、見られていることを意識しなくなって脚を大きく広げた。スカートがたくし上がってもう一方の手は秘裂をまさぐっている。

指で下の唇を左右に広げると、ピンク色の媚肉は染みだした愛液で光っている。美少女はその媚唇を指先で摘まんだり、膨らんだ肉芽を嬲るように愛撫している。ときおり快感が走るのか、真っ白な太腿がぴくぴく震えるのがいじらしい。

「お前、けっこう自分でやってるだろ。可愛い顔して、中身はやっぱり、そのへんの女と変わらねえんだな」

健康な年ごろの娘なら当然だと思いつつも、佐脇はなおも言葉で責めた。

「そ……そんな……」

「どうせならもっと脚を開け。おれにお前のオマンコをもっとよく見せろ」

そう言いながら佐脇は、女子高生の脚を摑んで左右に広げた。

「爪先に力を入れて伸ばせよ。そのほうが感じるぜ」

矢継ぎ早の命令に誘導されるように、環希はついに、達してしまった。顔を赤らめて全身をひくひくさせながら息を荒らげる、その愛らしくも淫らな恥態は、女に不自由していない佐脇にも強い刺激になった。

乱れたブラウスから覗く環希の白く滑らかな腹部が目に入ると、堪らなくなった。軽いうなり声をあげて彼女をベッドに押し倒し、手早く下半身を脱いで猛り立ったものを取り出すと、環希の形よいヒップを摑んで荒々しく引き寄せ、繊毛のなかの秘裂に怒張し切った肉茎の先端を押し当てた。

環希は、顔をそむけた。

しかし、その秘門は、強制オナニーで湿り気を帯びていた。

佐脇は、わざと、先端の部分だけをじらすようにゆっくりと押し込んだ。

環希の全身は強く強ばった。初めて男を受け入れる恐怖故か。

「お前、ホントに処女なのか？　どうなんだ？　すぐ判ることなんだぜ」

「……は、初めてです」

実は、佐脇は処女を相手にするのは初めてだった。無理やり犯すように抱くことはあるが、だいたいがワケアリの女で、そういう女が処女だったタメシが無い。佐脇自身、処女にこだわらないし、逆に処女は手間がかかるのが嫌なのだ。

が、聖なる、と形容してもいい美少女の処女を奪うという行為は、佐脇の嗜虐を激しく掻き立てた。時間をかけてゆっくりと犯し、存分に抱くつもりだったが、もうそんなことを言ってはいられない。

彼は身体を沈め、小さな唇の奥まで一気に分け入ろうとした。

しかし、環希の内部は堅く締まり、男の侵入を容易には許さない。

無垢な花びらが肉茎をぴったりと締めつけ包みこんで来る快美な感覚。

彼は女遊びには長《た》けているくせに遮二無二突き進み、力まかせに腰を打ちつけてなんとか押し入ろうとした。

環希は悲鳴をあげ、痛みに躰を弓なりに反らせた。が、全身が強ばった。痛みに耐えるような強ばり方だ。

そのあと、トンネルが貫通したように、佐脇のペニスはぬるっと前進した。

「そうか……初めてだったのか」

破瓜《はか》した後も、充分に潤っていない環希の柔肉は、彼の巨大なモノに擦り上げられて悲鳴を上げた。しかし、佐脇の腰はぐいぐいと彼女を責め立てた。

だが、その秘腔は、徐々に潤ってきた。デリケートな場所を保護するために、粘液は興奮とは関係なくわき出してくるのだが、彼の肉棒は、環希の奥の襞が潤うにつれて、媚肉にむっちりと包みこまれるように感じた。

「あっ！　そ、そんなに動かないで……」

佐脇はヤクザではない。緊張と恐怖で蒼ざめている美少女に懇願されて無理に凌辱のような行為を続けるつもりは無い。腰の動きをゆっくりさせた。

環希は喋ることも出来ず、彼のなすがままになっている。

彼はゆっくりと抽送しながら、美少女の乳首を吸った。

だんだんと、彼女の全身から強張《こわば》りが消えていった。力が抜けて、完全に佐脇に身を委《ゆだ》ねるような感じになった。

その途端に、環希の全身から、甘い少女の香りが放たれたように感じた。彼女の動きも優美さに溢れ、腕が動くのも腰が揺れるのも、なにやら甘い陶酔を感じさせた。

キツイ手段でこの娘のはっきりしなさ加減にカツを入れてやろうとしたのに、微妙な甘い空気に満ちてきたのに、佐脇は戸惑った。

その瞬間、突然に射精の衝動が走った。

佐脇はうっと呻いて、放出した。

環希はベッドの上で横たわっていた。

佐脇によって少女から女へと変貌をとげていた。それまでのおどおどと不安にまみれて自信なさげだった様子から、文字どおり一皮剝けたものを感じさせた。開き直りではないが、自分をさらけ出す自信が出来たと言うべきか。

全身から硬さが取れ、佐脇の傍らに安心しきった様子で横たわった彼女は、はっと我に返った。

「……ありがとうございました。私、まさか普通の女の子みたいに男の人とセックスできるなんて、思ってなかったので……何をやってもダメだったから。学校にも行けなかったし」

「まあ、災い転じて福となすってことだ」

礼を言われた佐脇は少し戸惑って、よく判らないことを口走った。

環希の気の弱さはどうしようもないが、本来は育ちのいい礼儀正しい子なのだろう。

ホテルに連れ込んだ時、無理やり処女を奪ってさぞや後味の悪いことになるのでは、と危惧していたのだが、予想外の展開になって、なかなか気分が良かった。

だが、セックス一発で人間が変わるものではないということもすぐに判った。環希が探りを入れてきたからだ。

「あの……これっきりということではなくて、またやっていただけますよね？　佐脇さん、結婚はしてらっしゃらないんでしょう？」

その声からは安らぎが消え、不安と自信の無さがまた戻ってきている。環希の自立に手を貸すどころか、どうやら「餌《え》付《づ》け」のようなことを自分はしてしまったらしい、と佐脇は悟ったが、もう遅かった。

第四章　猟犬、吼《ほ》える

環希を抱いたあと、佐脇は署に顔を出してみた。署長に休むと啖呵《たんか》を切り、実際何日も届けを出さないまま欠勤したのだ。

署内を歩いていると、廊下で知らない男に声をかけられた。

「佐脇君。君が佐脇巡査長だね？」

スーツを颯爽《さっそう》と着こなして髪もびしっと整えた四十絡みの男は、入江と名乗った。

「はあ？　入江さん？　知りませんね。ウチの署でおれが知らないヤツはいないんですがね」

佐脇はいきなりカマした。

「これは失礼しました。本官は、入江雅俊《まさとし》警視です。刑事官として鳴海署に本日付で着任しました」

自分のほうが階級が上なのに、わざと腰を低く挨拶する入江の態度は嫌味であり、あきらかに慇懃無礼《いんぎんぶれい》だった。一般人のように佐脇にお辞儀して姿勢を正した入江の端正な顔には笑みが浮かんでいる。それは親しげなものではなく、全身から発するエリート特有の自信と相まって、佐脇のセンサーに強烈な警戒信号を送ってきた。

入江警視が立ったままなので、階級を聞いてしまった以上、佐脇は仕方なく敬礼をした。

「ま、この署では君の方が大先輩な訳です。よろしく頼みますよ」

口調は下手に出ているが、態度はうらはらだ。

「で、たしか今日はお休みのはずでしたよね？　よかったら一杯付き合ってくれませんか」

この街も案内してほしいし、と入江は誘った。

「せっかくですが、酒の席でキャリア殿に取り入ろうという趣味は無いんでね。出世にも興味がありませんし」

佐脇がにべもなく断って歩き去ろうとすると、彼の背中に入江の声が飛んできた。

「まあ、そう冷たくしないでくださいよ、佐脇巡査長。私は赴任してきたばかりで知り合いもいないし、右も左も判らないんだ」

佐脇の名前に肩書きをつけたのは、暗に命令しているのだろう。

やれやれと、佐脇が向き直ると入江は言った。

「出世に興味は無いんだろうけど、美女にはあるでしょう。君はそういう人だと聞いてますがね」

鳴海市には二条町《にじょう》と秋谷町《あきたに》という二つの盛り場がある。二条町は港や駅がある旧市街の昔からの飲み屋街だが、元は赤線だっただけに、古ぼけたビルを改装した風俗店が軒を並べて過激なセックス・サービスを競う危険な場所だ。一方、秋谷町は国道バイパス開通後に急速に発展した新市街にあって、大型ショッピングセンターやシネコン、真新しい都会風の洒落《しゃれ》た飲食店が並んで、経済が停滞し切ったこの市には似合わない賑《にぎ》やかさだ。

二十分後、佐脇は秋谷町の東京風にスカしたバーで、入江と並んでいた。

カウンターの中に若いバーテンが一人いるだけで、ツマミはナッツやチーズくらいしかない。佐脇の前に置かれたビールもロクに冷えていなかったが、文句は言わなかった。入江に気を使ったわけではない。こんなナリばかり恰好《かっこう》つけて、肝心の仕事がロクに出来ないバーテンを置いておくような店には用はない。二度と来ないと判っている店にクレームをつけても仕方がない。

一方、入江はピンガというジンのような酒のグラスを傾けていた。

「これはブラジルの酒でね。サトウキビが原料の蒸留酒なんだが、ラムと違ってサトウキビの搾《しぼ》り汁に加水しないで発酵、蒸留してるんだ。ライムを搾ると美味《うま》いんですよ」

酒といえばビールに焼酎に国産ウィスキーの佐脇は、へえそうですかと応じた。

「これは私の思い出の酒でね。こんな店にあるとは思いませんでしたねえ。どうせ君は酒のウンチクをとうとうと語る男にロクなヤツはいない、と内心毒づいてるんでしょうが」

まさに図星だったので佐脇は居心地が悪くなると同時に、入江への警戒を強めた。

「この街のことはあまりよく判らないから、いろいろ教えてくださいよ」

「はあ。しかし、この秋谷町は田舎者のくせに都会人ぶりたい連中が来るところなんで、私のようなダサいオヤジには、とんと縁がないんでね」

「普段はどのあたりに行くんですか？」

「まあ、いろいろですがね」

なぜか下手に出てくる入江が不気味なので、佐脇は曖昧《あいまい》に言い逃れた。

佐脇が普段出入りしているのは、二条町だ。ヤバい遊びをしたい地元の男はみんな二条町に行くし、昔からのしがらみで鳴龍会がしっかり押さえているから、その意味では遊びやすい。

佐脇が席を立つタイミングを計っていると、入江はようやく核心を突いてきた。

「ところで、きみの部下が亡くなったそうですね。自殺だという話ですが」

「自殺だとは思っていませんがね、私は」

咄嗟《とっさ》に口をついて出たあとで、しまった、と舌打ちした。

入江など別に怖くはないが、石井の死について議論はしたくない。ついでに言えば酒を一緒に飲みたい相手でもない。

「君がいろいろと調べていることは知っています。だが、佐脇巡査長」

入江は佐脇に向き直った。それまでの下手に出た作り笑いが消え、目は鋭く光っていた。

「君も、警察が組織であることは理解しているだろう？　組織であるからには見解は一つだ。機械でも人体でも、それぞれのパーツが勝手に動いていては、正しく機能することは出来ない。違うかな、佐脇君」

「自殺ということにしなければ鳴海署としては都合が悪い、ということですか？」

訊き返した佐脇は、つい言わずもがなことを付け加えてしまった。

「あるいは問題は鳴海署ひとつにとどまらず県警本部いや警察庁《サッチョウ》にまで及ぶのかもしれませんな。こうして刑事官殿からじかにお話があるところを見ると」

入江は笑い出した。わざとらしくはあるが、本当に楽しそうな響きもある。

「いや、話には聞いていたが、君は一筋縄ではいかない人だね。佐脇巡査長。だが、そう突っ張るもんじゃないと思うがね。私は君と胸襟《きょうきん》を開いて語り合いたいんだ」

「無駄ですよ」

佐脇はにべもなく切り捨てた。

「このあたりは稲荷信仰が盛んなところですがね。知ってますか。稲荷神社に犬を連れて入っては絶対に駄目だってこと。そもそも野放しの狐と、飼い主のいる猟犬が仲良くしようというのが無理なんです」

「文脈からすればきみが狐ということになるのだろうが」

入江はグラスの中の氷を揺らした。

「ずる賢い狐は今までやりたい放題をしてきた。庄屋も、そして猟師までもが狐に弱味を握られていたからね。狐にはさぞや居心地が良かったことだろう。だが、限度というものがある」

入江は佐脇を見据えた。

「四係に居たことのある君なら、恐喝事件も数限りなく扱ってきただろう。脅されるような人間には当然弱味はあるが、脅し取られる金額が一線を超えれば、金ヅルは警察に駆け込む。金の卵を産む鶏の腹を裂くようなことをするほど、君も馬鹿ではないだろう？　今はやりの言葉でいえば、『共生』ということを考えてみてもいいんじゃないか」

入江の言わんとするところは明らかだ。石井の自殺、いや変死事件から佐脇が手を引くことを暗に求めているのだ。それさえ受け入れれば、今までのように佐脇がこの鳴海市でヤクザや飲食店から美味《うま》い汁を吸い、抱きたい女を抱き、タダ同然の酒を飲むことは見逃そうと言っているのだ。だが、佐脇が嫌だと言えば……。

「なるほど。せこい狐が鶏小屋から卵の二つ三つ盗む程度なら見逃してやるが、蔵からお家の重宝《ちょうほう》を盗み出すに至っては庄屋さまも黙っていられない。そこで飛びっ切りの、優秀な猟犬を差し向けた、というわけですか?」

綺麗に七三に分けた頭髪の下の、入江のこめかみが一瞬、ぴくりと動いた。佐脇に犬呼ばわりされてプライドが傷ついたのだろう。

面白い。この一分の隙もない刑事官をもっと怒らせたくなった。他人の感情も空気も読めないキャリアにしては珍しいタイプではある。だが、この風変わりな刑事官に「飼われる」つもりは毛頭無い。

「こんな田舎町の田舎警察に、サッチョウから県警に出向中の超エリート殿がわざわざ赴任なさるとは、よほどの事情があるんでしょうな。しかもポストを新設までして」

佐脇は入江を睨み返しながら続けた。

「その原因が自分にあるとまで自惚《うぬぼ》れる気はありませんが……しかし、何処かでうっかり踏んではいけない虎の尾を踏んでしまったのかもしれないな」

「悪いことは言わない。佐脇君。石井巡査は自殺だ。それで納得したまえ」

「いや。それは出来ません」

佐脇は生ぬるいビールにはほとんど口をつけないまま、スツールから立ち上がった。

「だいたい、鳴海署上層部は、石井の亡骸《なきがら》を異様なほど早く火葬しちまった。通夜をすっ飛ばして火葬ってのは、どう考えても異常でしょう。それに……」

そこまで言った佐脇は、あることに気がついた。

「死体検案書だ。石井を司法解剖したというのに、どうして解剖所見じゃなくて死体検案書が出てくるんだ？　つまり国見病院の警察医を抱き込んで、石井を最初から溺死と決めつけて、その他の死因が出てくるのを恐れて解剖をしないまま通り一遍の検視をして焼いてしまったんだ。証拠隠滅のためにね。どうして？なぜ県警は組織を挙げて石井を自殺にしてしまいたいんだ？　いったい県警は誰を庇《かば》ってる？　警察は犯人を庇ってるのか？」

それにだ、と佐脇は入江に指を突きつけた。

「あんたは、Nシステムに何をした？　どうして画像を消してしまったんだ？　それも犯人を庇うためか？」

強い言葉を浴びせられた入江は、しかし驚く様子もなかった。佐脇が今までに会ったキャリア警察官はチヤホヤされるのに慣れきっていたから、佐脇が言葉のパンチをかましただけで大抵は腰砕けになり、立場は逆転した。だが入江に関してはまるで勝手が違った。

「さあ。きみが何を言っているのか判らないんだが。まあ座り直して飲もうじゃないか」

入江は超然としてグラスの中の透明な液体を啜っている。

鳴海署は田舎県警の、その片隅の小さな田舎署に過ぎない。その管内で世間の目を引く「病院長刺殺事件」「瀬戸内援交事件」そして「警察官の不審死」と大きな事件が立て続けに起きた。刑事官ポストの新設と入江の着任は、表向き「捜査力向上」のためなのだろうが、その実、監察も手を出せない佐脇の監視とコントロールが目的であることは火を見るよりも明らかだ。さらに佐脇に甘い署長や刑事課長をも監視する役目も担って、入江は送り込まれたのだろう。そのバックには県警上層部、あるいは警察庁の意向があるのは明白だ。

今やそれをはっきり悟った佐脇は冷然と言った。

「いや、刑事官殿に飼われるのも、共生とやらも私は真っ平です。あんたの掌《てのひら》の上での自由も御免《ごめん》こうむる。警察にとって私は害獣のようなものかもしれないが」

コートの前を合わせながら佐脇は入江を睨みつけた。

「狐にも狐の意地があるんですよ」

「残念だ。では、君の上司として正式にこう言えばいいのかね。『石井巡査死亡の捜査に介入してはならない』と」

「最初から署でそう言えばよかったんですよ。お互い、無駄な時間を使うことはなかった」

「佐脇君。後悔するぞ」

慇懃な腰の低さは完全に影を潜め、入江は高圧的な態度をあからさまにした。

そんな新しい上司に佐脇は背を向け、片手をあげて酒場を出ようとした時だった。オーク材のように見えるドアが外から開いた。外気とともに甘い華やかな香りと鮮やかな色彩が、彼の目に飛び込んできた。そして華やいだ声が。

「無駄な時間とか、後悔するだとか何ですの？　遅くなってすみません。あら、こちら、もうお帰り？　いいじゃありませんか。もう一杯ぐらい、お近づきの印に」

こんなおばさんじゃお嫌かもしれませんけどと言いながら外から入ってきた女は、佐脇の腕にやんわりと手をかけ、有無を言わさぬ間合いで店の中に連れ戻してしまった。

なんという動物の毛かは判らないが、毛足の長い、オレンジ色の毛皮のコートを女が脱ぐと、黒地に派手な花柄のワンピースに包まれた、ボリュームのある肢体が現れた。

女は中肉中背だが、ワンピースの、肌に貼りつくような柔らかな素材が、熟れた豊満な曲線をきわ立たせている。盛り上がった乳房はふるふると震えるようで、熟しきって崩れる寸前の果物のように、たわわに実っている。だがウエストはぐっと引き締まり、張り出したヒップの曲線のインパクトに佐脇の視線は吸い寄せられた。

スカートの裾から覗くふくらはぎも形が良く、引き締まった足首に向けて、すっきりと細くなっている。ワンピースの大きく開いた襟元からのぞく肌も、しっとりと水気を含むようで、色は抜けるほどに白い。

白い肌に黒目がちの大きな瞳がきらきらと輝いている。その目に見つめられると吸い込まれそうだ。大きな二重《ふたえ》の目、アーチを描く眉、ふっくらとした唇など、日本人離れをした美貌の持ち主だ。結い上げた髪が綺麗なうなじをくっきりと見せて、アピールの仕方を完全に心得ている。

年のころは三十を超えているが、いい歳の取り方をしている。柔らかそうな顎《あご》から喉にかけての線がセクシーだ。若いころはきつ過ぎる印象だったかもしれないが、熟女になりかけの今がまさに熟れごろ食べごろ、といった感じの女だった。

ちょうどこの年ごろの女体が好物の佐脇は、彼女を凝視してしまった。触手が勝手に動き出してもぞもぞしているような気分だ。

それを見澄ましたように入江刑事官が「紹介しよう。ここのママだ。こちら県警鳴海署の佐脇巡査長」と割って入った。

「よろしく。有川京子《ありかわきようこ》と申します。これからもどうぞご贔屓《ひいき》に。あら、全然召し上がってないのね」

京子と名乗るママは、佐脇の、ほとんど手をつけていないビールグラスに目を留めて、手を触れた。

「あらいやだ。冷えてないわ。ごめんなさいね。バイトの子が気が利かなくて」

と素早くカウンターの中にまわり、カウンター下の冷蔵庫から取り出したビールの栓を抜いて、新しいグラスに注いだ。

「申し訳ないのでお代はいただけませんわ。どうぞ飲んでいらして。お近づきのしるしに」

京子が注いだビールはよく冷えていた。

突然現れた京子の、ほとんど殺人的ともいえる色っぽさに気を呑まれて足を止めた佐脇だが、入江の申し出を検討する余地の無い以上、ここに居るべきではない。

佐脇はグラスを傾け、ほどよく冷えたビールを一気に喉に流し込むと決然と背を向けた。

「さっきの話だが、佐脇君、考えておいてくれたまえ」

うしろから入江の声がかかったが無視した。

「私の言うことを無視するなら、君も今後、色々とやりにくくなるぞ」

ニヤリと片頬で笑った佐脇は、振り返ることなくドアを閉めた。


翌朝。佐脇は二日酔いで目を覚ました。入江と決裂したあと、ホームグラウンドの二条町に行き、いきつけの飲み屋でしたたかに飲んだ。途中、仕事を抜けてきた由布がやってきてしきりにまとわりついたが、佐脇が無視するうちに居なくなった。

佐脇は自分のアパートにどうやって帰り着いたかも覚えていない。

重い頭を抱えて、気がつくと署にいた。

休むと言ってあるからこれは休暇中の自由行動になるが、無意識に署に足が向いてしまうというのは俺も相当に仕事馬鹿だなと思いつつ歩いていると、光田が近づいてきた。

「佐脇サン、面会。有川って女。今日は休んでますと言ったけど、待たせてもらいますって。空いている会議室に通しといたから」

有川、という名前には聞き覚えがあるような、無いような。

「相変わらずモテモテですな、佐脇サン」

意味あり気なことを言って光田はデスクに戻って行った。

「お待たせしました。佐脇です」

小部屋のドアを開けると、華やかな色彩が目に飛び込んできた。殺風景な部屋には、昨夜の、バーのママが座っていた。

「ああ良かった。佐脇さんにお会いできて。ゆうべお店を終わってマンションに戻ったら」

……何者かに侵入され、部屋が荒らされていたのだという。

「どうしようかなあと思って、佐脇さんのことを思い出したんです」

京子の喋り方にはかすかな関西訛《なま》りがある。音楽のように上下する柔らかなイントネーションが耳に心地良いが、佐脇はそっけなく言った。

「で、被害届は出されましたか」

「いえ、それはまだ……いろいろ事情があって、信頼できる方に相談したいと思って」

無機質な会議テーブルの反対側に腰をおろした佐脇の手を、京子はいきなり、ひしと両手で包み込んだ。

「わたし、出身は大阪で、ここにはあまり親しいお友達がいないんですの。届けを出したほうが良いのかどうか判らないし、勝手に部屋に入ったのも、もしかして昔の知り合いかもしれないいんです」

入江の方が俺より先に知り合いになってるんじゃないのかと思ったが、美人に頼られるのは悪い気分ではない。

「昔の男、ですか？」

面倒になった佐脇は単刀直入に訊いた。京子はおどろいたように大きな瞳をさらに見張り、首肯いた。

「はい。お恥ずかしい話ですけど。もしそうやったら、あまり刺激したくないし」

「警察としては被害届を出していただかないと、どうにも出来ませんよ」

「それでしたら、今、ここでその届け、いうのを書きます。書き方、教えてもらえますね」

「ああ、ちょっと代わりの者を呼んできますから」

立ち上がって部屋を出ると光田が近づいてきて言った。

「署長からの言づてがある。有川京子さんからのご相談には佐脇サンが対応するようにと。今日は出勤ということで、働いてもらいますよ」

入江の差し金だな。

佐脇は鼻の奥を鳴らした。

自分を絡め取ろうとする網が、周囲にじわじわと張り巡らされている。京子の派手な美貌も、熟女に足を踏み入れたという年のころも、美味しそうな躰つきも、全部が自分のストライクゾーンであることが、逆に佐脇を警戒させた。

それでも署長命令とあれば致し方なく、佐脇が京子の被害届を受理したところで、光田と二人で現場検証に行くようにと、署長から追加の命令が下った。もちろん、こんな件で署長直々の「捜査指揮」があるのは異例だ。

京子に同行して二人の刑事は、あけぼの台にある彼女のマンションに向かった。

そこは、鳴海市では新興の高級住宅街だ。しかし、鳴海市の旧中心街からもＪＲの駅からもかなり離れた、元は農地だったところで、交通の便が悪いこともあって売れ残った区画が多い。夜は真っ暗な空き家が点在し、住宅街なのに女性の一人歩きは危険だ。

昼の光で見ると町内は綺麗に整備され道路も広いが、植えられたばかりの街路樹はひょろひょろとして元気が無い。開発業者が土地に合っていないものを植えたのかもしれない。日曜の朝だというのに、走り回る子供も車を洗う大人も見あたらず、街全体がしんとしている。鳴海市全体が衰退しているのだが、その中で特に、高級と銘打ったこの住宅街は相手にされていない感じだ。

だがこの死者の街のような新興住宅街の背後にそびえ、農地を睥睨している巨大な建造物がある。数年前に駅前から移転してきた国見病院の、新しい建物だ。バスに乗らなければ病院通いが出来なくなった患者や年寄りには悪評ごうごうだが、この病院移転と建設には東京のゼネコンと、地元代議士が絡んでいることを佐脇は知っている。

国見病院に近い田んぼとの境にある、洒落た飾り煉瓦が貼られたマンションに京子は住んでいる。

オートロックのエントランスを京子が開けようとしていると、中から解体したユニットバスの建材を抱えた職人が出てきて、一行とすれ違った。

京子の部屋がある二階の廊下にも木材や、巻かれた壁紙が置かれている。

「お隣の部屋がリフォームをされていて。足元に気を付けてくださいねえ」

如才なく気を遣ってみせる京子の部屋に通された後も、隣室で工事をする音は聞こえていた。さてこれから実況検分というところで、光田の携帯が鳴った。

「はい……はい、すぐに戻ります」

携帯を切った光田が佐脇に向き合った。

「署長からすぐに署に戻れと。至急確認したいことがあるそうで。悪いけど佐脇サン、実況検分と事情聴取お願い出来ますよね？」

常に二人一組で行動するというルールを無視して、光田は足早に署に戻ってしまった。

これは罯ぐるみの計略か？　と佐脇が思うより早く、真新しい建材や塗料の匂いがかき消えた。熱い体温と柔らかな肢体の感触と、うっとりするような香水の匂いが寄り添ってきたからだ。

「刑事さん、私、怖いんです」

人体には磁場があるというが、男を絡めとり骨抜きにする波動が伝わってくる距離に、京子は立っている。

俗に男好きのする女というが、美醜や年齢には一切関係なく男を吸い寄せ、狂わせる女がいる。京子もその一人だった。

ぱさり、と軽い音がして、京子が毛皮の下に着ていた黒い厚手のニットジャケットが絨毯の床に落ちた。下は昨夜と同じ、黒地に派手な花柄の、柔らかな素材のワンピースだ。だが、そのラインが微妙に昨夜とは違う気がする。果物ならたわわに熟して落ちる寸前の女体といっても、昨夜はそれなりに躰の線は整っていた。しかし今は……。

いっそうの柔らかさと生々しさがダイレクトに伝わってくる。乳房が昨夜よりさらに大きく、膨らんでいるように見える。その先端に、ぽつりと突起が薄い布地を通して見えた。

下着をつけていない？　すでに血が昇った頭で佐脇がそう思った瞬間、京子はそのノーブラのバストを佐脇の腕にすりすりと擦り寄せてきた。

なんともいえない柔らかさと弾力と熱、そして薄物のワンピース一枚の下で硬く勃った乳首が佐脇の二の腕に当たった。その乳首の感触は佐脇のスーツをとおしてさえ、はっきりと感じられた。

佐脇の股間にざわざわと血が集まってくるのが判った。昨日、環希を抱いたばかりだというのに。いや環希がなまじ処女だったばっかりについ仏心が出てしまい、いつものように腰が抜けるまでヤリまくることが出来なかった。そのあとも入江と飲んだ不快さを酒でまぎらわそうとして、まとわりついてきた由布を追い払った。セックスで不完全燃焼だった昨日のツケが一気にきたのか？　いや、たとえ溜まっていなくても、京子の、上方女独特の濃厚な色っぽさに抵抗するのはむずかしいかもしれない。

京子が爪先立ち、そっと佐脇の耳に囁いた。

「私ね、キタで店をやっていました時、店のホステスがこの県の、この鳴海市の出身やったんです」

熱い吐息が悩ましい。艶《つや》のある、京子の漆黒《しっこく》の前髪が佐脇の頬に擦れる。

「その女の子が佐脇さんのこと知ってたんです。特にいい男でもお金があるわけでもないのに、女なら抱かれたくなる不思議な刑事さんが、この街にはいるって」

鳴海市出身で大阪に渡ったホステス？　はて誰のことだろうな、とのぼせた頭で佐脇は考えたが、二日酔いと京子への劣情のダブルパンチで頭が回らない。心当たりが多すぎて誰のことかも判らない。

あからさまに佐脇の腕をさすりながら、京子はなおも囁きかける。

「私、興味もってしまって、その子にいろいろ聞いたんです。佐脇さんてどんな人か、いや、はっきり言うて、ベッドではどんなやった？　って」

薄いワンピースに包まれたノーブラのバストを、京子はすでに露骨に佐脇の躰に擦り付けながら、なおも囁いた。

「アレがとっても硬いって、その子は言うてました。もう、挿《い》れられただけで逝《い》ってしまいそうやった、って。というよりハメられる前から、もう隣にすわっているだけであそこが濡れて濡れて、どうにもならんかった、て」

佐脇に向かいあう形で、背中をやわやわと撫でさすりながら、京子は自慢らしい乳房を、ますますあからさまに佐脇の胸に擦り付けてくる。ワイシャツ越しに、京子の乳首の硬さがはっきり感じ取れる。京子の囁きもボディランゲージも、きわどさを増す一方だ。

「傍にいるだけであんなにオ○コが濡れたのは、きっと佐脇さんの匂いのせいなんやね、て、言うてました。男の、オスの臭い。ゆうべ、それが本当だって私にも判りました」

いかん。これは罠だ。これは、この女は……ヤバい。

頭では判っているのに、佐脇の足は根でも生えてしまったかのように、絨毯の床に張り付いたままだ。強烈すぎる京子の牝のフェロモンにすっかりやられたのか、頭も麻痺したようになっている。

甘い毒液を注ぎ込んで相手の動きを封じ、ゆっくりと料理にかかる女郎蜘蛛《じょろうぐも》……そんなイメージが浮かんだ。

京子の色っぽい肢体から何とか注意をそらそうと、血が昇った頭のままマンションの室内をぼんやりと眺めた。

室内は片づいている。片づきすぎている。毛足の長い白いカーペット、白いレザーのような素材のソファ、ガラストップのコーヒーテーブル。最低限の家具はどれも定番のもので、京子の服装、黒地に花柄のワンピースやオレンジ色の毛皮のコートなど、身につけるものには現れている京子の個性が感じられない。リビングから見通せるカウンターごしのキッチンもぴかぴかに磨かれ、使い込まれた形跡はほとんどない。

隣室に通じているドアがわずかに開いていて、その隙間から、積み上げられた段ボールとベッドが見えた。

京子には、このマンションにもこの街にも住み着くつもりは無い。この住処《すみか》は一時的な腰掛けだ。

だが、なんのために？　おれに近づくため？

佐脇の脳内に危険信号が灯った時、熱くて柔らかい女体の感触が消えた。

京子は躰を離すと、さっと部屋のカーテンを閉め、少し離れて佐脇の正面に立っていた。

素早く腕が持ち上がり、続いて背中のファスナーがおりる音がして、はらりと柔らかいワンピースが落ちた。思わず下を見た佐脇の視線の先には、脱ぎ捨てられた布の塊が、きれいにペディキュアをほどこされた真っ白な足に絡みついていた。

香水に混ざった牝の臭いが、さらにきつくなった。

佐脇が視線を上げると、そこにはいかにも熟女らしい、むっちりした太腿、欲望を体現したような女の叢《くさむら》、きゅっと引き締まったウエストとみぞおちの上に、凶暴なまでに突き出して存在を主張している、大きな乳房が、あった。

その乳房に佐脇の目は釘づけになった。

女にはえり好みをしない彼だから、格別に巨乳が好きというわけではない。むしろ大きさよりも形の美しさのほうが重要だと思っている。だが京子のバストには佐脇のそんな好みなど軽く吹き飛ばすのに充分なインパクトがあった。たわわに熟し切り、崩れる寸前の丸み。だが重量ぎりぎりの吊り橋を支えるワイヤーのように大胸筋は持ち堪え、鎖骨の下からバストトップまで急激なカーブを描いている。ツンと上を向いた両の乳房の先端にあるのは、巨大な乳暈だった。薄茶色で、シングルCDくらいの大きさは優にある。それが限りなく淫らで生々しく、まさに牝そのものが剝き出しで放り出されている感じだ。

京子も自分のバストの威力を充分に承知していると見え、誇らしげな微笑を浮かべて、ふっくらした二の腕を両方とも持ち上げた。

白い腕の下からふさふさとした脇毛が現れ、牝の臭いがきつくなった。上体を反らしたので、その巨乳がさらに強調され、佐脇の目の前に迫った。

もう限界だ、と自分でも思うより早く手が伸びて、目の前に差し出された京子の乳房を鷲づかみにしていた。

「ああっ、いいわ……私、おっぱいが感じるんです。もっと滅茶苦茶にして！」

佐脇は京子の女体を引き寄せ右手でバストを思う存分に揉むと同時に、左手を剝き出しの股間に差し入れた。

密集した叢はしっとりと濡れそぼり、内に秘めた媚肉はカッと熱くなっていた。

佐脇の頭の中で理性が必死に警報を鳴らしているが、すでに遅かった。京子は佐脇の腕の中で悩ましく色っぽく身をくねらせ、恥裂をいっそう擦り付けてきた。

やめろ、やめなければ。これは罠だ。この女はヤバい。

ぬるぬるになった秘裂の中で肉芽が膨らみ、欲情のしるしをはっきり見せている。

佐脇のモノも、ズボンの中ではちきれそうになっていた。それを京子の手がやわやわと、布地の上から揉みこする。

強すぎず、だがしっかりと男のツボを刺激し、じらすような、巧《たく》みな指技だ。

熱い吐息が耳元で囁いた。

「私のカラダ、自由になさって……。大阪でも評判だった、佐脇さんのコレで」

京子の指が佐脇のズボンのジッパーをおろした。

「私のあそこで味見してみたいんです……ああ、硬いいうのはホンマやわ」

京子はズボンの前からすでに佐脇の分身を取り出し、じかに指戯を加え始めた。猛り立った竿に指をからませ、先端、カリから裏筋と、たくみに指を絡ませる。

まんまと敵の思うツボにはまり、女郎蜘蛛の網に誘いこまれたおれは愚《おろ》かだ。

とはいえ、据え膳は必ず食うのが佐脇の流儀だ。こうなったら後悔しても後の祭りだ。ならば楽しんだほうがいいじゃないか。

「じゃ、こっちも味見させてもらうぜ」

佐脇が京子を押し倒してうなじに熱い愛撫を浴びせているところに、携帯が鳴った。

舌先が京子の白いうなじを這い、ねろねろと耳から首筋を舐め回しながら、その手はしっかりと豊満な胸を揉みしだき、乳首を摘まんでくりくりとくじっていた。

「……車は急に止まれない。エッチも急に止められない、だ」

そう言いながらも佐脇の手は携帯に伸びた。

「そんなの、鳴らしとけばエエやないの」

京子は熱い吐息で佐脇を非難した。

「そうもいかない。今は勤務時間だからな」

行為を中断して、携帯電話を取る。

『佐脇サン？　お仕事中にすみません。でも至急お知らせしたほうがいいと思って』

電話の向こうから、ローカル局の旧知の記者・吉井の切迫した声が響いた。

『今、局からですが、大騒ぎになってます。ちょっと前にカメラクルーとリポーターが急いで出ていきました。佐脇サンならあけぼの台のマンションに聞き込みに行っているらしい、とか言って』

なんのことだ？　と佐脇は一瞬呆気《あつけ》に取られた。テレビがなんで俺を追うんだ？

『受刑者の妻と情を通じている警察官がいて、それが佐脇サンだっていうのはホントなんですか、佐脇サン？　このままだと取材が殺到して大変なことになると思いまして』

由布のことだ。いや、美沙のことか。これはつい最近のことだから署内ではけっこう噂になっているはずだ。佐脇も別に隠すつもりもなかったから、関係者の人口に膾炙《かいしゃ》していても不思議ではない。

ともかく、光田か、あるいは入江か金子署長が、公然と佐脇の居所をマスコミにリークしたのだ。

入江の動きは予想以上に速い。「石井の件に首を突っ込むな」と暗に圧力をかけられた昨日の今日だ。佐脇が断った途端、すぐに次の手を打ってきた。

石井殺しの真相を探るだけではなく、これからは自分を追い落とそうとする動きにも対抗しなければならない。非常にまずい立場に追い込まれているのだが、逆に意地になって燃えてきた。そういう性質《タチ》じゃなければ、こんな腐った町で、安月給の刑事などやってられない。

『佐脇サン……聞いてますか？　局ではみんな凄く盛り上がっていて……「凄腕刑事」変じて「ダーティエロ刑事」だって。夕方のニュースのキャプションはこれで行こうって。みんな掌を返したみたいで』

相手の記者は声をひそめてあたりをはばかる感じがある。携帯の向こうから、周囲のざわついた気配が伝わって来る。

『佐脇サン……もしもし？　もしもし』

「判った。聞いてるよ。教えてくれて恩に着る」

売った恩の全部が返ってくるわけではないが、日頃から各方面に恩を散蒔《ばらま》いておけば、こういう時助けてくれる律義者《りちぎ》もいないわけではない、ということだ。

『それでね、佐脇サン。ホラ、前に、ウチのリポーターの磯部ひかるの話が出たでしょう。巨乳の』

磯部ひかるは、彼女が学生時代、さんざん抱いてセックスを教えてやった仲だ。ついこの前、久しぶりにリポーターとなって仕事をしている姿を見かけ、また抱きたくなって、吉井に仲を取り持てと言ってあった。

『ひかるが、佐脇サンを匿《かくま》ってもいいって言ってますが。ボクはすべてを知らないことにしておきますよ。学生時代と同じマンションだそうです。合鍵を入り口のガスメーターの裏に貼り付けておくとのことで』

こういうことを同僚とはいえ他人にことづけるあたりが磯部ひかるのバカなところだが、この際どうでもいいことだ。それに、電話をしてきた吉井は律義者の上に口は堅い。だから佐脇とは持ちつ持たれつの関係を作ってきたのだ。

「了解した。またなにかお返ししなきゃな」

『それでは、独占インタビューでもいただきますかね』

相手は笑って電話を切った。

一気に現実に引き戻された佐脇がカーテンの隙間から窓の外を見ると、まずいことにマスコミらしき数人がすでにマンションの周辺をうろついていた。

「どうなさったの？　何か、困ったことでも」

舌打ちした佐脇の背中に寄り添ってきたのは京子だった。

「ああ。あんたの後ろで糸を引いている入江刑事官殿のおかげで、困ったことになった」

「糸を引いているやなんて、そんな。私は別にあの方とは。何日か前に初めて飲みに来てくれただけなんです」

心外そうな口調も芝居なのか。

京子も、窓外を見た。

「あそこにいるの、面倒な人たちなんですね。佐脇さんを無事に逃がしてあげたら、また会うてくれますわね？」

京子はそう言うが早いか、素早く床に落ちたワンピースを拾い上げて身に纏《まと》い、少し待っていて、と言い置いて出て行った。

しばらくして京子は、一人の若者を連れて戻って来た。ニッカーボッカーに鉢巻きを締めた職人姿だ。隣室で工事をしている左官職人の一人なのだろう。

「この人やったら佐脇さんと体格、だいたい同じくらいですわねえ」

数分後。

左官の恰好で大きな建材の板に顔を隠すようにした佐脇は、まんまと京子のマンションから脱出に成功した。京子が左官の若者に気前良く金を渡し、仕事着一式を買い取って佐脇に渡してくれたのだが、これで京子に恩を売られてしまった。もう一度きちんと会うのが京子の出した条件だ。

あと少しで一線を超えるところだったのが、京子も心残りなのだろう。あの女が自分と同じく並はずれた好きものであることは、この色仕掛けが入江の差し金であるのと同じくらいに、間違いないことだ。

佐脇はその足で、鳴海市から離れた県庁所在地のT市にある、昔の女・磯部ひかるのマンションに上がり込んだ。勝手知ったる他人の家、というやつだ。

ひかるが女子大生だった頃、ほとんど愛人状態にして抱いていた。キャバクラでバイトをしていた彼女に売春の嫌疑をかけて、強引にモノにしたのだ。

まだ幼さの残るロリっぽい肢体は新鮮で、可愛いあえぎ声は耳に残っている。卒業してローカル局の報道部に入ってからは付き合いはなくなったが、彼女にアナルセックスの味を教え込んだのは佐脇だ。

部屋の中は学生時代の数年前とほとんど変わっていない。本棚に資料や参考書が増え、パソコンが新しくなっているくらいか。ローカル局の契約リポーターのギャラはたいした額ではないだろうから、生活レベルは学生と似たりよったりなのだろう。

テレビをつけると、ローカルの午後のワイドショーをやっていて、派手な音楽とともに毒々しい文字が画面いっぱいに広がった。

『「凄腕刑事」一転「ダーティ刑事」に⁉』

事件をスキャンダラスに煽り立てるナレーションで、佐脇の事をあれこれあげつらっている。嘘八百を並べているなら怒りもするが、ほとんど事実だから、佐脇も苦笑するしかない。鳴海署の署長・金子が嬉々《きき》としてインタビューを受けているのさえ、微笑《ほほえ》ましく感じるほどだ。

「イヤイヤ、彼は優秀な警察官ですから。彼はね、職人肌というか、サラリーマン警官が多い今の世の中では貴重な存在なんですよ。まあその意味で、いささか一筋縄じゃ行かないところもあってね、チームで動く今の警察としては多分に浮いてしまう部分もあってですね、腕は良いけど困った存在でもあってね、情に厚いというか気が多いというかね、上司としては扱い難い存在でもあってね、まあ、こうなった以上、今のご時世では、いささかでも問題のある男が警察官をやっておるのは許されないのかなあと、まあ、かように考えておる次第であってですね」

金子らしい頭の悪い受け答えだ。とはいえ、佐脇を庇《かば》うと見せかけつつ明らかに切り捨てることを匂わせているのは、金子にしては巧妙過ぎる。組織防衛を第一に考える警察なら、身内の不祥事は徹底的に隠しもみ消そうとするはずだ。だがその気配がまったくないばかりか、そもそも警察の内部情報がダダ洩れになっている。いや、それ以上に、マスコミの反応が早過ぎる。ウラなどろくに取らない連中だとは判っているが、それにしても今回は佐脇当人への接触が一切ないままではないか。

これは入江、あるいはもっと上層部にいる何者かの意志に違いない。その意図は、石井の「自殺」と、その真相について調べようとしている佐脇を妨害することだ。

それにしても図式が判りやす過ぎる。組織ぐるみのイジメなら、普通はもっと陰湿に、ジワジワとやるものだが、この単純明解さはどうだ。バカでも判るじゃないか。

画面にはマンションの駐車場にある真っ赤なフィアット・バルケッタが映り、リポーターが「地方の警察の刑事が、こんな派手な外車を乗り回してるなんて、聞いたことがありません！　地元の暴力団との黒い疑惑も噂されています。まったく驚きの極悪刑事です」などとわざとらしく目を丸くするに及んで、佐脇はテレビの前でついに爆笑した。

じゃあ東京の刑事なら派手な外車に乗っててもいいのか？　馬鹿な刑事ドラマの見過ぎだろこのトンチキが、などとツッコミを入れていると、玄関ドアが開いた。

入ってきたのは巨乳の女、この部屋の主の磯部ひかるだった。手にはコンビニの大きな袋があった。

「なんだ。田舎発全国ネットのネタなのに、お前はどうしてここに居るんだ？」

「こういう大ネタは、東京からリポーターが飛んでくるのよ。地元の人間はお呼びじゃないの。さっき、ウチの局でがちゃがちゃ編集してたけど」

ひかるはテーブルに買ってきたものを並べ始めた。缶ビールの他には枝豆や、サラミやカワキモノといったツマミ類ばかりだ。

「なんだよ。オレをここで酔い潰して軟禁しようってのか」

「っていうか、私が何か作っても全然食べてくれなかったし」

「それはお前の料理がヘタクソだからだ。オレはこう見えてもグルメでね。田舎者は本当の味ってものを知ってるんだ」

ひかるは鼻先で笑いながら、シーチキンの缶を皿にあけ、そのうえににゅるにゅるとマヨネーズを回しかけただけで、また外出しようとした。

「なんだ。もう行くのか。ネタを東京のリポーターがやってるならお前は暇じゃないか」

「佐脇さんがきちんと私の部屋にいるかどうか確認しに来たのよ。それに、ローカル局はワイドショーに取材協力するだけじゃないの。いろいろ忙しいんだから」

学生時代にさんざん揉んで愛撫した巨乳は、さらに熟して張り出している。この魅惑的な胸のおかげで、大阪の局から移籍しないかという話もひかるには来ているらしいと、例の記者が言っていた。

にやにやしながらひかるの巨乳を眺めながら思っていると、妙なことに気付いた。

「待てよ。東京からリポーターがいつ来たんだ?」

「それは……今日のお昼前。飛行機で着いてすぐ、取材開始」

ということは、早い段階で東京方面のマスコミにもリークされていたわけだ。昨夜、入江と別れた後、時限爆弾のタイマーは作動を始めたのか。

「ついでにちょっと頼まれ事をしてくれないか。JR鳴海駅のロッカーから荷物を出して来てくれ」

佐脇は、石井のフィアンセ・由美子から預かったロッカーのキーを渡した。

『もしも自分に何かあった時は、合鍵で部屋をあけて、パソコンを持ち出すように、って指示されていました。私』

由美子は、警察よりも早く、石井の愛用していたノートパソコンを確保したのだ。由美子も充分に、鳴海署というか県警全体を疑っているのだ。

「判った。取ってくる。佐脇さん、ここから出ちゃダメですよ。しばらくはおとなしくしていてください。で、今夜は……」

ひかるは意味あり気な笑みを浮かべて出ていった。あんなふうに淫らな笑みが出来るようになったのも、大人になった証拠か。

佐脇は多少の自分の功績を誇るような気分になりつつ、自分に関するワイドショーのコーナーを見ながら、ポケットから携帯電話を取り出した。いつも使っているものではなく、署との連絡用でもない。他人名義のプリペイドだ。これなら佐脇の通話だと割り出すことは出来ない。今後は鳴海署、いや県警、いやいや警察全体を警戒しなければならない以上、用心に越したことはない。

大阪の市外局番を押した。

相手は以前、佐脇が大阪府警に協力を要請した時に仲良くなった、府警本部生活安全課の布川《ふかわ》刑事だ。刑事の腕は電話一本で頼み事をきいてくれる個人的なネットワークをどれだけ持っているかで決まる。

「おお、佐脇ハン。お元気でッか。お元気なんでっしゃろな。今、テレビ見てまっせ」

ケータイの向こうから聞こえてくるのは、ばりばりコテコテの大阪弁だ。

佐脇は手短に有川京子というクラブのママの件を話した。

「よう知ってまっせ。なかなかエエ女の京子さんでっしゃろ？ 入江はん、そっちで刑事官やってる入江はんは、この前まで府警におったんですわ。公安一課の管理官サマでね。サッチョウ出向にしてはかなりクサイおっさんでしたデ。まあこの入江が転出してホッとしとるお偉いさんは仰山《ぎょうさん》いてますわ。まあそれはそれとして、入江ハンがよう通っとったキタのクラブに、間違いのうその、有川京子いうママ、おりました。ツイこの前、店を辞めてまっけど、雇われママやったんでしょうな。入江ハンのそっちへのの転任と時期がほぼ合いますな。おそらく男女の仲なんは間違いおまへん」

ありがとう、恩に着る、と言って佐脇は電話を切った。

これで、引っ越したばかりという京子のマンションの生活感の無さの理由がよく判った。京子が対佐脇工作の、いわば飛び道具としてこの町にやって来たことは間違いないだろう。その背後には入江の意志がある。

事態が沈静するまでいつまでかかるか判らないが、さしあたり表には出ないほうがいい。

次に鳴海署の総務に電話を入れた。署の縁の下の力持ちである事務方とは仲がいい。

「佐脇さん！ あの」

電話に出た小島《こじま》は声を潜めた。

「どうしちゃったんですか？　まあ、佐脇さんのことだから驚かないけど……でもやっぱり驚きましたよ」

「その話は長くなるから……とりあえず、病気ということで有給休暇を申請したいんだ。署長には口頭で休むとか言って、実際もう何日も休んだんだが、今日は署に出て、この騒ぎだ」

「判りました。では、正しいところを調べて事務処理をしておきます。今日の出勤分は……ノーカウントでしょうね」

　この小島にも恩を売ってある。親に言われて警察に入ったのはいいが、格闘技も下手、走るのも苦手でノイローゼになり、退職寸前になっていたところを佐脇が署長に掛け合い、内勤にしてやったのだ。ひ弱な男だが、事務能力には優れている。

　厄介《やっかい》なことになっているが、この程度のことに恐れをなして退職どころか無断欠勤さえするつもりはない。住みよい警察を馘《くび》にならないよう、形を整えておく必要がある。

　このところ仕事はオーバーワーク気味、酒も女も歯止めがかかっていなかったので、ここらで休養がてら作戦を練るのもいい。もっともこの隠れ家がひかるのマンションだけに、あっちのほうだけは手抜きが出来なさそうだ。

　さらにもう一本、電話を入れた。午後四時前。昼夜逆転の生活を送っている相手だが、さすがにこの時間なら起きているだろう。

呼び出し音が二十回近く鳴り、佐脇が諦めかけたところでようやく相手が出た。

『…………』

無言だが、そういう相手であることは判っている。佐脇はかまわずしゃべった。

「佐脇だ。お前に頼みたいことがあってな。隠し撮りだ。動画の。極小のカメラで。場所はマンションの八階。仕掛けられるか？」

『……解像度は、どのくらい？』

「おれに聞くな。数メートルのところから撮って、誰が映っているか顔が判ればいい。それと同じ場所に仕掛けられてる隠しカメラの除去というか無力化。それも出来るな？」

『ああ』

「仕掛けてさえくれればカメラの回収はおれがやる。悪いが至急こっちに来てくれ。李《リ》と連絡を取って一緒にな。明日の朝一番の飛行機に乗れるか？　あ？　今からでも大丈夫？　そいつは都合がいい。ターゲットが家をあける時間帯は夜八時から真夜中過ぎ。鳴海駅からタクシーに乗って国見病院前と言え。そこで前金を半分渡して指示する。時間が確定したらこの携帯に連絡をくれ」

電話の相手は以前、事件で挙げた容疑者だった。

三橋守《みはしまもる》は電子機器やパソコン関係に異常に詳しい、いわゆるオタクというやつだ。成人向けの猥褻《わいせつ》なゲーム、いわゆる『エロゲー』の開発メーカーのサーバーに忍び込んで発売寸前のゲームのデータを盗み出してネットで売りさばいたのだ。鳴海市にある私立高校の三年生で、進路も決まっていたために佐脇は示談になるように計らってやった。エロゲーメーカーも叩けば埃《ほこり》が出るから、佐脇の言うことを聞くしかなかった。

その後、彼は上京し、憧れの秋葉原《あきはばら》へも通い放題の夢のオタク・ライフを満喫しているが、時々は佐脇が連絡をして世の中は甘くないことを思い出させると同時に、こういった頼み事をしたりしている。

李というのは、これも佐脇が挙げたことのある中国人の若者だ。留学生として来日して食い詰め、やがて不良中国人の仲間に引き入れられて地方をあちこち回って盗みを働いているうちに、鳴海市にやってきて佐脇に挙げられたのだが、本来真面目な人間で並はずれて手先が器用なのを佐脇に見込まれたわけだ。

T県の地方検察庁の検事の弱味も握っている佐脇は、李に執行猶予がつくようにしてやり、伝手《つて》をたどって東京での勤め先も紹介してやった。上京のおりによく行く、中華レストランのコック見習いだったが。

その三橋と李の、余人に代え難い技術を役立ててもらう時が来た。この町にいる限り、酒と女と遊ぶ金には困らない。銀行には二人を雇う程度の金は入っている。

自分を見え透いた罠に嵌《は》めようとした京子と入江に一泡吹かせてやるのだ。

あの殺人的な京子の色香に迷って、あのまま抱いてしまわなくて良かった。しかし、美味そうなカラダだった……と思っているところに、玄関ドアが開いてひかるが戻ってきた。

　食材を入れたスーパーの袋のほかに大きなショッピングバッグをいくつか提《さ》げている。

「はい。これ」

　ひかるはショッピングバッグの一つを差し出した。

「鳴海駅のコインロッカーから言われた通り取ってきましたよ。ずいぶん重いけど、何？　ヤクザが処分に困った拳銃？」

　ショッピングバッグの中身はプチプチ・クッションにくるまれた包みだ。佐脇が引き裂くと、中から現れたのはノートパソコンだった。石井が愛用していた、大切な遺品だ。

　ノートパソコンを開いて起動させようとする佐脇に、ひかるはさらにキーを手渡した。

「それとこれ。忘れないうちに。私のクルマの合鍵。明日から東京出張だから、留守のあいだ使って。佐脇さんの派手な車はマークされてそうだしね」

「有り難い。おれの車、このへんじゃ他には絶対見かけない車種だから当分乗れない。助かるよ。いい機会だから乗らない間、修理に出しちまおう。おれは気が利く女は大好きだ」

　佐脇がそう言うと、ひかるは嬉しそうに別の包みを開けた。

「今夜は市役所の人たちと合コンが入っていたけれどドタキャンしてきちゃった。せっかく佐脇さんと二人きりになれたんだから、一分も無駄にしたくないと思って。はい、これ高いものじゃなくて悪いけど着替えてね」

ひかるはユニクロの包みを開けて、Tシャツとジャージの上下から値札を外している。

「外出用に一応ジーンズも買ってきたから。じゃ、ごはん食べましょう」

スーパーのお総菜コーナーのものらしい袋から取り出したのは、ウナギの蒲焼き、山芋のトロロ、チキンのガーリックステーキなどやたら精のつきそうなものばかりだ。

「これはお茶がわりに」

テーブルの上に並べたのはユンケルのボトルだった。それも一番高いやつだ。

「明日から東京に出張なの。せっかく佐脇さんが来てくれてるのに。でもその分、今晩は思いっきりやってね」


豊かな乳房が、ぷるりと波打った。数年ぶりのひかるの女体だ。

女の白い両腿の間には佐脇が顔を埋めて、ねっとりした愛撫を続けている。その手は上に伸びて、盛り上がった双丘を強く揉みしだいた。

「ああ……も、もっと……」

「学生時代のお前も、激しいのが好きだったよな」

久しぶりの若々しい肌を味わう陶酔を隠そうともせず、佐脇は舌先でひかるの肉芽をくじり、転がした。

ベッドの上のひかるは、背中を大きく反らせ、腕を廻して男の頭を抱え込んだ。

「どうだ。あれから、いろんな男にこのオッパイを揉ませたのか？」

「信じられないかもしれないけど、就職活動からずっと、忙しくて。それに最近はみんな企業コンプライアンスとかを意識しちゃって、誰も就職希望の女子学生とか新人には手を出さないの。問題になるのがコワイみたい」

「マスコミの連中はみんなスケベなクセにキンタマが小さいからな。インテリはひ弱なのさ」

そう言う佐脇の脳裏にひ弱ではなさそうなインテリの顔が一人浮かんだ。佐脇は入江のイメージを振り払うように舌を使った。

「うっ……き、効くっ！」

ひかるが呻き、コワモテ刑事の顔が女の淫液にまみれて、てらてらと光った。

「しかし、お前が何年も男なしで過ごせるとは思えないがな。反応は前よりずっと良いじゃないか」

「それは……久しぶりだからよ」

これほどの肉体を持つ女が、男っ気ナシで女の旬の数年を過ごせるわけがない。

「正直に言えよ。仕事絡みじゃなくても、男はいたんだろ？」

佐脇は舌をいっぱいに伸ばし、ひかるの熟しきった陰唇をれろれろと執拗に舐めあげた。

「吐いてしまえ……いずれ判ることだ」

「尋問ですか、それ？　正直に言うわ。佐脇さんと終わってから、東京のアナウンス学院の講師とか、一緒に局アナを目差してた男の子とか、まあ、いろいろと」

そう言いつつひかるは、黙ってもっと愛撫しろというかのように佐脇の頭を自分の股間に押しつけた。

こりこりした肉芽や、膨らんだ淫唇を弾かれるように舐められるひかるの、官能に浸った顔はひたすらに美しい。鼻筋が通り、切れ長の瞳のクールビューティと言ってもいい美貌が、いっそうの妖しさを際だたせている。

ローカル局のリポーターにしておくのは惜しい。とは言っても、綺麗なのは綺麗だが、東京に出て全国相手に仕事をするほどの華はない。『下町のナントカ』という限定つきの美女なのだ。

ひかるの躰は、芸術品のように見事な曲線を描いていた。スリムで引き締まったボディの上には、豊かに実った果実があった。仰向けになっても崩れない双丘は、柔らかで優美なまろみを惜しげもなく見せている。強く搾るように揉みしだくと、ぐにゃりと形が崩れるが、強い弾力で元に戻ろうとする。それを繰り返すうちに、乳首がかちかちに硬く勃って、くりくりと転がすと、肩ががくがくと揺れ始める。

その裸身が、佐脇の口戯に白い肌を桜色に染めつつ、ひくひくと打ち震えている。悩殺という言葉がよく似合う、見事なくびれを見せる腰と滑らかな腿も、ゆらゆらと揺れて、男を誘っているとしか見えない。

そして、白い肌のあわいにある翳りが、呼吸に合わせて蠢いて、激しく男を呼んでいるようだ。

佐脇の股間にも、猛々しいほどに屹立したモノがあった。

「ね……あなたが欲しいわ」

ひかるは秘部をねっとりと濡らして、挿入をねだった。

「女にそう言わせるのも、前と変わってないのね」

「人間、そうそう変われるものか」

佐脇は女の秘裂に指を這わせ、透明な糸のように引かせた淫液を、ひかるの胸にねとねとと擦り付け、躰をずらせて、その怒張を女の淫唇にあてがった。

そして、力一杯、ずどんと腰を突き上げた。

「あふっ！」

突入、ともいうべき激しい挿入に、ひかるが悦びの声を上げた。

「どうだ！」

佐脇は数年のブランクを一気に埋めるかのように、強烈な抽送を繰り出した。

「あっあっあっ……」

その猛烈な上下動に、ひかるの躰も翻弄されるように悶えた。巨乳は大きくたわみ、全身はひくひくと反り返る。

「こ、これを待ってたの。やっぱり私、佐脇さんのセックスが忘れられなくて」

自分を花開かせた男が忘れられないと演歌でよく聞くが、実際そういうことがあるのかと佐脇は悪い気持ちはしなかった。調教めいた真似をしたのは、環希の前はひかるだけかもしれない。

「ほかの男だと、どうしても不満が残って。佐脇さんと比べちゃって」

「おれだって経年変化してるぜ。年々パワーが落ちてる。すべてはチンポが硬いうち、だ」

ある有名な映画監督の言葉を引いた。

「佐脇さんはその分、テクニックでカバーするからいいのよ。パワーもテクニックもないくせに、セックスだけはしたい男が多過ぎるのよ……ああっ！」

ひかるは、数ある男性遍歴を匂わせた。このくらいの女なら、華麗なる男性遍歴があってもおかしくはない。たとえ本人がセックス嫌いでも、男が放っておかない。ましてやひかるはセックスが好きなのだ。

彼は、ひかるの昂まりを感じて、激しく腰をぶつけた。

ひかるも、秘腔を先端でえぐられ、肉襞を擦り上げられて、一直線に絶頂への道を昇ってゆく。

くいくいと女芯が波状的に締まる。肉棒で掻き乱してやると、くいくいと敏感に締まる。その収縮の間隔が広がった分、強くなってきた。吸いついて離すまいとするかのように、ひかるの淫襞が彼のペニスに吸いついてきた。

佐脇の爪先から震えがゆっくりと上がってきて、思いの丈を放出する蠢動がやって来た。

彼の腰は動き続けている。

「はあっ！」

声を上げたのはひかるだった。彼女は全身を激しく痙攣させて、のたうった。

ひくひくと痙攣させながら、甘いため息を漏らす。佐脇がトドメを与えるように、大きくズンと突き上げると、彼女はそのまま失神するようにぐったりと弛緩《しかん》した。

セックスのあと、ひかるは満ち足りた表情で額に貼りついた髪を掻き上げた。

「ああ、ずっとこうしていたいなあ。東京出張なんか断っちゃえばよかった」

「断れよ。今から電話しろ」

煙草に手を伸ばしながら佐脇は応じたが、内心ではホッとしていた。匿ってもらっている恩があるとはいえ、この調子で毎晩ひかると濃厚なセックスをしていては、いくら佐脇といえども干からびてしまいそうだ。

「ホントに断っちゃおうかな。ううん。やっぱりそういうわけにいかない。だって明日からの東京取材は私の企画だもの」

ひかるは東京で、「ローティーンの少女たちを狙う危険なセックスの罠」をテーマに取材をするのだという。

「リトルアリス事件ってあったでしょう？　小学生の女の子が三人、誘拐・監禁されて、その子たちが登録していたロリコン・デートクラブのオーナーが謎の自殺をとげた事件。いつの間にかうやむやになったけれど」

「おい、その話を取材するのか？」

佐脇は半身を起こした。

「それはマジでヤバいネタだぞ。よく局が許したな。田舎のローカル局だけに、なんとか蛇に怖じずってやつか？」

小学生ばかりが登録していたとされるデートクラブ「リトルアリス」には秘密の顧客名簿があって、利用客には医者、弁護士などの高額所得者や有名人、中には現職の閣僚までいたとウラでは囁《ささや》かれている。この事件が「触ってはいけないネタ」であることは、裏に回れば警察でも常識だった。

「だからあの事件そのものにはちょっと触れる程度でお茶を濁すの。この県にも佐脇さんが摘発した、ローティーンがらみの事件があったでしょう？　中学生がＡＶに出演させられていた、あれ」

『瀬戸内援交』か。あれも落としどころが見つかって解決してるぞ」

「落としどころ」とは、自分でもイヤな言い方だ。違法なＡＶ製作の資金を出していた本当の黒幕を見逃がすかわりに直接の製作者と、血を分けた我が娘を裸にしてエロビデオに出演させていたバカ親を逮捕、という線で決着をつけたのだ。

「だからそういう落としどころみたいなのは、あくまでも裏とか上のほうのことでしょ？　視聴者が納得するかどうかは別の話だし」

リトルアリスや瀬戸内援交を正面から扱うわけではなく、その周辺の、ローティーンの女の子をめぐる現状を取材するのだとひかるは言った。

「取材先は小学生の女の子向けの洋服をデザインして今、凄く売り上げを伸ばしている会社とか、子供をスカウトする芸能プロとか、小学生の女の子が通うエステサロンやネイルサロン、あと、渋谷の１０９あたりで子供だけで買い物をしている、本物の小学生も捕まえて話を聞くつもりなの」

ひかるがこのローカル局のリポーターで終わるつもりはなくて、もっと上を狙う野心があることは佐脇にも充分判っていた。

「面白い特集になりそうだな。でも気をつけろ。おれにはそれしか言えないが」

上を向いて煙草の煙を吐き出す佐脇の脇に、ひかるはうれしげに擦り寄った。

「ありがとう。この企画、前につぶされたもののバーターっていうか、埋め合わせだと思うのよね」

ひかるが寝物語に話したところによれば、彼女は突撃取材や御当地グルメリポートでの頑張りが認められ、いくつか企画を出すことを許されたが、これまでに出したものは二つ。それが二つとも局の上層部からストップがかかったのだという。

「ひとつは若者のドラッグ汚染の実態。最近は鳴海市にも、いくつか若者向けのクラブができたんだけど」

「クラブ」をひかるは平板に発音した。いわゆるホステスがいる方ではなく、若者が行く場所の方だ。

「そのようだな。生活安全課の連中から聞いてる。真っ暗な店の中でアホダラ経みたいな曲がかかっていて、満員電車みたいな狭いところで若い連中が海の中のコンブみたいに揺れている、そういう店だろ？」

「そうそう。そういう真っ暗な店。そのクラブでドラッグが売られているっていう噂があるのよ」

「そんな話も聞いたが、せいぜいが仲間内でのやり取り程度だろう？　粋がってる奴が東南アジアや東京で手に入れたマリファナを仲間に分けてやってるとか、そのレベルの話だと思うが」

ドラッグの売買が常態化し、売人がいるようなら警察も動くだろうが、佐脇が知るかぎり、まだそこまでにはなっていない。

「仲間内っていえばそうかもしれないけれど……でも知ってます？　出回ってるのはマリファナじゃなくて、ハルシオンやケタミンみたいな処方薬だっていう噂」

どちらも医師の処方箋がなくては手に入れられない薬だ。ことに後者は女性にこっそり飲ませ、意識を失わせてレイプする時に使われることがある。

ここだけの話、とひかるは続けた。

「遊びに行った女の子が悪酔いしてヤラれちゃったという話もあるの。当然被害届なんか出さないけれど……ソース？　取材で仲良くなった高校生から聞いたわ」

どう私、情報早いでしょう？　とひかるは少し得意げだ。

「で、若い子たちの間では、そのクラブに警察の手が回ることはないんですって。なにしろ常連に……」

と、ここでひかるは一段と声をひそめた。

「あの和久井の息子がいるらしいの。だから佐脇さんも知らなかったんでしょう」

和久井は地元選出の代議士だ。先日、佐脇も後援会のパーティに、署長命令でいやいや顔を出したばかりだ。

「しかし和久井代議士の息子なら、もう結構な歳だろう？　県会議員か父親の秘書をしてるんじゃなかったか？」

そこで佐脇は思いだした。和久井のパーティで会った美女の、明るい瞳とシャンデリアの光に揺れていた艶やかな巻き髪を。

『大変お若く見えますが、奥さんは後妻ですか？』という佐脇の不躾《ぶしつけ》な問いに、その美女が『ええ。そうですわ。それも今はやりの、いわゆる「出来婚」ですの。こう見えても子供はもう高校生なんですから』と答えたことも。

「だからグレてドラッグに手を出しているのは、二度目の奥さんとのあいだに出来た三男なの。それを聞いて判ったの。私の企画が潰された理由がね」

有力者の子弟がからむ不祥事がもみ消され、「無かったこと」にされる。よくある話だ。

だが佐脇はドラッグが処方薬であることに引っかかった。死ぬ直前の石井が、これから与路井ダムに向かって関係者と会う、と言っていた時の言葉を思い出したのだ。

『院長刺殺事件の、あの国見病院。麻酔薬の数量が合ってない、という噂があるんです』

石井によれば若者たちがドラッグの取引に使っていたのはゲームセンターで、そこの従業員の自殺も薬がらみではないかと石井は疑っていた。ゲームセンターもクラブも若者の集まる場所だ。

「その店の名前、教えてくれないか？」

「『ドンキー』って店よ。鳴海市の二条町にある。暴走族の溜まり場として結構知られた存在よ。でも、いくら佐脇さんでも挙げるのは無理だと思うけど」

「ラリってるガキはどうでもいい。クスリの出所を知りたいんだ」

子供たちのあいだに出回っている睡眠剤の出所は国見病院に間違いないのかもしれない。

今では佐脇も、生前の石井が追っていた線を信じる気持ちになっていた。だが、ひかるは佐脇の閃《ひらめ》きに気づいた様子もなく次の話題に移っていた。

「それから、もうひとつ潰された企画があるの。これは代議士先生の息子がらみと違ってそんなにヤバい話じゃないと思ったんだけどなあ」

ひかるは、取材で仲良くなった相手とは、高校生でも主婦たちのサークルとでも気軽に携帯のメールアドレスを交換してマメに連絡を取り合っている。そんな彼女の元には、かなりの情報が集まってきているらしい。それが彼女なりの取材網なのだ。

「この町にもあるのよね。出張ホスト。佐脇さん、知ってました？」

「コールガールの男版だろ？」

「そう。東京や大阪みたいな都会では、お店に女性が出かけるホストクラブやボーイズバーより人気が出てるんですって。お店だと、お気に入りのホストがほかのお客についてしまうこともありがちだけど、出張ホストだと決められた時間は相手を独占できるし、オプションでセックスもありだって」

鳴海市のような田舎町にも、最先端の風俗は流れ込んできている。無店舗の営業だから逆に地方にも進出しやすく、女性がストレスを感じやすくて遊ぶ場所の少ない田舎だからこそ、逆にそこそこの需要はあるのかもしれない。

「タウン誌のあやしい広告をしらみつぶしに探したり、ネットを検索したりして、やっと連絡先を見つけたのね。最初はくぬぎ幼稚園に子供を通わせているママ友サークルでちょっと聞いただけの、雲をつかむみたいな話だったんだけど」

くぬぎ幼稚園とは、早期幼児教育やマナー教室などをカリキュラムに取り入れて、この田舎町には不似合いなセレブ路線を打ち出したところだが、それが図に当たって今は一番の名門ということになっている。

「なのに局の上層部からストップがかかって、この企画も潰されちゃったのよ。やってられないって思った。ほんと頭が古いんだから。女が遊ぶのだって当たり前なのにねえ」

でもその代わりに『ローティーン少女を狙う危険なセックスの罠』の東京取材が許されたのだからまあいいか、とひかるはひとしきり愚痴を吐き出して気が済んだようだった。

しばらくウトウトしていると、佐脇の枕元の携帯が鳴った。

「今何時だと思ってるんだ！」

「朝の八時です」

佐脇が慌てて飛び起きると、外はもう明るく、時計は確かに八時を指していた。

相手は三橋だった。佐脇自身が東京から呼び寄せたのだ。

「今、鳴海駅にいます」

飛行機で来ると思っていたが、鉄道オタクでもある三橋は、寝台特急を乗り継いでやって来たのだ。

ひかるは、すでに東京出張のために家を出ていた。

「わざわざ済まんな。じゃあ、これからひと仕事やってもらうぞ」

第五章　騙《だま》しあい

　佐脇は、ひかるが東京出張している間、彼女のマンションでずっと息を潜《ひそ》めていた。外出もせず、ひたすらパソコンでネットを見ていたのだ。

　モニター画面には美女の妖艶《ようえん》な絡みが映し出されている。と言っても、無修整裏ビデオではない。無修整は無修整だが、映っているのは有川京子、その人だ。

　裏エレクトロニクスに強い三橋とピッキング達人の李を呼び寄せ、京子のマンションに盗撮カメラを仕掛けさせた。なんでも撮った画像が『サーバー』に貯められて、こうしてインターネットで見られるらしい。佐脇以外は誰も『アクセス権』がないからモニター出来ないのだそうだ。三橋は根っからのオタクで生身の女にはまるで興味がないし、李には見る権利すら与えられていない。どういう仕組みなのかは皆目理解出来ないものの、とにかく、京子のマンションの盗撮された画面を、居ながらにして眺めることが出来るのだ。

　そしてその隠しカメラが取り付けられた第一夜にして早くも、佐脇の目的とする画像が捉えられたというわけだ。

モニターの中のベッドの上でM字開脚させた京子に、オナニーを強制させているのは、誰あろう、入江刑事官だ。

「だめだ。クリトリスはまだ触るな。周りだけだ。バストは揉んでもかまわん」

盗撮されているとは知らない京子は全身を桜色に染め、悶えている。乳首はルビーのように紅くなって尖《とが》り、股間の猛々《たけだけ》しい叢もぐっしょりと濡れて海藻のように、京子の白い内股に貼りついている。

「ねえ……こういうのを見てるだけでいいんですか？　どうせなら、抱いてくださいな」

京子の肉芽はぷっくりと充血して、画面上でもそれとはっきり判るほどに勃っている。

「いや、お前が自分で慰めるんだ」

佐脇は、自ら慰めつつ悶える京子の痴態を見ているだけで勃起してしまったが、画面の中の入江は、署にいるとき以上に冷静な声で喋っている。全然興奮しないのか、それとも押し隠しているのか。どちらにしてもこいつは変態だ。

「入江さん……京子のここに入れてください。普通にオ○コしたら何でいけませんの？」

「欲しかったら、おれの何をお前のどこに入れてほしいのか、はっきり口で言ってみたまえ」

言葉責めを交えながら、入江は京子を追い込んでいく。自ら指で秘部を愛撫していた京子は、そのまま全身を痙攣させ、イッてしまった。

それで終わるのかと思ったら、今度は入江は京子にフェラチオをさせている。

エリート刑事官の勃起したペニスの先端に舌を這わせながら、京子は恨みがましい目で入江を見上げた。

「こんなに立派になっているのに、どうして入れてくれませんの？」

「女のあそこには挿《い》れる気がしない。どんな男のペニスでも受け入れる、節操の無い器官だからな」

柔らかな関西弁で恨み言を言う京子に、入江は冷たく言い放った。

「入江さんだって、その女の汚いあそこから産まれたんでしょうに」

「母親のことは言うな！」

怒りながら腰をがくがくさせ、痙攣《けいれん》して入江は果てた。京子に綺麗に後始末をさせると、入江はさらに特大バイブを取り出して、まるで京子を拷問するかのようにずぶずぶと貫いた。

「どうだ。太いのは気持ちいいだろう。女のココなんか、しょせんはそんな程度のものだ」

入江は乱暴に、ぐいぐいとバイブを突き上げて京子を攻めている。

「大きいからと言って気持ちいいもんやないんですよ、女は……あっ！」

「実際、お前は感じてるだろうが。見え透いた嘘はつくな。特にオレに対してはな。それにだ、お前が気持ちいいかどうかは関係ない。極太のモノにやられるお前が見たいだけだ」

　ぬちぬちと湿った肉の音を響かせながら、まるで女陰に怨みでもあるような手つきでバイブを出し入れしている入江に、さすがの京子も感情が動いたようだ。

「入江さん、お仕事でもそんな物言いしてはるんですか？　いつか高転びしはりますよ」

「お前が心配するようなことではない」

　いいか、と入江は京子に顔を近づけて、睨みつけた。

「忘れてるようなら思い出させてやろうか。お前の弟とその仲間がやったことをな」

　そのひと言で、京子は凝固した。

「あの事件の本当の主犯はお前の弟だってことはみんな噂している。未成年なのをいいことに、ずいぶん酷《ひど》いことをやったよな、お前の出来の悪い弟は。マトモに裁判受けたらオッサンになるまで刑務所暮らしだったはずだよな。それを逃れられたのは誰のおかげかな？　障害者の仲間を主犯に仕立てたんだよな。知的障害は減刑の理由になるからな。その顚末《てんまつ》を忘れたとは言わせないぞ」

　入江は、いつもの馬鹿丁寧な口調が一変して荒っぽくなっている。エリートの正体見たり、だ。

「だがここで、弟の真相がリークされればどうなるかな？　えらい騒ぎになるよな。今はインターネットの時代だ。お前も、大阪で結婚しているお前の妹も、お前の田舎の年取った両親も、どこかに身を隠して一生こそこそ暮らさなきゃいけなくなるだろうな」

なんのことだ？　どのヤマのことを言ってるんだ？

ビデオを見ながら、佐脇は該当しそうな事件を思い出そうとした。未成年者が主犯の凶悪事件で関西で起きたものは多数ある。だが、自分の所轄の事件だけでも忙しいのに、ヨソのヤマまで全部覚えてはいられない。照会や捜査協力依頼が来たものは記憶に残るが、それ以外のものはテレビや新聞で目にする程度だから忘却の彼方だ。ヨソがかなりデカいヘタを打って長官通達が来たりしても、細かいところまで覚えてはいられない。なんせ警察官は人手不足で忙しいのだ。

とは言いつつ、だいたいの当たりはつくだろう。入江が取引に使うほどだから相当な事件に違いない。ならば該当する事件は限られてくる。

いや、それよりも、差し迫った欲求がカラダの芯から湧いてきた。画面の中の京子が、欲求不満状態なのをありありと見せているのも、佐脇の欲情に火をつけた。

「なんだ。このヤリマン女。そんなに入れてほしけりゃ、あの田舎刑事にハメて貰えばいいじゃないか。ん？」

入江が挿入せずに京子に不満を抱かせるのも、ヤツの作戦のウチか。実際、佐脇の予想通りに、京子の寝室には隠しカメラが取り付けられていたのだ。京子というエサに食いついた佐脇の姿を記録して動かぬ証拠として突き付けて、面倒なデカの牙を抜いてしまおうという魂胆は、火を見るより明らかだ。

「では刑事官殿の計画に乗ってやるか。せっかく据え膳があるんだしな」

京子と入江の盗撮画像を見て、完全に妖しい気分になってしまった佐脇は、京子に電話した。

「あら。どういう風の吹き廻しですの？　でも嬉しいわ。待ってますから」

濃厚なセックスを予期してか、それとも愛人である入江の命を早速遂行出来る安堵からか、京子の声は弾んでいた。

どうせカモがネギを背負ってくると喜んでいるのだろうが、このカモネギには猛烈な毒が仕込んであるのだ。

隠し撮りされた入江と京子の一戦は、昨夜遅く、午前二時だった。隠しカメラの映像には正確な時刻も同時に表示されていた。店が引けてからコトに及んだのだろう。そして、佐脇が訪ねたのは翌朝の午前十一時。ドアを開けた京子は和服を着て、しっとりとした薄化粧だった。夜の濃い目の化粧よりも、このほうが彼女の素の美しさを際立たせる。

「さあ、どうぞ。この前……途中で終わってしまって、残念だったんです」

和服が似合う京子は、ドアを閉めた途端に抱きついてきた。

「ふしだらな女だと思わないで……」

濡れた瞳は、佐脇の心をくすぐらずにはおかない。

が、寝室には入江が仕掛けた隠しカメラがある。最初は三橋に無力化させようかと思ったのだが、どうせ京子は入江に逐一報告するだろうし、画像が切れては工作がバレてしまう。しかし、『動かぬ証拠』になるような画像がなければ佐脇は幾らでも言い逃れする自信がある。

佐脇は、入江も京子の言い分だけでは追及の決め手にも欠ける。

佐脇は、入江のカメラを活かしたまま、テキに証拠を与えず、京子を戴こうとした。

「なにか音楽をかけろよ。激しい喧《やかま》しいのがいいな。そのほうが燃える」

片づきすぎているくらいに生活感がなくセットアップされたリビングに入った佐脇に命じられて、京子はフリー・ジャズのCDをかけた。

いいぞ、と言いながら、佐脇は素早く帯を解かせ、京子を長襦袢姿にした。

こういう艶めかしい姿になると、熟女ならではの大人の色香がオーラの如く発散されている。熟し切った乳房のたたずまいと腰の肉付きがもろにセックスを感じさせて、『そそる肉体』としか言いようがない。

彼女はヤリたくてたまらない、という感じで佐脇にしなだれかかると、ベッドに誘った。

「ねえ、早うベッドに行きません？」

関西弁で甘く囁《ささや》かれ股間をなぞられると、佐脇はぞくぞくして、股間は熱くなった。

「ね、ベッドで、たっぷり可愛がって……」

甘えながら、京子は佐脇をリビングに続く寝室に引っ張っていこうとした。

だが佐脇のポケットには、入江の隠しカメラを一時的に『故障』させるリモコンがあった。これをオンにすれば、入江が入手をもくろむ「決定的スキャンダル画像」は撮れず、入江のモニターには砂嵐がえんえん映るだけになる。

佐脇は、どっちが面白いかと考えた。カメラを切ってしまうほうが無難なのに決まっているが、それでは面白くない。

「なぁ、ベッドに行こうて言うてますやん」

欲情すると関西弁があらわになってしまうのか、京子はねっとりした言葉で盛んに誘いをかけてくる。

おれに抱かれたいのか。それともカメラに恥態を写したいのか。

佐脇は女の顔をしげしげと見た。

「どないしはりましたン？」

誘うような目差しに俄《にわか》に欲情した佐脇が、いきなり襦袢《じゆばん》と腰巻の裾を一緒くたに捲《まく》りあげた途端、艶々とした翳《かげ》りが目に飛び込んできた。透き通るように白い肌の上の秘毛は、色欲で揺れる彼女の心を現すかのように細かく震えている。

「いやん。何しはんのん」

嫌がる京子を床に押し倒し、剝き出しになった下半身を押さえ込み、彼女の両脚を大きく広げ、指でその秘唇を左右に開いた。ピンク色の鮮烈な色彩が彼の目を打った。

「いややわ……血気盛んな高校生みたいなことして……せやから、ベッドでたっぷりと」

「いや。おれはここでやりたい」

彼はそう言うと、女の秘部に顔を埋めた。

「ああん……こんなところで……嫌やわ……恥ずかしい……」

京子の白い肌は羞恥と官能で、みるみる赤く染まっていった。

佐脇の舌先が秘芽に触れると、京子はぴくっと躰を震わせた。

その部分はしとどに濡れていた。思惑はどうあれ、熟れた肉体は男を求めているのだ。

「ああ……み、見んといてください……」

秘部を愛撫されて、肉芽はぷっくりと膨らみ、それを舌先で転がされるたびに彼女は背中を反らし、躰を震わせる。

舌を使う傍ら、指で秘唇を擦り上げられると、その腰は悶えるようにゆらゆらと揺れた。秘壺からは愛液が豊かに湧き出して、京子が肉の悦びを享受していることがよく判った。

「きて……欲しいんです……入れて」

彼女の甘く切ない囁きを聞いて、佐脇も完全に怒張しているモノを花弁にあてがった。

その先端は欲汁が吹きだしてテラテラと光っている。なんせ異例にも数日間、女絶ちをしていたのだから。

彼はそれを、ゆっくりと没入させていった。

女芯の内部は、京子の外見そのままに情熱的でストレートだった。熱く燃える淫襞がぬらぬらと絡みつき、くいくいと締まってくる。ご馳走を食べる時の唾液のように、愛液はとめどなく湧き出して、ぬらりとした絶妙な感触を作りだす。

肉棒が媚肉を撫で上げ掻き上げ突き上げるうちに、京子は一匹の牝《めす》に変身していった。

腰を使いながら長襦袢をその下の肌襦袢ともどもくつろげてやると、京子の形のいい乳房がまろび出た。若い女にはない、まろやかさと優美さを湛えた何とも美しい胸の双丘だ。

「……きれいだな」

彼はそう言うと両手で絞り上げるように摑んだ。美乳は無残に変形し、乳首がつんと突き出した。彼はそれに舌を添えた。先端をベロリと舐め、唇をつけてちゅうと吸うと、京子は身悶えした。

「ああん……か、感じる……感じてしまいます……私、そこがとても弱いの」

あまりにしおらしく、受け身の可愛い女を演じている京子に、なにやら腹が立ってきた。仮面をかぶり続ける女を見ると、それを引っぺがして素顔を見たくなるのが佐脇だ。

その対象は別に女に限ったことではないが。

「おい、尻を突き出せよ」

肉棒をいきなり抜いて、非情な口調で命令した。

「後ろを犯してやる」

それを聞いた京子の表情が強ばった。

「いやか？　おれは、普通のセックスじゃ物足りないんだ。おれを、尻で悦ばせてくれ」

佐脇は言われるままに突き出された京子の尻をぴしゃりと叩くと、その滑らかで美しい尻たぶを左右に広げた。

使い込まれていないらしい秘菊はつつましやかに鎮座している。彼はそのチャーミングといってもいい場所をぺろりと舐めてみた。

彼女は前もって秘部を綺麗にしていたようだ。舌先を堅くしてつんつんと突きながらべろりと舐める。それをしばらく繰り返して、指を添えてみた。

菊肛は柔らかくなっていて、彼の指先が動くままに口を広げた。中に差し入れてみると、花芯とはまた違った熱気と襞の具合を感じた。

ここまでリラックスしているなら大丈夫だ、と淫液を塗りたくった。

「いや……わたし、そこはあまり……や、優しくしてください……」

彼はそんな懇願をわざと聞き流し、おもむろに男根の狂暴な先端をあてがうと、一気に突入させた。

「ひ、ひいいっ！　さ、裂けてしまうわ！」

そうは言いながらも京子の菊肛は彼の肉棒を咥えこみ、静々と飲み込んでいった。

白くか弱いうなじにかかる後れ毛が、ふるふると揺れた。

彼の男根が出入りするたびに、熟美女の腰は我慢出来ずにくねる。

「どうだ。なんのかんの言ってても、結局は感じてるんだろうが」

彼が腕を伸ばして乳房を鷲掴みにすると、京子は背中をひくひくとたわませて感極まった声をあげた。

「あああっ……か、感じる……感じますっ……」

「そうだ。お前は、淫らな女なんだ」

切なげな彼女を見ていっそう加虐心を刺激された佐脇は、条件反射的に言葉責めをしてしまう。

「は、はい……京子は、み、淫らな女ですっ……堪忍してください」

佐脇も、久しぶりに味わうアヌスの美味に酔い痴れていた。あまり具合がいいのでつい夢中になり、京子の臀部をばしばしと平手で叩いた。

「あはぁん……そないにされたら……も、もう、たまりませんわ……」

ヒップが赤く染まるほどのスパンキングに京子はますます昂まってきたようだ。

ぐいぐい締めつけられて欲情しきった彼は、腰を堅く摑んでガシガシと激しく揺らした。

「もっと……もっと」

「言われなくてもやってやる」

彼は片手を下腹部に這わせ、クリットを指で摘まみあげ擦りたてた。

「はあぁぁっ！」

京子は絶叫を残して昇天した。その瞬間、佐脇のペニスには液体が勢いよく噴射される感じがあった。射精して噴射するのは判るが、噴射されるのは初めてのことだった。

これが「潮吹きか」……。

長くて豊富な女経験の中で、ここまで激しい潮吹きに遭遇したのは初めてだった。その驚きもあって、彼も一気に絶頂にかけ昇った。

思いの丈を激しく噴出させ、二人はぐったりと居間の床に倒れこんだ。

「これが……これが欲しかったんやわ。男のひとの、本物の硬いものが。生身の熱い躰で思いっきり抱いてほしかったんです」

コトが終わってぐったりした京子は、全身からよどみが一掃されて、溜まっていたものが全部出てしまったような、晴れ晴れとした表情を佐脇に向けた。

「なんや私……恥ずかしいですわ」

　リビングという普段の生活の場でアクメに達してしまった京子は、顔を赤らめて呟《つぶや》いた。

「なぜ恥ずかしいんだ？　入江に見られるわけでもないのに」

　京子はぎょっとした表情になった。

「入江って野郎、ありゃ変態だな。あんたに独りで慰めさせたり、張り形を突っ込ませて独りでヨガらせたりイカせたり。そうだろう？」

　しれっとした顔で佐脇はそう言うと、京子の秘唇を摘まんで広げた。

「……どこまで、ご存じなんです？」

「さあ。あんたらが仕組んだことをおれも真似《まね》してみた、とだけ言っておこうか」

　京子は恥ずかしそうに、観念したように話を続けた。

「……見られてしもうたんですね……ほんまに恥ずかしいわ。でも、もういい加減、私も生殺《なまごろ》しで限界やったんです。入江さんは何やしらん、女のカラダを汚い思うてるみたいで、絶対ハメないんです」

　隠しカメラを仕掛けた委細について、佐脇はあえて聞かなかった。京子と入江の関係を知った以上、問いただすまでもない。

「でももう、これで佐脇さんに隠すことは何もありませんわ。さっきも、あんなにイカされて、大声をあげて恥ずかしいところをお見せしてしまいましたし」

「潮も吹いたしな。お漏らしをしたのかと思ったぜ」

それだけ溜まっていたのだと京子は真顔で言った。

「焦らされて焦らされて、オアズケを食わされているうちに、どんどん溜まってしまって……前はこんなやなかったんですよ」

「そういうプレイが好きだってわけだな。なんだかんだ言っても、あんたは入江のそういう焦らしが好きなんだろ」

佐脇の意地の悪い言葉に、京子はすぐには返事をしなかった。しばらく沈黙が続いた後、ぽつり、と言った。

「入江とのアレ、ご覧になったんでしょう？　そやったら、なんで私が言いなりになってるか、ご存じのはずですわね」

「弟さんのこと、だったよな」

京子は一瞬、辛そうな表情になった。

「あんたの弟が何か大きな事件をしでかして、そこに入江が介入して罪を軽くしたと。それで入江はあんたに恩を着せ続けていると、とりあえずそこまでは知っている」

心当たりのある事件はなくはない。商売柄、新聞を流し読みしても、スジの悪そうな事件は目に留まり、記憶に残る。

「そう言えば、結構前のことになるが、女子高生を無理やりクルマに乗せて拉致して、新聞やテレビでは報道出来ないような輪姦暴行をしたあげく、死体を埋めた事件があったな。たしか高校生と、高校を退学した無職の少年とかが寄ってたかって、人間とは思えない犯行に及んだんだよな。入江が取引材料に持ち出すからには、あのヤマくらい大きなヤツじゃないとな」

京子の目が伏せられ、彼女はうなだれた。

「主犯は、なんとかいう精神疾患を持った少年で、脳に器質的な障害があってとても粗暴だから、犯行に加わったメンバーは怖くて逆らえなかった、という記事を読んだ記憶があるんだが、その精神疾患の少年が主犯だというのが捏造《ねつぞう》だったという可能性もあるよな」

情報を小出しにして、佐脇は京子をいぶすようにじわじわと責めた。

「ずばり訊くが、本当の主犯は、あんたの弟なんだろ？」

京子は血の気が引いた顔を歪ませた。

「……弟は、十八歳やったんです。死刑でもおかしくない年齢やと言われました。高校をやめてしばらく経ってのことで。もう本当に手のつけられない子で、悪魔のように思えた時もありました。でも、やっぱり姉弟ですし、親が嘆き悲しむのを見ると、あの人が持ってきた話に乗るしかない、と」

「親が悲しむか。被害者の親はどうだ？　もっともっと悲しんだんじゃないのか」

佐脇の言葉に京子はしばらく黙り、やがて弱々しい声で答えた。

「あちらの親御さんにはお詫びしたいと言いました。でも私らには逢いたくないと言われてしまって……お墓参りにさえきてほしくないと」

「で？　そのままこれ幸いとバックレたんだろう？　墓参りどころか賠償金もビタ一文、払ってないよな？　この親にしてこの子ありとはよく言ったもんでな。バカ親は自分のことしか目に入らない。自分たちの生活を守りたい一心で、入江の言いなりに刑法三十九条が適用されそうな仲間を主犯に仕立てた、と」

「何とでもおっしゃってください。ただ、この件は、これだけやないんです。入江がどうしてそこまで弟を庇うような真似をしたと思います？　私への感情だけで捜査を曲げるような、そこまで優しい人やと思わはりますか？」

言われてみれば、佐脇にもそうは思えない。だがエリートの考えは判らない。しかも入江は変態だ。気に入った女への劣情で暴走したのかもしれない。

「あの事件は、ずいぶん新聞とかテレビでも大きく扱われて、少年法改正のキッカケにすらなりました。それだけあの事件に関心を持つ人も多いわけで……ところがそんな事件で、あの人は大変なミスをしてしまったんです」

京子は、言葉を選びながら、入江が犯した捜査ミスについて話をした。当時、入江は大阪府警の刑事部管理官をやっていて、あの事件の捜査にも嚙んでいた。その初動捜査において、まず被害者の捜索願が出されていたのを入江は見落とした。家出だという予断を持ったのだ。次に犯行現場近くの住人からの通報も無視した。治安の良くない界隈だったこともあるが、みすみす凶行を阻止するチャンスを逃した上に、犯人が証拠隠滅して逃亡する時間まで与えてしまった。

結果的に被害者の遺体が腐乱して犯人のDNA採取が困難となり、容疑者の自白に頼るしかなくなったことを含め、入江は自己過信から多くの判断ミスをしていたらしい。

「それで、立ち回りの巧いあの人は、弟と取引をしたんです。全部喋れば主犯をあいつにしてやると言って……主犯にされた子は、本当は犯行に加わっていなかったんです」

事件そのものは、大雨で土砂崩れが起きて、その復旧作業をしている時に掘り返した地面から被害者の遺体が出て来て発覚した。犯行からすでに半年以上が経過しており、物的証拠もほとんど無かったところに初動捜査のミスまでが浮上して、警察批判を抑え込むには、速やかに犯人を挙げて有罪にするしかなかったのだ。

「だから、弟の件で、入江と私は、一蓮托生《いちれんたくしょう》なんです」

「だが入江のキャリアには傷はついてないよな？」

そう言って佐脇は、我ながらくだらないことを口にしたと自嘲した。誰もエリートの経歴に傷をつけたがらない。第一にエリート本人ではなく、傷つけた当人にとばっちりがくるからであり、第二に捜査ミスを暴けば警察という組織に傷がつくからだ。だからこの捜査ミスも内々に処理され、入江が刑事から公安に移ることで決着がついたのだろう。

だが……この女はどうして俺にこんなことを話す気になったのだ？

「要するにあんたは、入江に弱みを握られてるものだから、ヤツの変態プレイにもイヤイヤ付き合っているだけだと言いたいのか？　だけどそれじゃああんまり自分が情けないから、入江にも弱みがあるんだとおれに言っておきたかったのか？」

追及する佐脇に、京子は曖昧な表情を浮かべただけだった。

「だって佐脇さんが、ヒトを、変態女みたいに言わはるから……」

その時、携帯が鳴った。が、出ても相手は黙ったままで、かすかな息の音がするだけだ。

「環希か？」

佐脇が知る女の中で、こんなに訳のわからない対応をするのは環希以外思い浮かばない。

まったく面倒な女ばかりだ。だが……このまま京子と一緒にいると、さらにもう一人、面倒な女を抱え込むことになりそうな予感がする。退散の潮時だろう。

「どうする環希、今から会うか？」

まだ昼で、環希と会うには早過ぎたが、自分を睨みつける京子の顔が険しくなるのを横目に、佐脇は場所と時間を決めた。

「じゃ、おれは行くわ。どうせ今日おれとこうなったと入江に話すんだろうが、決定的なハメ撮り写真を撮れなくて残念だったな。オメコのヤリ損だったか?」

携帯を切って告げたが、京子は目を見開いたまま佐脇を見て、何も言わない。

「そうだ。お前さんの豊富なコレクションから、バイブを一つ貸してくれ。細身のリモコン付きの、ビギナー向きのヤツ」

「なんでそんなものを?　それ使うて、若い女の子を調教なさるんですか?」

彼女の顔には嫉妬と、いろんな意味での落胆が入り交じった色が浮かんでいたが、ここでごねては余計に恰好悪いと判断したのか素直に寝室に行ってバイブを一本、持ってきた。

「あんまり悪さをしないように。警察からのお願いです」

「それは入江の代理で言ってるのか?」

最後まで負けていない佐脇は、シャワーも浴びずに彼女の部屋を出た。


夕方まで時間を潰して、佐脇は環希に会いに行った。

環希が住むマンションの前にひかるの車を乗り付け、少女をピックアップすると、アクセルを踏んだ。

今日の環希は、どこから見ても私服姿の女子高生にしか見えない。紺のダッフルコート、紺のカーディガン、紺のハイソックス、白いブラウスに、グリーンと紺のチェックのスカートという恰好だった。背伸びしてオトナになりたがる気持ちは人一倍強いくせに、反面それを恐れていることが、この格好を見ればわかるというものだ。

「親バレしてないのか？　というか、親は心配してないのか？」

　助手席で相変わらず黙り込んでいる環希に、佐脇は気になって訊いてみた。

「いえ……というか、最近、なんか、腫《は》れ物に触るっていうか、そんな感じで、あんまり訊いてこなくなって」

　娘が何をしてるのか、本当の事を知るのが怖いのだろう。親というのは哀れなものだ。

　助手席で黙っている環希だが、どうして電話してきたのか佐脇には判っていた。またイカせてほしいのだ。セックスの味を覚えたばかりの若い女はジャンキーも同然だ。若い男の「穴があったら入れたい」時期が十年は続くのは身を以て経験しているのだが、若い女も同じようなものなのか。

　佐脇は車を一日中人気のない港の倉庫裏につけ、サイドブレーキを引くと、リモコンバイブを美少女に突きつけた。

「これが何だか判るか？　判らないわけはないよな」

　環希はこくりと頷いた。未知の、少し危険な快楽を味わってみたいのかもしれない。

「もう大人の女になったんだし、か？」

「え？　いえ、そういうんじゃ……」

うろたえているが図星だろう。環希は、佐脇の事を、ギリギリ危ないところで遊ばせてくれる信頼出来るヤバいおじさん、とでも思っているらしい。

「おれは今、ちょっと元気がないんだ。だから、代わりにそれを入れてやる。お前だって、こういうことをしてみたいんだろ？」

佐脇はいきなりシートを倒し、環希にのしかかると、スカートを捲りあげてパンティに手をかけた。

その時。嫌がるそぶりをしながら、好奇心でドキドキしている美少女のアンバランスな表情を佐脇は見てしまった。今の若者言葉で言えば「ワクテカ」な顔をしたのを見逃さなかったのだ。

こいつはマゾなのか、それとも背伸びしているのか、それとも……。

剝《は》ぎ取るように脱がしたパンティの下は、濡れていた。これから何が起きるのか、期待のあまりに官能が湧き上がったのだろうか。

京子も環希も、歳は違っても、女は女ということか。

佐脇は、まだ幼さの残る秘唇を左右に広げ、バイブを押し入れた。

「あぁっ……」

可愛い声を上げたが、それは少なくとも悲鳴ではなかった。

京子の手持ちの中でいちばん細身とは言え、ついこの前処女を喪失したばかりの環希の秘腔に、バイブはかなりの抵抗を見せながらも、結局ずぶずぶと塡《は》まってしまった。

「これがどういうものかは判るな？　このスイッチを入れると」

佐脇が手元のリモコンスイッチを入れると、モーターのかすかな音がするのと同時に環希は全身を硬直させた。

「いいい、イヤですっ……気持ち悪い……」

もちろんこれが初めての経験だろうから、生理的なショックはあったろう。だが、環希の場合、このショックは嫌悪にはならないだろう。

佐脇はそれ以上いじらずに手際よくパンティを穿かせると、アクセルを踏み込んだ。

「これから、『ドンキー』というクラブに行く。それでだ。ちょっと頼まれてほしいことがある。クラブに入って薬を買ってきてほしい。ハルシオンと言えばわかる」

佐脇は理由も言わず左手をポケットに入れて、皺くちゃの一万円札を環希に押し付けた。

返事がないので佐脇が助手席を見ると、環希は目を潤ませ、頰を紅潮させて、腰をもぞもぞと動かしていた。

「動くな。今は我慢するんだ。勝手に気持ちよくなろうとするな」

「でも……」

「あそこを締めてみろ。躰を動かさなくても気持ちよくなるぞ」

言われるまま、素直に、今まで使ったことのない部分の筋肉を使おうと必死になる美少女の姿はなかなか劣情をそそるものだったが、佐脇の頭の中には別の事があった。

「あの……ハルシオンって？」

「いわゆるヤクだ。睡眠薬なんだがな」

「どうして私がそんなものを」

佐脇は二条町のクラブ・ドンキー前に車を止めて、環希に向き直った。

「言われた通りに買ってくればいいんだ。そうしたら、バイブを抜いて、本物をハメてやる。お前はどうせ、そのためにおれに電話してきたんだろ？」

環希はしばらく何も言わずに俯いていた。

「……判りました」

佐脇に使命を与えられた緊張とバイブがもたらす快楽のせいなのか、環希は素直に言いなりになって、クラブに入っていった。

が、その環希がなかなか戻って来ない。バイブを入れたまま送りだしたのはさすがに無謀だったか。ドラッグの取引に使われるような店だから、サファリパークに羊を放すようなことをしてしまったか。

心配になった佐脇がクラブに足を踏み入れると、その懸念が的中していた。

薄暗い店内の中に白い裸身が浮かび上がっている。

環希は全裸に剝かれ、腕で胸を押さえて屈み込んでいる。その周りにはスジの悪そうな若者が囲むように立っていた。その中心には、地元の暴走族『寿辺苦絶悪』のナンバー2がおり、手には環希が着ていた白いブラウスとブラジャーがあった。

「なんだ、またお前か。お前らはセットか。この女にはモレなくお前がついてくるのか」

せせら笑ったこの男に、佐脇はつかつかっと歩み寄ると、無言のまま顔面に拳をめり込ませた。

ぐぎっという鈍い音がして、ナンバー2は鼻を押さえてそのまま後ろ向きに倒れた。歯も数本飛び散った。

「お前バカか？　相手を選んでモノを言え」

「ンだとぉコラァ！　デカだと思っていい気ンなってんじゃねえっ」

配下の連中が反射的に佐脇に飛びかかったが、悪徳刑事は瞬時に一人に足を掛けて倒し、もう一人の腕を捩《ね》じ上げてごきりと音をさせて脱臼させ、同時に起き上がってきた男の顔面を蹴り上げて大量の鼻血を噴き出させた。

「佐脇さん後ろっ」

環希の悲鳴で振り返った瞬間、電気コードを持った男が背後から飛びかかってきて、首を絞め上げにかかった。

そこに顔面を真っ赤にした男が起き上がり、佐脇の腹をサンドバッグのように殴り始めた。が、佐脇もさる者で、首を絞められながらも下半身に反動をつけ、両脚でサイド男の顔面を蹴りあげる。

　その男はふっ飛び、派手にカウンターの中に落下して、ボトルをばきばきとなぎ倒した。

　一瞬気をとられた佐脇に、鼻を折られた男が手近の椅子を手に取って忍びよる。背後から電気コードで絞め上げている男ごと、椅子で殴りかかってきた。

　ばきっと音がして椅子は粉々に砕け散り、電気コードの男と佐脇は床に倒れ込んだ。

「立てよゴルァ」

　鼻を折られた男が佐脇の胸ぐらを摑んで引っ張りあげ、拳で立て続けに殴ってくる。

　店内は騒然とし、彼らの周りから人が引いて広い空間が出来た。

　鼻血で全身を赤く染めた男が、環希を捕まえた。

「おら、このクソ刑事。これ以上おれたちに刃向かうと、ここでこの女をマワすぜ。別にかまわないよな？　こいつ、股ぐらにとんでもないものをハメてるんだからな」

　男が環希の両腕をひねりあげて剝き出しの乳房を突き出させると、別の男が飛びつき、可憐な乳首を指で摘まみ上げた。

「どうせこの女だって、オマンコの相手を探しに来たんだろう？」

　床に倒れ込んだ佐脇の腹めがけて、ナンバー2がニードロップを決める。

鳴海署の中年刑事は体をくの字にして呻いた。

「おい。このデカって警察のお荷物なんだろ。だったら港に浮かんでてもオトガメないんじゃないか？　前途を悲観して自殺、とか発表するかもしれねえぞ、鳴海署の連中」

ナンバー2がそう言うと、『寿辺苦絶悪』以外の客の間からも笑いがおきた。

それに調子づいたナンバー2が、佐脇の顔を踏み潰そうとした時、「止めろ」と言う声が飛んだ。

奥から、ヘッドの拓海が現れたのだ。

「だって、拓海さん」

ナンバー2は不満そうに言った。

「拓海さんは、この女とはもう付き合わないって言ったじゃないですか。この女は、おれらが好きにしていいって。それに」

ナンバー2は環希の足許にしゃがむと彼女の足首を掴んだ。

「それにこの女、とんでもない喰わせものですよ。こんな可愛い顔して、アソコにほら、こんなもん入れてやがるんですよ」

そう言うと環希の脚を広げて股間を露わにさせた。

「やっ、止めてっ！　みんなに見せないで！」

環希は悲鳴を上げた。だがナンバー2はかまわずに、環希の秘処に挿入されていたバイブを一気に抜き取ってしまった。

「あああああ……」

自分の変態性を暴露された羞恥に、環希は断末魔のような悲鳴を上げた。

「ほらっ！　歩き方がヘンだから、おかしいと思ってたんだ。このバイブ、マン汁でテカテカですよ」

ナンバー2が高々と掲げたバイブには、少女の淫液がたっぷりとついてぬめって光り、なおかつ卑猥にうねうねと動いていた。

「しかもハルシオンを売ってくれとか……拓海さん。ヘッドの女の趣味をどうこう言うつもりないけど、それにおれらも全員騙されてたけど、こいつ、とんでもないヤリマンでイカれた女っすよ。ったく処女だとばっかり思ってたのによ？」

「いやいやいやっ！　私、そんなんじゃないっ」

全裸の環希は耳をふさぎ、泣き崩れてパニックになっている。

「あー、おれが言うのも何だが」

そこで佐脇がゆっくりと立ち上がった。

「この子のことなら、こないだ港湾の倉庫裏でお前らにヤラれそうになっているところを助けた時点では、たしかに処女だった。おれが保証する。それにヤリマンでもないぞ。そのバイブはおれが入れた。入れたままここに来てクスリを買うように命令したのもおれだ」

拓海の顔色が変わった。裸のまうずくまっている環希の腕を取り、引き起こすようにして顔を覗き込んだ。

「おい。環希。それはほんとうか？　こんな冴えないオヤジのデカに、お前、やられちまったのかよ？」

どうせいつものように曖昧な態度を取るのだろうと思った環希だが、意外にも拓海に追及されて、こくりと頷いた。

「おい。おっさん。あんたデカのくせに、ナニやってるのか判ってるのか？　大のオトナが、女子高生とやっていいとでも思ってるのか？　それも、サツの人間が……」

拓海が、ゆっくりと佐脇に向かってきたが、佐脇はまるで眼中にないと言わんばかりにぽんぽんと服を叩いて埃を払い、面倒くさそうに言い返した。

「それがどうした？　だいたい女をナンパして山の中にヤリ捨てるような外道がエラそうなことを言うな」

だが拓海はすでに聞いておらず、環希に話しかけていた。

「じゃあお前、今はもう処女じゃないんだな？　だったらもう怖くはないよな？　あのオヤジに調教されて、そんないやらしいバイブまで入れて歩いてるくらいだからな。だったらいっそ、おれの女になれ」

「拓海さん！」

ナンバー2が咎《とが》めるような声を出した。しかし、拓海はまったく相手にしない。

「おい環希。聞いてるか？　あんなショボくれたおっさんなんかより、俺にしろ。あらゆる意味でお前に後悔はさせないから」

「拓海さん、それはないっすよ」

「お前、そんなにこの子が好きだったのか」

だが拓海は昂然と佐脇たちを見返してきた。

「ああ。好きだ。それが悪いか？　さすがにお前らに回された後ではおれの女には出来ないが、そうじゃなかったんだろう？」

「でも、このデカにヤラれちまった女ですよ」

「かまわない。こんなオヤジになんか男として負ける気がしない。俺のために道をつけて、便利に調教してくれたと思うさ。処女は好きじゃないんだ」

拓海の、環希に対する執着がこれほどとは予想していなかった佐脇は呆《あき》れたが、内心ほっとする気持ちもあった。暴走族のヘッドに彼女を下げ渡して一件落着、と思ったのだ。

「なあ、環希。お前もそれでいいだろう？　こんな、バイブを入れて歩かせるような変態デカ、嫌に決まってるよな」

そういう拓海に環希はキッと顔をあげ、消え入りそうな声だがはっきり言ったのだ。

「あの……私、佐脇さんがいいんです。今は佐脇さんの女ですから」

「お前……」

「ヘッド。舐めてますよ、この女」

拓海の手下たちがいきり立つなかで佐脇もおいおい、と思っていた。取りあえずこの場を収めるために拓海に言った。

「おい。ちょっと奥で話そう」


十分後。佐脇は環希と二人で無事にクラブ・ドンキーを出て、車の中に座っていた。きちんと服を整えた環希は紺のダッフルコート、紺のカーディガン、紺のハイソックス、白いブラウスも、グリーンと紺のチェックのスカートにも乱れはなく、元の清楚な美少女に戻っていた。ブラウスのボタンが数個引きちぎれ、白いブラのホックが飛んでしまってはいたが。

「あの……佐脇さん。これ」

環希が掌を差し出した。そこには青みがかった銀色の錠剤のシートパックが乗っていた。

「売ってもらったんです。なくさないようにずっと握っていたから」

佐脇は驚いた。環希は渡した一万円と引き換えにハルシオンを手に入れていた。服を脱がされても、躰をまさぐられても、しっかり握りしめて離さなかったのだろう。

「よくやった。環希。お前だってやればできるじゃないか」

環希の顔がぱっと輝いた。佐脇の役に立ち、褒《ほ》められたことがよほどうれしいのだろう。

それだけに、さすがの佐脇も次に言わなければならないことを思って胸が痛んだ。

「お前は役に立つ。そこを見込んで、もうひとつ頼みがある。あの拓海という男の彼女になって、しばらく付き合ってやってくれ。ほんの短いあいだでいいんだ」

環希の表情から輝きと喜びが消えた。青ざめ、強ばった顔で彼女は聞いてきた。

「どうしてですか？　私、佐脇さんの女だって言いませんでした？　そう思うから、あんな恥ずかしいことだってしたのに」

「頼む。大事なことなんだ。拓海からどうしても聞き出したいことがある。死んだ、俺の部下に関することだ。あいつは俺の部下が与路井ダムで死んだ夜、現場近くに居たはずなんだ」

環希はしばらく何も言わずに俯いていた。やがて顔をあげ、聞いた。

「それは佐脇さんにとって、本当に大事なことなんですね？」

「そうだ。とても大事なことだ。そしてお前にしか頼めない」

「……判りました。形だけのことですよね。付き合うと言うだけで、佐脇さんが必要なことを聞き出せたら、また戻ってきてもいいんですよね？」

「ああ、いいとも。やってくれるか？　ありがとう！　恩に着る」

そう言いながら佐脇はかすかに良心が痛んだ。一度自分のものにした女を、拓海が簡単に手放さないだろう。だが環希にしても、年齢が釣り合った相手と付き合うほうがたぶん幸せだろう……彼は良心の囁《ささや》きを押し殺した。今は環希を利用してでも、拓海から事情を聞き出す以外に方法がなかった。

あの晩、ダムで石井が若者たちの集団に取り囲まれているところを目撃した若者二人とは、携帯電話が繋がらなくなって連絡が取れていない。Ｎシステムの画像も消され、石井の死の真相の究明は現在、完全な手詰まり状態になっている。


環希をつれてクラブ・ドンキーに戻った佐脇は、奥のカウンターのスツールに座っている拓海の前で、環希の肩を押しやった。環希は黙って下を向いている。

黒革のライダー仕様のズボンを穿いた脚をほどき、立ち上がった拓海に佐脇は言った。

「話はついた。そっちにも約束を果たしてもらおうか」

「いいんだな環希？　ほんとうに俺の女になるんだな」

環希が黙ってうなずくと、拓海は佐脇に言った。

「彼女と、店の奥でしばらく二人きりになりたい。話はそのあとだ。悪いがここで待つか、どこかで時間をつぶしてきてくれ」

　はやくも拓海に肩を抱かれた環希がさっと振り向き、佐脇をすがるように見た。

(形だけって言ったじゃないですか！　話が違う)

　その目が必死に訴えている。だが佐脇は表情を変えず、拓海だけを見て言った。

「わかった。三十分後にここに戻ってくる」

「一時間後にしてくれ」

　言い捨てる拓海に抵抗もできず、スタッフオンリーのプレートが貼られたスチールの扉の向こうに引きずられていく環希を見ないようにして、佐脇はクラブを出た。

　拓海が環希をクラブの奥で抱いているあいだの時間を利用して、佐脇は近くのゲームセンターに聞き込みに行くことにした。最後に石井に会った時のことが、ずっと気になっていたのだ。石井は言っていた。

『三日前に与路井ダムで死体が上がりましたよね。ゲームセンターの従業員ですが。あれがちょっと引っかかっているもので』

　石井は、これから現場に行く、会って話を聞かなければならない相手がいるから、とも言っていた。石井がダムで死んだその直前に会っていた人間がいるとしたら、それが問題のゲームセンターの関係者かもしれない。

　佐脇は二条町の路地から路地へと歩いた。港が近いので、冬の冷気の中に潮の香がかすかに感じられる。重油のような匂いもする。

かつてこの町には赤線があり、廃止になった後も狭い間口の飲み屋の二階で売春が行われていたりもする。地元の人間しか足を運ばないディープな界隈だが、近年は経営者が高齢化して商売をたたんだあとの空き物件を、若者向けの店に改装する店が増えてきた。そんな店が何軒か出来て、若者が集まる一画がこの古びた街に出現した。事情を知らない人間は、赤提灯や縄のれんがひしめく路地の角を曲がった途端、目の前で点滅する派手なネオンに驚く。椰子《やし》の木をかたどって光るのはシーフードを出すという炭火焼きの店、装飾的な漢字のネオンをつらねた店はラーメン屋だ。洒落た今風の雰囲気を出そうとはしているが、そこが田舎町の悲しさでセンスにも限界がある。赤提灯《ちようちん》縄のれんよりさらにダサいが、それでも地元の若者は集まってきているようだ。

そんな中に問題のゲームセンターはあった。『ＪＡＣＫ☆ＰＯＴ』という大きな赤いネオンが光るガラス張りの店だが、ネオン管は一部切れ、正面のガラスもあまり磨かれていない。店内も薄暗く、蛍光灯の光が寒々しい。コンクリート打ち放しの床にゲームマシーンが並ぶ店内に入った佐脇はスタッフの姿を探した。

平日で、少し遅い時間だということもあるだろうが、店内の寂れきった雰囲気に佐脇は違和感を覚えた。常連らしい若者たちの姿がない。一人だけ、明らかに暇つぶしと判る年配の男が、気のない様子でクレーンゲームのレバーを操作しているだけだ。

店の奥で、ようやく従業員を一人みつけた。電源を切ったゲーム卓に向かって座り、求人誌を見ていた。

佐脇は声をかけ、警察手帳を見せた。

「仕事中に悪いね。先日亡くなった瀬川真治《せかわしんじ》君のことで、ちょっと話を聞かせてもらいたいんだが。ここの従業員だったろ？」

若い男は、いかにもかったるそうな様子で顔を上げた。

「別にいいっすけど、それは、この店に手入れが入ったことと関係あるんすか？」

「手入れ？　なんだそれは」

「おじさんホントに警察の人？　ポーカーゲームを置いてるのが違法だとか言われて、それでこの店、今晩で閉店なんすけどね」

おかしい。ポーカーゲーム機など二条町のスナックなら三軒に一軒は置いている。違法なことは違法だが、飲み屋の二階の売春と同じで、この町では見て見ぬフリをされている。そんなことを理由にこのゲームセンターが閉店に追い込まれるのは不自然だ。

「なわけで職探しっすよ。やっぱり、あいつが自殺したことと関係あるのかなあ……」

若者は求人誌をゲーム卓の黒いガラストップの上に置きながらぼやいた。

「たしかに真治は、ちょっとヤバい感じの奴ではあったですけどね。えらいイケメンで、最近は金回りも良さそうだったな。美味《おい》しいバイトがあるんだぜ、みたいなこと言って。

女にもモテてたし、自殺する理由がないんだよなあ、考えてみたら」

与路井ダムで死んだゲームセンターの従業員・真治も、同じ場所で死んだ石井も、どちらも「自殺」ではありえない。

佐脇はそう確信した。

裏に何かがあるのだ。

その手がかりをこのあと拓海に会って聞き出す。そのために環希を差し出したのだ。

一方、従業員は気のない素振りながらも、思い出したように喋っている。

「あと真治は一度、客と揉めてたことがあったな。まだ高校生くらいの若いやつで、茶髪にして、どっか都会で遊んでいるみたいなお洒落な雰囲気の。背はあまり高くなくて、顔は可愛い感じで、服装とかは崩してたけど、わりと育ちの良さそうな？　手を引け、とか、お前に関係ないだろ、みたいなことを真治と言い合ってた。女の取り合いかな、ってそん時は思ったんだけど」

亡くなった真治とこの同僚は通り一遍の付き合いだったらしく、それ以上は聞き出せそうもないので、佐脇は礼を言い、ゲームセンターを出ようとしたところで閃《ひらめ》いた。

「ああ、それともう一つ。瀬川真治の写真はないかな。履歴書でいいんだが」

「履歴書は無いっす。閉店するんで、事務所にあった書類とか全部、ゴミに出しましたから……あっ、でも」

　従業員は思い出したように尻のポケットから財布を取りだした。ぺりぺりっとマジックテープを剝がして二つ折りの財布を開け、中から小さな紙片をつまみ出して佐脇に渡した。

「プリクラの機械をテストした時に撮ったもんですけど、こんなんでよかったら」

　目の前の従業員と、そしてもう一人の若者の顔がピースサインつきで、いくつもの小さなフレームにずらりと印刷されている。プリクラに写っている真治はたしかにイケメンで、本人もそれを意識している決め顔だ。

「悪いね。後で返すよ」

「いいっす。別に返してくれなくても。やつとは友達ってわけでもなかったから」

　潰れたゲームセンターの若者は、あくまでもクールで投げやりだ。亡くなった同僚の写真を遺族に渡してやろうなどという神経も無いのだろう。


　佐脇はクラブ・ドンキーに戻った。

「なんだ。あの女を拓海さんに渡したまま放り出すのはさすがに気が引けたのか」

　カウンターにもたれて飲んでいたナンバー2は皮肉たっぷりに笑った。

「そろそろ子供は寝る時間だからな」

　佐脇が店に入ってくると、ぴりぴりした空気が一瞬にして流れた。ナンバー2もバーボンを飲んでいるが、いつでも戦闘態勢に入れるように身構えている。他のメンツも中腰になって目をギョロつかせている。

「お前ら、そう過敏になるな。これじゃおれがコップを割っても飛びかかってきそうだな」

佐脇はそう言って、ナンバー2が飲んでいたグラスを取ると、そのまま床に落とした。族のメンバーは一斉に身を固くして佐脇に一歩踏み出した。

「バカかお前ら。よせよ。暴発するな」

そう言って胸ポケットに手を入れると、一堂はさっと腰を引いた。

が、佐脇が取り出したのは拳銃ではなく、財布だった。

「店のものを壊した弁償だ。取っといてくれ」

佐脇自身は何も壊していないのだが、数万円をカウンターに置き、バーテンに滑らせた。

「考えてみたら、お前らの顔は壊しても店は壊してなかったんだったな。でも、お前らに治療費は出さない。族を抜けるんなら別だが」

そう言ってナッツを口に放り込んでニヤリと笑う佐脇に、メンバーは何も出来なかった。まったく隙がなくて負けるのが判ってしまうのだ。

しばらく睨み合いを続けながら佐脇がカワキモノを食べてしまった時、奥から拓海と環希が現れた。彼女は、この店に入った時と同じ私服をきちんと着て、髪も綺麗に梳《と》かしてあった。

「お楽しみは終わったか」

拓海は何も答えず、タバコに火をつけると美味そうにふかした。

「お寛《くつろ》ぎのところ申し訳ないが、ちょっと教えてくれないか。与路井ダムで警官が死んだ事件、どうせお前らも知ってるだろう。お前ら、あの夜は、集会を開いてたんだよな。全員雁首《がんくび》揃えて、欠席者は一名もナシだったのか？」

メンバーは全員、拓海を見た。

リーダーは、タバコを指で弾いて床に捨てた。

「何が知りたい？」

「今言った通りだ。耳が遠くなったか？　聞こえないのなら何度でも繰り返してやるぞ」

拓海は二本目のタバコに火をつけて、ゆっくりとふかした。

「あの晩の集会なら、始まった時刻にいなかったメンバーがいる。今、俺の口からは、それしか言えない」

「おい。ふざけるな。それだけで済ます気か？　どういう意味だそれは」

拓海は答えるかわりに環希の背中をぐい、と佐脇のほうに押しやった。暴走族のヘッドによほど激しいセックスをされたのか、環希は虚脱したような表情だ。髪がほつれ、頬が上気し、潤んだ瞳がなまめかしい。

約束を破る気か、といきり立つ佐脇に拓海は言った。

「そのかわり、と言ってはなんだが、環希を家まで送らせてやる。だが勘違いするなよ、おっさん。あんたと環希が二人きりで逢うのは今夜が最後だ。環希はもう俺の女だからな」

処女を捧げた相手だからせいぜい名残を惜しめ、と拓海は環希に言い、佐脇には真面目な顔で「あんた、いい仕事をしたな」と言った。意味を計りかねている佐脇に族のヘッドは続けた。

「一週間前まで処女だった女を、よくもまあ短期でここまでに仕上げたってことだよ」

感度も締まりも濡れ具合も、そのへんのヤリマン以上だったぜ、と平然と付け加えた。

環希はうつむいて頬を耳まで真っ赤に染めている。

「俺はマシンを自分でメンテするのが好きだが、快適な走りのためなら、腕のいいメカニックに預けるのもいい。そういう主義でもあるんだ。じゃあ環希、このおっさんにきっちりお別れを言うんだな」

釈然としないながらも、環希を連れて佐脇はクラブを出、近くに停めた車に乗り込んだ。

そこで環希がキレた。

「ひどいじゃないですか！　私をまるで物か何かみたいに」

キッと正面から彼を睨み、震える声で必死になじる美少女は、これまでにない魅力を湛えていた。いつもはウジウジと泣くか俯くか黙り込むか、とにかく人を苛々《いらいら》させるのが特技のような彼女の、初めて見せる怒りだった。

バイブを入れられ歩かされるという変態プレイをさせられ、物のように族のヘッドに下げ渡され、何度も抱かれて、環希は壊れてしまったのか。

まあ、壊れたにしてもきちんと怒れるようになったのだから大きな進歩じゃないか。

ダッフルコートから覗く胸の膨らみが、少し前までの拓海とのセックスをリアルに想起させた。このかわいい膨らみを、あの族野郎が好き放題に揉み、吸い、舐め回したのか。

そんな想像をすると、上気した頬やスカートから伸びる腿も、熱く湿って乱れたものを感じさせて、欲望が突き上げた。

佐脇は夜のビル陰に車を止めると、何も言わずに環希に覆いかぶさった。

「馬鹿にしないでください！」

抵抗する環希のチェックのミニスカートに手を突っ込んでパンティを剝ぎ取ろうとした佐脇の指先は、熱いモノを感じた。

秘裂を弄ると、少女の股間は激しい交わりの余韻でまだ熱く、柔らかかった。拓海との交わりの名残か、若いオスの精液が狭い車内に臭う。

クリットに軽く指が触れただけで少女は呻き、ぐったりと力を抜いた。秘核はすでに、ぷっくりと膨らんでいる。

「なるほど。あいつが言ったとおりだ。濡れ具合も締まりも感度も、そこらのヤリマンが束になってもかなわないってな」

佐脇は言葉で美少女を責めた。

「それはおれがお前を調教したせいじゃない。お前さんが元々、そういう女だったからだ」

「やめて。そんなこと言わないで」

環希の瞳はすでに妖しく潤んで、息を弾ませている。

「私が何をされたか、聞かないんですか？」

「聞いてほしいのなら聞いてやるよ。何回、突っ込まれた？」

「四回……拓海さんのは佐脇さんのよりずっと大きかった」

環希はそう言って佐脇を見た。

「それに、すごく感じてしまって……」

「ほう。そうか」

だが、佐脇は全然堪《こた》えていない様子で行為を続け、やがて環希は今夜十何回目かの絶頂に達し、躰をひくつかせた。佐脇も環希から抜き取り、美少女の腹の上に精液をしたたかに放った。環希は釈然としない顔をしている。

「あの、なぜなんですか？　男の人って普通、自分より他の男の方が大きいとかウマイとか聞くと怒るんじゃないんですか？」

「拓海はいろいろ聞いたのか？　おれとどっちがデカいとかウマイとか持続するとか」

環希はこくりと頷いた。

「要するに、拓海は男として自信がないんだろう。おれは別にチンポが小さかろうが硬くなかろうが、早く果ててしまおうが、別にどうでもいい。セックスして自分だけ気持ちよくなるってのは男としてどうかと思うが、女を満足させれば、他のことはどうでもいいじゃないか。他の奴と比べたからってナニがデカくなるわけでもあるまいし」

拓海はナルシストだから、自分を他の男と比べたくなるんだろう。常に相対的に優位に立っていないと不安になるのだ。絶対値で勝負するというアタマがないらしい。

「環希。お前なら絶対値でいい女になれる。おれが保証する」

そう言われた美少女は、意味が判らずにポカンとした。

「まあいい。もう時間も遅い。今夜はいろいろご苦労だった。送っていこう」

環希もふっきれたような表情で言った。

「これで気が済みました。私、あの人の彼女になります。よくわかりませんけど、いろいろありがとうございました。それで」

環希が次に口にしたのは重要なことだった。

「佐脇さんが私を置いて出ていったあと、拓海さんに取り巻きの人が詰め寄って来ました。険悪な雰囲気で」

「ほう?」

「意味は判りませんけど、『じゃあヘッドはヨウゾウさんを売るつもりですか? たかが女一人のために? しかもあんなデカに』みたいなことを。ヨウゾウって誰ですか?」

「それはいい。その先を続けてくれ」

「拓海さんは、『あいつは最近調子に乗りすぎだ。走り屋が薬をやるのは邪道だ。しかもその薬を女に飲ませて、輪姦《まわ》すのに使っている。おれたちの名折れだとは思わないか?』みたいなことを……」

佐脇は考え込んだ。

拓海の意図は大体判った。族のリーダーとは言え、あいつは基本的に武闘派で、走りそのものが好きだから、メンバーに厳しく規律を守らせている。ことにドラッグ関係には厳格で、シンナーやトルエンさえ許さないらしい。そんな拓海なら当然、あのクラブを根城に、病院から横流しされて出回っているドラッグを捌《さば》いたり、使ったりしている人間を面白く思うはずがない。

拓海は、自分の口からは言えない情報を、環希を使って伝えようとしたのだ。

佐脇はそれを悟った。そして次にすべきことも判った。

あのクラブに出入りしている『ヨウゾウ』という若造を探して締め上げる。

石井の死に関わっている人間はそいつに間違いない。

「ありがとう。環希。お前は自分で思ってるほど駄目な人間じゃないぞ。頭もいいし、注意力もある。もっと自信を持って、これからは人並みに楽しくやれ」

環希が身支度を整えるのを待って、佐脇は車をスタートさせた。


環希を送り届けた佐脇の頭は忙しく回転していた。石井を死に至らしめた事情について、そして環希によってもたらされた情報を、どう評価するか……。

それを考えながら車を走らせていると、携帯が鳴った。相手は、入江だった。

「どうしたんです、佐脇さん。いつまで休んでいる気ですか？」

入江はあくまでトボケる気らしい。佐脇はぬけぬけと答えた。

「お気遣い恐縮ですが刑事官殿。こんなことになって、ノコノコ鳴海署に出勤出来んでしょう。かといって辞める気もないし。しばらく有給を消化させてもらいますよ。なあに、おれが抱えていたヤマは、非常に優秀な光田とかが処理してくれるでしょうから」

「自宅にも帰っていないようだが、どうしてるんです？　いくら休暇といっても、県警の一員という立場を忘れないよう頼みますよ」

「そこですがね、刑事官殿」

佐脇は車を停めて、通話に集中した。

「刑事官殿も、組織の一員である以上、警察の威信というものを大切にすることに関して、異議はないですよね？」

「もちろんです」

「では、石井が殺されたのが、薬物を扱う犯人グループの『これ以上嗅ぎ回るな』というメッセージだとしたら？　これは警察への侮辱《ぶじょく》以外の何物でもないでしょう」

佐脇はズバリと切り込んだ。

「未成年者への薬物売買の根城は二条町のクラブ『ドンキー』です。実際に足を運んで売買が行われていることを確認しました。ハルシオンですよ。これは処方薬だから出処は医療機関です。製造番号を調べればどこの病院から流れ出たものか判るはずです。で、私としては、出所は国見病院だと踏んでるんですが」

「……なるほどね。調べてみる価値はありそうですね。しかし」

入江の声には一貫して動揺はない。なんとか佐脇を自分のコントロール下に置こうと努めて冷静になって話している。

「佐脇さん。繰り返し言いますが、国見病院院長刺殺事件と石井君の死をリンクさせることは出来ませんよ。石井君はあくまでも自殺したのであり、院長刺殺事件も、すでに犯人は挙がっている」

「あんたが石井を自殺にしたいのは判っている。だがな、石井が死んだことと薬物の線、そしてその供給元として石井が疑っていた国見病院と、そこの院長の刺殺事件は全部繋がってるんだよ。あんたらが組み立てたストーリーをぶち壊す証拠を一両日中に揃えて見せてやろう。おれはそのつもりだ」

佐脇は声を荒らげてみせた。それは頭に血が昇っていると見せかける作戦でもあったし、頭でっかちなエリートを揺さぶる作戦でもあった。

「我々が組み立てたストーリー？　それは考えすぎというものです」

携帯電話の向こうで、入江が冷笑する気配があった。

「失礼ながら佐脇さん、あなたは疲れておられるようだ。激務で精神に変調を来しているのかもしれない。前言を翻すようですが、ゆっくり休まれることですな」

「好きなだけおれをデンパ扱いするがいい。石井は絶対に自殺じゃない。今おれは休暇中だから正式な証言は取れてないが、あの夜のことについて、有力な目撃者がいるんだよ。与路井ダムで石井が暴走族らしい若造に取り囲まれていたのを目撃した人間が、二人いるんだ」

佐脇は怒鳴るように言った。

「あの時刻、あのダムに行くのは地元で土地カンのある暴走族以外に考えられない。石井が死んだあの夜、あの近辺で族の集会が開かれていたんだが、さらに集会が始まった時間に居なかったメンバーが二人いる。これも調べがついてるんだ」

佐脇が一気にまくし立てると、入江は沈黙した。すぐに言葉を返そうとしたのだが、意味のある言葉にならず、息になってしまった。

「……判った。報告はたしかに聞きました。だがね、薬物の件はこちらで捜査する。きみは知らないだろうが、この件についてはかねてより内偵を進めていた。売人をわざと泳がせておいたんだよ。その上で組織を一網打尽にしたいので、これ以上は君の勝手な判断で手を出さないでもらいたい。そのクラブにも近づかないでくれるかな」

テレビでも有名になった佐脇のような刑事が出入りすれば警戒されて売人に逃げられ、販売ルートごと摘発することが出来ないからと、入江は一応もっともらしい理由を挙げた。

「判りました。捜査方針については了解しました。ただ私は今、休暇中でしてね」

石井の、いわば遺志を引き継いで追っている案件を、今更他人まかせにする気はない。

「夜になれば酒も飲みたくなるし、にぎやかなところに遊びに行きたくなるかもしれませんね。いわゆる未知なる刺激、ってやつを愉しんでみたくなるかもしれませんしね」

そう言って一方的に通話を切ると、携帯電話をクラブコンパートメントの中に放り込んだ。

県警は、グルだ。

こうなったら石井のためにも自分のためにも、単独で動くしかない。

佐脇の腹は決まった。

どうせひかるの部屋に戻ってもすることもない。ならば、『ヨウゾウ』を張っていよう。

ああいう手合いは、夜が更ければムズムズしてきてゴキブリのように遊びに出てくるに違いない。

佐脇は『ヨウゾウ』の顔は知らない。だが、この街の不良連中に片っ端から話を聞けばすぐに面は割れる。

一晩で三度目の、クラブ・ドンキー詣でとなった。ただし、今はまだ拓海が店内にいるかもしれない。ここを遊び場にしている『ヨウゾウ』にしても、対立している拓海と顔を合わせるのは面白くないだろう。だが、時間をずらせばやってくる可能性はある。

佐脇は店の近くに車を停めて、張り込みをした。仕事ではない、趣味の張り込みだ。

車のデジタル時計に0が三つ並んでほどなく、拓海たちの一団がどやどやと店から出てきて、そのまま近くに止めてあるバイクや車に乗りこんだ。明らかな飲酒運転だが、佐脇は見送った。

おそらく店の者が連絡したのだろう、しばらくすると、拓海たちによく似た格好をしたグループがやって来た。この街には他に店はないのか、と呟いてしまうほど、二つのグループは同じ店に固執している。が、こっちの方は相当金回りがいいらしく、着ている革ジャンやアクセサリーが高価そうだ。乗ってきた車も2ランクくらい高級だ。

店のドアが開くと、単調なリズムで同じメロディをしつこくリピートする曲が流れてきた。さっき、拓海たちが帰る時には大音響のヘヴィメタルがわんわん流れていたが、今流れている、おそらくアシッドとかトランスとやらいう音楽は佐脇の耳には眠気を催すだけだ。しかし、この単調さがドラッグをキメた連中にはウケるのだろう。

しばらく様子を見ていると、店の中から二人の少年が出てきた。二人はドアの脇に尻を落としてしゃがみ込むと、手にしたビールをラッパ飲みした。まだ子供以外の何者でもない、幼い顔をしていた。外の空気を吸いに出てきたのだろう。ビールを飲みながらさかんにスパスパ吸っているのはマリファナか。

佐脇は車を降りて、ゆっくりと近づいた。

「おい。そのモク、おれにも売ってくれよ」

「ンだよ。お前みたいなオヤジはピースかホープでも吸ってろって」

「まあ、そう言うなよ」

佐脇はニヤニヤしながら万札を出した。

これはカモに出来るかも、と反射的に手を出して金を受け取ろうとしたその若者は、佐脇の顔を直視すると、さっと表情が変わった。

「お前、デカだろ？　あの悪徳刑事！」

「おやおや。おれもすっかり有名になっちまったようだな」

そう言っていきなり一人の腕を捩《ね》じ上げると、もう一人はビールを投げ捨て、慌てて店の中に逃げ込もうとした。

ドアの中からは、さっきとは違って甘ったるい匂いが漂い、いかにもかったるそうな雰囲気の若者が数人、まさに海底で揺れるコンブのように音楽に合わせ身体をくねらせているのが見えた。

佐脇はドアを開けた若者の腹にケリを入れて転倒させ、一方、取り押さえた少年の腕をさらに腕を捩じ上げた。

「ヨウゾウに会わせろ。お前らの仲間だってことは判ってる」

「だから、なんだよ。悪徳刑事はヤクザからカネ引っ張ってればいいだろ。オヤジはおやじ同士ツルんでろ！」

佐脇は少年の後ろ髪をつかみ、店のコンクリート壁に頭を叩きつける寸前で止めた。

「こら。ガキはオトナに敬語を使え。おやじ同士ツルんでいてくださいと言えねえのか？今度は寸止めしないぞ。その空っぽのアタマを壁にぶつければ思い出すこともあるだろう」

後ろ髪をぎゅっと引っ張って、溜めをつくる。

「お前ら、今月十六日の深夜、与路井ダムにいたろ？」

「な、なんだよ。オヤジ、アタマおかしいのか」

「ああ、お前ら並におかしいんだよ」

今度は壁に頭をぶつけてやった。ガギッとイヤな音がした。

「どうだ、思い出したか？　やり過ぎると思い出す前に死ぬってことは判るよな？」

佐脇の目に殺気があるのが判ると、この少年の顔は恐怖に引き攣《つ》った。

「ななな……」

「ナニが言いたいのかって？　だから聞いてるだろ。イエスかノーかで答えろ。ちなみに、小便漏らしても許してやらないからな」

少年の目がちらっと動いた。佐脇の背後から、道端で延びていた若者が起き上がって腰を低くして、襲いかかろうとしていた。

休暇中の刑事は振り向きもせず若者を後ろ蹴りした。予想しない逆襲に若者はもんどり打って倒れたが、ちょうどそこにバイクが通りかかった。

ドンという音とともに若者は跳ね飛ばされ、数メートル先の路上に落下して、動かなくなった。バイクはそのまま逃げていった。

「手間が省けた。ま、あれくらいじゃ死にはしないだろ。酒飲んでると体が柔らかくなって打撲が軽くなるんだ。いや、マジな話だぜ」

佐脇がニヤリと笑うと、少年の瞳孔が恐怖で開いた。

「でな、おれはテレビでも有名な悪徳刑事だからな、お前らみたいなクズが一人死のうが二人死のうが、別にどうでもいいんだよ」

佐脇は口を歪ませて笑うと、少年の咽の奥からひぃ、という悲鳴が洩れた。

「もう一度聞く。あの夜、お前らは与路井ダムに居たな?」

「し、知らねえよ、そんなこと」

「人ひとり殺しておいて、シラを切り通せるとでも思ってるのかこのガキが。ああ?」

佐脇の膝蹴りが少年の腹部にハマった。

「ゲロするならおれの服にかけるな。かけたら歯を全部へし折ってやるぞ」

子供のように泣きそうな顔になった少年は必死で我慢したあげく、顔をそむけて道に反吐を吐いた。

「あんた……マッポのくせにこんなことしていいのか? 未成年なんだぜオレは」

「それがどうした? やることが大人顔負けのワルのくせして、都合のいいときだけ年齢《とし》持ち出してんじゃねえ!」

佐脇は、グーで少年の顔を殴った。後頭部が壁に激突して、少年はダブルの打撃を受けて鼻血を出しながら朦朧とし、崩折れそうになった。

「どうだ? 正直に言え。お前を一生半身不随にするなんざワケないんだぜ」

少年は、泣き出した。

「い、言うから。言うからもう止めて」

佐脇が手を離すと、少年はその場に崩れ落ちた。

「まず、名前から言え」

少年は、河瀬啓介《かわせけいすけ》と名乗った。

「……たしかにおれたちは……おれらと庸三《ようぞう》さんは、あの晩与路井ダムに居たよ。チンケな、くそ真面目そうなおっさんが自分はデカだと言って、おれらを呼び出して、あんたみたいに、ホントのことを言えっていうから。でもそれはおれらも庸三さんも知らないことで」

「そのチンケでくそ真面目そうなデカは何と言っていたんだ？　え？　ケイスケよ」

佐脇は屈み込んで啓介の髪を掴み、その目を覗き込んで、食いつかんばかりの勢いで問いつめた。

もう少しだ。あとちょっとでこいつは吐く。

「よ、よく覚えてねえよ。このダムで若い男が死んだのは……あれはお前らがやったんだな、って、あのデカが。自殺に見せかけても無駄だと。庸三さんが、なんで俺らがそんなことしなきゃなんねえんだよって怒って、それでデカがまた何か言って……したら庸三さんが突然キレて」

「そのデカをダムに突き落としたんだな？　そうなんだな」

「そ、それは……。庸三さんが『おふくろを悪く言うな！』ってキレて」

庸三を含む数人の少年たちが石井をダムから突き落とした。

その言質を佐脇がきっちり取ろうとした時。

佐脇は不穏な気配を背後に捉えた。

とっさに少年の傍から横飛びにジャンプした。

次の瞬間、彼の耳元で空を切る刃物の音がした。

地面に一回転して受け身を取り、立ち上がって襲撃者に反撃しようとしたわずかの隙に、佐脇に締め上げられていた河瀬啓介は脱兎のように逃げ出した。

肝心のところで邪魔が入った、と内心舌打ちをする佐脇にドスの利いた声がかかった。

「おい、佐脇。よくも人の女房を寝取ってくれたな」

聞き覚えのある声。あいつは勾留されているはずでは、と佐脇が思う間もなく、美沙の夫にして院長刺殺事件の容疑者である山添が突進してきた。

「ぶっ殺してやる！」

山添は短刀を腰だめにしている。

佐脇は寸前まで引き寄せておいてくるりと体をかわし、山添の後ろ首筋に一撃を加えた。

「お前、勾留中だったよな。なんでまた、夜の街を徘徊《はいかい》してるんだ？」

「うるせえっ！」

たたらを踏んだ山添は闇雲に短刀を振り回したが、佐脇が右手首を蹴りあげると、凶器は放物線を描いて飛び、からからと音を立てながら側溝に吸い込まれるように落ちた。

「くそっ！」

山添は捨てぜりふを残し、あっという間に闇の中に消えた。

路上からは、バイクにぶつかって倒れていたはずの若者の姿も消えていた。佐脇が山添と一戦交えている間に逃げたのだろう。

店に入って、『ヨウゾウ』と直接対決するか？

どうしようかと、何気なく触った左脇腹が、生暖かくぬめった。

左手を見ると、真っ赤になっていた。体の左が上着からぱっくりと切られて、血が滲んでいた。

山添の短刀がかすったのだ。刺されてはいないが、浅く切られたのは確かだ。

これでは狙いをつけたホンボシと対決するわけにはいかないか。飛んだ水入りだ。

佐脇は、仕方なく車に戻った。ドアを開けると、グラブコンパートメントの中で携帯電話が鳴っていた。

「あ、佐脇さん！」

かけてきたのは鳴海署の総務・小島だった。

「佐脇さん、今どちらですか？　山添が逃げました。しかも悪いことに、奴は例の件を知ってしまってます。ほら、あのニュースで流れてしまった」

「おれが奴の女房を寝取ってよろしくやっている、というアレだな」

佐脇は負傷した脇腹を押さえながら苦笑した。

「そうです。それです。奴が一体どうやって逃げたのか、署内でも情報が錯綜《さくそう》していてよく判らないのですが。とにかく、ヤツは逆上してるに違いありませんから、くれぐれも気をつけてくださいよ」

「ああ、判った。知らせてくれてありがとう」

少し遅かったようだがな、とは付け加えなかった。

「何か情報が入り次第お知らせしますが、佐脇さん、ご自宅なら絶対、外には出ないほうがいいです。山添が立ち回ることを予想してすでに配備がされているでしょうが、奴が逮捕されるまでは危険ですから」

さてどうしたものか。

傷はさいわい軽傷だし、小島の話を聞いて確認したいことも出来た。

マスコミに追われるようになってから戻っていない佐脇の自宅アパートは、今いる二条町のすぐ近くだ。アパートの周辺に鳴海署の人間が張り込んでいるかどうかを見れば、警察に佐脇を守る意思があるのかどうかが判るというものだ。

彼は車を自分のアパートに回した。しかしそこにはマスコミの取材らしい連中がカメラを持ってウロウロしているだけだ。佐脇が予想したとおり、警官の姿は一人もない。

県警の意思は一目瞭然だ。

大方こういうことだろうよ、と佐脇はひとりごち、その場を去った。

ひかるのマンションに戻った佐脇は傷を消毒して、ありったけのバンドエイドを貼った。深くはないが十センチほどの長さに切られていた。医者に縫ってもらわなくてもこうしておけばくっつくだろう。

シャワーを浴びてから、彼は、石井が残したノートパソコンに向かった。

山添が一人で逃げ出せるはずはない。わざと逃がしたのだ。入江と、署長の差し金だ。そして山添がすぐに逮捕されることもないだろう。逮捕されるとしたら襲撃が成功し、佐脇が命を落としてからのことだ。

もはや警察は頼れないどころか、完全に敵に回ってしまったことを佐脇は知った。入江と署長の金子、そして署長の息のかかった刑事課の連中には絶対居所を知られるわけにはいかない。ここにも長居はできないだろうし、クラブ・ドンキーにも、暴走族『寿辺苦絶悪』のメンバーにも当分近づけない。

とりあえず石井の死の真相について今、調べられることといえば、このパソコンの中身をすみからすみまでチェックすることぐらいしかないのだ。

第六章　綻《ほころ》びた包囲網

佐脇は石井の遺品であるノートパソコンを起動し、インターネット閲覧ソフトの履歴を調べた。

石井が生前、このパソコンを使って閲覧していた一つのサイトが佐脇の目を惹いた。

『人材派遣サービス』のサイトだ。

ブラウザの履歴に残っているだけではなく、サイトの情報が丸ごと保存されていた。

「人材派遣」とは名目上で、実態は出張ホスト派遣サイトのようだ。

自称「エスコート・スタッフ」紹介のページには、どう見てもホスト以外に使い道のなさそうな、若い男の顔写真が多数載っている。

どいつもこいつも、申し合わせたように削《そ》げた頬の細面に茶髪をなびかせ、斜に構えて写っている。それぞれがベストのアングルと自分で思っているだろう方向から、全員がにらみ上げるようにこちらを見ている。どれも目つきの悪い写真ばかりだ。

女にアピールする決め顔が、どうしてチンピラどうしのガンの呉れ合いみたいになるのかと、画像を見る佐脇はうんざりした。どれもこれも若さと気合と髪型で、実物以上に見せている写真ばかりだ。

だがその中で一枚、佐脇の目を惹《ひ》くものがあった。

染めていない髪、あっさりした髪型、自意識を感じさせない自然な表情。

まごうことなき中年オヤジの佐脇の目から見ても、掛け値なしに整った顔立ちの男だ。しかも、見覚えがある。

佐脇はスーツのポケットを探り、例の廃業したゲームセンターで従業員から貰ったプリクラを取り出した。同じ顔だ。

プリクラに写っているのはピースサインをしカメラを意識した決め顔だが、このゲームセンターに勤めていた若者『真治』は紛れもなく、この「人材派遣サービス」に写真を登録している『翼《つばさ》』と同一人物だった。

石井が死んだのと同じダムで「自殺」したゲームセンター従業員の「美味しい」バイトとは出張ホストだった。そして、石井が足取りを追っていたのも、この真治に間違いない。

そう直感した佐脇は、サイトに記載されていた電話番号に連絡してみた。しかし、「この電話は現在使われておりません」のアナウンスが返ってくるだけだった。

保存された状態のものではなく、直にインターネット上で確認してみると、このサイトはすでに消滅していた。少なくとも、ネットからは消えていた。

佐脇は、磯部ひかるの携帯に電話をかけた。ひかるが以前、出張ホストサービスについて取材したことがある、と言っていたのを思い出したからだ。

『あら佐脇さん、どうしたの？　私のマンションの居心地はどう？』

「ああ、あんたが色々買い込んでくれたもののお陰で、至極快適だ。ところで、頼みがあるんだが……あんたの喜びそうなネタに結びつくかもしれない話だ」

出張ホストの元締めに会えないかと佐脇が頼みごとをすると、折り返し電話すると、ひかるは答えて電話を切った。

時間がかかると予想していたが、彼女から電話が入ったのは一時間も経たないうちのことだった。

『段取りをつけました。その人の名前を仮に陽子《ようこ》さんとしておくわね。私が以前に取材したことのある人なんだけど。陽子さんは、出張ホスト業はもう畳んでる。流行《はや》っていたはずなのに、止めた理由は全然教えてくれなかった。それに彼女、もう鳴海市には居ないの。凄く怯えて警戒しているから、鳴海市で会うのは無理ね』

「怯えてる？　どうして？」

『うん……想像出来ることはあるけど、私の口から勝手なことは言えないわ。でも、佐脇さんなら察しはつくんじゃないの？』

佐脇が想像する通りならば、『陽子さん』が怯えて姿を隠そうとするのは分別のある振る舞いといえるだろう。

「まあな。じゃあ、県外の、人目につかない場所までおれが出向こう」

『関空はどうかしら？　たくさん人がいるところじゃないと駄目だ、怖いって』

佐脇はそれでいいと返事して電話を切った。そして、少し考えて、『陽子』に会う前に石井の件をもう一度確認しておきたいと、例の目撃者の若者二人の携帯に電話してみたのだが、応答がなかった。どちらも電源を切っているか電波の届かないところにいる、というアナウンスが流れるだけだ。

舌打ちした佐脇は携帯を閉じてひかるの部屋を出た。

鳴海市から関西国際空港は遠い。長距離バスに乗るのが勝手がいいが、いわば密室に等しい状況に長時間居つづけることも、今は安全とはいえない。

佐脇は、ひかるの車を点検に出し、修理工場に代車を出してもらった。何かあっても、このクルマなら警察側が彼の足取りを掴むにしてもひと手間かかるだろう。

ようやく出来たばかりのバイパスを爆走して、佐脇は人工島の空港に向かった。

国際線ターミナルの四階出発ロビーに上がって、指定された外国の航空会社のカウンター近くのソファに座り、目印のローカル新聞『瀬戸内新聞』を広げて読むふりをしていると、携帯に着信があった。

『あの……陽子です。ひかるさんから会って話すように頼まれた……佐脇さんですね。そのまま歩いて、屋上に出てください。十分後に私も行きますから』

真冬でも、空港の屋上展望フロア『スカイビュー』には飛行機オタクがカメラと無線機を持って陣取っていることは多いが、今は離発着ラッシュの谷間なのか、人影はほとんどなかった。

約束の十分をかなり過ぎても、『陽子』は姿を見せなかった。佐脇が携帯にかけ直してみても、電源を切ってあるというメッセージが返ってくるのみだ。

たぶん、自分に尾行がついていないことを確認してから、『陽子』は姿を見せるつもりなのだろうが、慎重を期しているのだ。

三十分が経過しようというころ、展望フロアに一人の女が姿を現し、ウッドデッキを足音を立てないようにやってきた。目立たない、地味な色のコートを着て、濃い色のサングラスをかけ、肩には大きめのバッグを下げている。これから旅行にでも出かけるといった雰囲気だ。

「すみません。遅くなって。勝手を言って申し訳ないのですが、あまり時間がありません。そろそろチェックインが始まるので……出国手続きがあるから」

言い訳する間も不安げに辺りを見回す様子は、いかにも挙動不審だ。

海外逃亡を図る直前にここに現れたのだということが佐脇にも判った。

「瀬川真治のことを調べてらっしゃるんですよね？　はっきり言って、あれは自殺ではないと思います」

一刻も早く話を終わらせたいのか、『陽子』と名乗る女はすぐに核心に入った。

「彼は人気のあるホストでした。最近では若い女の子も出張ホストをよく利用しますけど、彼はどちらかといえば年配の女性に人気があって……あのルックスで、それにセックスも強くて上手でしたから」

「あなたはプライベートでも彼と関係があったんですか？」

サングラスをかけてはいても、通った鼻筋と引き締まった唇から、陽子はそれなりに魅力のある女性だと感じたが、逃亡生活に疲れているせいか、肌はくすみ、生気が感じられない。四十近い年齢があからさまに見えている。

「……ええ。年甲斐もなくと思われるかもしれませんが……元々、公私混同はしない方針だったんですが、彼とはついつい一線を超えてしまって、今では後悔してます。ただのオーナーと、スタッフの関係だったら、連絡がつかなくなったらそれっきりだったでしょう。一言の挨拶もなく辞める子はたくさんいますから」

真治と連絡が取れなくなった陽子は彼のアパートを訪れたのだという。

さらに落ち着かない様子になった陽子はバッグのファスナーを開けて中を探り、煙草を取り出した。佐脇が火を点けてやると、白い煙を断続的に吐き出した。

屋上からは冬の鈍い光を反射する大阪湾と、轟音を上げて上昇していく機体が見える。

「アパートに真治はいませんでした。でもバスルームに血の痕が……」

「死体は見たんですか？」

無言で首を横に振った陽子は、煙草を二、三度ふかしただけで足もとに落とし、ヒールの爪先でにじり消した。

「どう考えても、普通じゃないでしょう？　血の痕だけが残っている、というのが。なんだか私へのメッセージに思えて……下手なことするとお前もこうなるぞっていう」

轟音を上げてまた飛行機が一機、離陸していった。傾いた冬の陽射しを機体が遮り、屋上が一瞬暗くなる。

「心底怖くなった私は、アパート中を狂ったように探しました。私がやってる出張ホスト派遣ビジネスと彼を結びつけるようなものを、全部持ち出しました。私という痕跡を完全に消したかったんです。彼に持たせていた携帯も」

陽子は震える手で再びバッグの中を探った。今消したばかりの煙草をまた吸うつもりかと佐脇が思った時、陽子の手が佐脇に向けて差し出された。

「これ、どうしていいか判らないので……棄ててしまうのも、持っているのも怖いんです。預かっていただけますか？」

佐脇が受け取ったのは銀色の携帯電話だ。

「磯部ひかるさんは、あなたが信用できる人だと言ってました」

これを渡したいから会うことにしたのだと陽子は言い、時計を見た。

「時間ですので……。本当にもう、もうこんな怖いことはたくさんです。私も今まで、それなりに何度か危ない橋を渡ってきたので、多少のことには動じないつもりだったんですが、今回のことは、本当に恐ろしくて」

陽子はサングラスをかけた。

「男は……特に若い男は身辺には近づけないようにして、どこか誰も知らないところで、静かな生活を送るつもりです」

陽子はそう言い残すと、去って行った。

彼女が無事に逃げ切って生き延びられることを祈る佐脇も、同じく追われる身であることに変わりはない。長居は無用と尾行がついていないのを確認しつつ、乗ってきた車に戻って、陽子から渡された、瀬川真治の遺品である携帯の電源を入れてみた。

附属のカメラでこっそり撮られたらしい画像が多数保存されていた。どれもがベッドでのいわゆる「ハメ撮り画像」だ。シーツを胸に当てているのもあるし、裸のまま無頓着に写っているのもある。中には、アクメの瞬間の顔を撮っているのもある。どれもあまり若くない女たちが、真治とうっとりした顔でフレームに収まっている。

そのうちの一枚の女に、佐脇は見覚えがあった。画像のタイトルはＲＥＩとなっている。

同じく保存されている受信メールを参照すると、メールを送ってきている数が一番多い「上客」が、やはりＲＥＩという名前だった。

『どうして逢えないの？』『お店もなくなってしまったみたいだけれど、プライベートで逢えないかしら』など、焦れているような内容のものが多数、受信されている。その中の一つを開けてみた。

「ねえ。またあのホテルに行きましょうよ。翼クンも神奈崎パークホテルのスイート、気に入ってたでしょ？」

この「ＲＥＩ」という客は出張ホストの「翼」、こと真治がすでに死んでいることは知らないようで、返事がないのに焦れて、新しいメールを送り続けてきている。

『私以外の誰かと会うのが忙しいわけ？』『どうしてメールも電話もくれないのよ！』『私がどんな気持ちでいるか、判ってる？？？』と、タイトルだけでも、どんどん激烈な調子になっているのが判る。

若い男に狂った女が逆上する、絵に描いたようなパターンだ。

佐脇は、真治の携帯で短いメールを作成し、送信ボタンを押した。

『いろいろあって連絡とれなくてごめん。おれもＲＥＩさんと会いたいよ。明日の午後三時に、いつものパークホテルのスイートで、どうかな？』

　こちらから、ホテルの一室を指定した。

　神奈崎というのは鳴海市の隣、県境を跨いで隣県にある観光地だが、近年は寂れて、バブル期に建った大きなホテルは軒並み閑古鳥が鳴いている。そんなホテルの中で由緒あるパークホテルも、高級ラブホテル的経営でやっと息をついている状態だ。

　それはともかく、翼になりすまして送信したメールに相手が果たして乗ってくるものかどうか半信半疑だったのだが、驚いたことに、すぐに返信があった。

『うれしい！　明日の午後は知り合いの奥様たちとのお茶会があるのだけれど、体調が悪いことにしてお休みします。そして翼くんに会いに行くから！』

　獲物は罠に入った。佐脇はニヤリとしてパークホテルに電話して部屋を取ると、車を出した。今から神奈崎に向かって一泊すれば、ちょうどいい。


　ひかるのマンションに蟄居状態だったのが一転してホテルに「外泊」することになり、佐脇は大いに羽を伸ばした。ホテルのバーでしこたま飲んだあとスイートで熟睡し、満を持して翌日の午後三時を迎えた。

　時間通りにノックがあり、佐脇はドアを開けた。部屋はカーテンを引いて暗くしてある。

「あら、真っ暗なのね」

明るい、弾むような声がした。少女のようなその声には聞き覚えがある。

佐脇が予想していた通りの人物が、何の警戒心もなく部屋に入ってきた。

女の退路を断つように後ろに周り込むとドアを閉め、素早くチェーンを掛けた。

「支持者の奥さん連中とのお茶会をズル休みしてまで、ようこそおいでくださいました。和久井夫人」

そう言って、佐脇は部屋の電気をつけた。

明るくなったスイートには、凍りついて立ちすくんでいる和久井麗子の姿があった。

「どういう……ことなの、これは？　あなたは鳴海署の刑事さんね。なぜ、あなたがここにいるの」

麗子の声は震えていた。

「あなたはここに、出張ホストである瀬川真治こと『翼』と逢うために来ましたね。彼は死んだ。少し前のことです。ご存じなかったのでしょうが。その死について疑問な点がある。さらに、あなたのお子さんである庸三くんのことでも、あなたに聞きたいことがある」

地元の鳴海市では貞淑で甲斐甲斐しい「代議士の妻」を演じている麗子は、裏ではかなり奔放《ほんぽう》な顔を持っていたようだ。明るい美貌と愛らしい童顔は、たとえば年齢的にはずっと若い環希以上に少女っぽく見える。とても三十代なかばで一児の母とは見えなかった。が、その美貌も今は蒼白で、激しい動揺が浮かんでいた。何とか状況を把握し、恋人に逢いに来た一人の女から、代議士夫人としての振る舞いに戻ろうと必死になっている。

「何も存じませんわ。それに、うちの子に何の関係があるとおっしゃるんですか？　失礼じゃありません？　私、帰らせていただきます」

だが佐脇は、無理に出て行こうとする麗子の両腕を摑み、部屋の中に押し戻した。

このまま麗子を帰すわけにはいかない。翼を騙って呼び出した以上、たとえ脅迫だろうが強引な手段を使っても、聞くべきことは聞き出さなければならない。

「これは県警の捜査ですの？　だったら礼状をお出しなさい。そうでないなら、これは詐欺とか監禁とか、違法行為に当たるのではなくて？」

「そういう違法行為によって得られた自供は裁判では証拠採用されない。それは充分に判ってます。しかし、これは警察の公式な捜査じゃありません。私は今、休暇中でね。言わば、趣味の捜査ってわけです」

佐脇は口を歪めて声もなく笑って見せた。その顔は、往年の冷酷な悪役がはまり役だったスター、リチャード・ウィドマークに似て、恐ろしさを感じさせることを計算の上だ。

石井の死と、ゲームセンター従業員の死。その両方に絡んでいるであろう、和久井代議士と麗子の間の息子。鳴海署と県警の上層部が必死に隠し「なかったこと」にしようとしている二つの死。その真相を突き止めなければならないのだ。普通のやり方では駄目だ。

「趣味の捜査？　だから法律に従わなくてもいいっておっしゃりたいわけ？　ならば私も、警察を呼びますわ。非番の不良刑事に監禁されて、脅迫されたと」

麗子はハンドバッグから携帯電話を取り出そうとした。

そのバッグを佐脇は足で蹴りあげると、それに怯んだ麗子の腕を摑んで引き寄せ、そのまま強引に唇を重ねた。

「む、むぅ……」

麗子は口を硬く閉じて、あくまで拒絶する構えだ。

だが、佐脇にしてみれば、たとえレイプ同然の形になっても、既成事実を作るしかない。しかも麗子は佐脇好みの女盛りで、すこぶる魅力的だ。

両肩を摑んで、無理やりベッドルームに連れ込み、押し倒した。

麗子のつけている、名前も知らない香水の甘い香りが漂った。甘い中にも瑞々しさを感じさせる清楚な、花のような香りだ。

濃厚なムスク系の香りを漂わせ熟女の魅力を全開にしている京子と、年のころは同じくらいなのだろうが、麗子は服の好みもつけている香りもまったく違う。

この代議士夫人には、どこか少女のような初々しさが残っていた。そこが佐脇の征服欲と嗜虐心を痛く刺激した。

明るい色のシャネルスーツの下は純白のブラウスだ。その前ボタンを引きちぎり、高級そうなシルクのスリップも容赦なく引き裂く。だが、ブラウスと同じ純白のスリップの下から現れたのは、派手なピンクとミントグリーンのレースのブラだった。華やかな色彩の中で、ふっくらとした、白い乳房がくっきりと谷間をつくっている。

素早く麗子の背中に手を回してホックを外すと、童顔に似合わない、たわわな乳房がこぼれ出た。乳暈の色は子供を一人生んで育てたとは思えない桜色だ。

必死に佐脇を押しのけようと、麗子は喘いだ。

「何をなさるの？　警察官がこんなことをして許されるんですか！　訴えますよ」

「好きにすればいい。恥をかくのはあんただ。こうして部屋に入った以上、何もなかったでは済まないだろ？　訴えて法廷でなんと説明するんだ？　おれに騙されたと言うのはいい。しかしあんたは翼ってやつに会いに来たんだろ？　若いホストの翼に」

麗子のあらがう力が弱くなり、すかさず佐脇は言い募った。

「だったらこの際、あんたも楽しんだほうがいいじゃないか？」

麗子の両腕と肩を押さえつけ、下半身の動きも両脚で挟んで封じた佐脇は、麗子の胸に吸いついた。れろれろと舌先で乳首をねぶり、時にチュウッと音を立てて吸う。

徹底的に乳首を嬲《なぶ》られて、麗子の息に次第に甘い気配がまざり始めた。

それを見澄ました佐脇は、手を脇腹から下腹部を愛《め》でるように徘徊させた。女の躰だけが持つ、優美な曲線をたっぷり味わうようなしなやかな手付きだ。そのソフトなタッチに、麗子の抵抗はさらに弱くなった。

胸への丹念な愛撫、秘部への指先攻撃。そして彼女の肌が火照《ほて》り、しっとりと湿りを帯びてきたころ、彼は唇を麗子のうなじに移し、ねろねろと舐めた。手では依然として脇腹や背中も撫で回して愛撫し続けている。下半身は脚で押さえつけたままだ。

「嫌がる女をこうやってコマして喜ぶ男がいるが、まあ、その気分は判るな。おれはあんまりやらないが」

据え膳ばかり相手にしている佐脇にはすこぶる刺激的なシチュエーションだ。ズボンの中で、佐脇のモノは硬くなり完全に勃起していた。

「あんたも、若い男ばっかり狙うより、オヤジのねっとりセックスも味わったほうがいいんじゃないか？　硬さとパワーでは負けるかもしれないが、粘りでは優《まさ》るぜ？」

耳元でそんなことを囁きながら言葉通りのねっとりした愛撫を続けていると、麗子の下半身からも力が抜けた。それどころか佐脇の勃起したものに自分から下腹部をこすりつけてきた。

機は熟した、と佐脇は麗子の下半身に手を伸ばし、厚地のシャネルスーツのスカートをまくり上げた。その下にはガーターストッキングを穿《は》いていた。

ストッキングのざらざらした生地の上の、柔らかな内股の感触を少し楽しみ、パンティのクロッチ部分に指を這わせると、そこはすでに熱く湿っていた。

パンティの上から指を何度も往復させてやると、麗子は次第に激しく喘ぐようになり、下半身を悶えさせた。

「おい。感じるんなら素直にそう言えよ」

佐脇はわざと焦らすように指の力を抜いて、布地越しにやわやわと麗子の恥裂を嬲った。もちろん、指を動かす間にも、首筋やバスト、乳首への唇の愛撫は続行している。

「はああ。ああ」

麗子の吐息が切迫してきた。早くもアクメの瞬間まで秒読みになったらしい。

指の位置を変え、ツメの先で秘唇をこりこりとくじりながら、クリット辺りをクイクイと押すと、麗子はカクカクと小刻みに躰を震わせて今にもイキそうな反応を見せた。

だが、ここでイカせてしまってはいけない。

佐脇は焦らせるために、すっと指を引いた。

「どうして……」

消え入りそうな声だったが、麗子ははっきりとそう言った。思わず口走ったのか、言ってしまってからハッとした表情になった。

「本心ですな、代議士夫人」

見透かしたように言った佐脇は、虚をつかれて半開きになった麗子の唇を再び奪った。

舌を差し入れると、開き直ったのか、麗子は今度は熱く応じてきた。夢中になって彼の口を吸い、舌に舌を絡めた。

佐脇はガーターとパンティを鷲づかみにすると、毟《むし》るように下に降ろした。そうして指先で濃い目の翳りを掻き分け、叢に絡ませて時折わざと引っ張りながら、直接、肉芽に触れた。

「はあぁっ!」

敏感なクリットに指先が触れた瞬間、麗子は少女のような声を出した。

間髪入れず、彼の指が秘門を左右に広げた。すっかり敏感になっているその部分は、指先で触れられただけで、びりびりっとくるような電流を発したようだ。麗子の肉体はかくかくと小刻みに震え続けている。

指先をどんどん埋没させる。すでに女芯内部はかっとなるほど熱くなっていて、愛液が湧き出しているのが判った。

彼の指で弄られた花弁からは蜜がこんこんと湧き出して内腿を濡らしていたし、秘門も肉芽もすっかり充血して、ぷっくりと膨らんでいる。

うなじにかかる後れ毛がため息の出るほどの色香を醸し出し、乱れた息に震える乳房の量感は、まさに熟れた果実のようにたわわに実っている。くびれた腰は妖しく揺れて、それが余計にウエストの細さとヒップの豊かさを強調した。

「さあ、来て……お願い……」

だが、佐脇は素直には挿入しない。顔を下半身に移動させて彼女の股間に埋めると、両手で、秘核を覆う表皮をつるりと剝いた。

「あっ。ひゃあああああっ」

舌先で秘芽を擦り上げられ舌全体で転がされると、麗子は悲鳴のような声を上げた。

クリトリスを舐め上げる舌先は、勢い余ってラビアにも触れた。女の最も敏感な場所をこってりと愛撫されて、麗子の躰の芯で、熱いマグマがどろりと動いたようだ。

「あ！　あああっ！」

絶叫を残し、彼女はあっという間にオーガズムに達した。イクイクと言う言葉も出せないほど突然のアクメだった。

全身をがくがくと痙攣させながら、麗子は潤んだ目で佐脇を見つめ、その背中に両手を絡ませてきた。

「良かったわ……あなた、若い子とは一味違うセックスをするのね」

「だから言ったろ。硬さやパワーでは負けるかもしれないがな」

「ね、入れて。この分じゃ、硬さもパワーも、負けないかもしれなくてよ」

麗子はせがんだ。

先に彼女を屈伏させてしまった佐脇も、脹《ふく》れ上がる自らの欲望に抗しきれなくなり、服を脱ぎ捨てて、屹立し切った肉棒を彼女の秘腔にあてがった。が。

麗子のヒップに手を這わせた佐脇は肉棒を挿入する前に、アヌスに指先をぶすりと突き刺した。

「そ、そこは違う」

「判ってるよ、そんなこと」

麗子はパニックになったように怯えた。

「若い男を食ってるわりに貧困なセックスしかしてないんだな」

アヌスの中で指を嬲るように細かく動かしながら、女芯にモノをずぶずぶと挿入した。

剛棒は根元まですするりと収まった。

佐脇が腰をエネルギッシュに動かしはじめると、麗子はすぐに意味のある言葉を発せなくなった。

「ひやああっ！」

Gスポットを襲われて、麗子は悲鳴を上げた。

「なんだ。これも初めての味か？　若いヤツらは工夫ってモノを知らないからな」

彼のそり返った肉棒の先端が、うまい具合に彼女の禁断の場所を捉えたようだ。そのまま、ぐいぐいと攻め続ける。

「な、なにこれ……ああ、苦しい。苦しいけど気持ちいい……こんなの知らなかった！」

　麗子はかなり残念そうな声を上げた。

「なんか、悔しい気分」

　そう言いつつも麗子は両手で佐脇の胸を突き上げて抵抗した。

「ダメ。これ以上はダメ！　お、オシッコが漏れそう……漏れそうなのっ！」

「ほう。じゃあ、出せばいいじゃないか。ここはホテルだし、お洩らししても何の気兼ねもないぜ」

　彼は色悪風に凄味ある笑みを浮かべて、麗子の下腹部に手を当てると、ぎゅっと押した。膀胱を圧迫された麗子はパニックになった。

「だ、だめぇ！　もっ漏れちゃうっ」

　だが佐脇は抽送を止めず、Ｇスポットを容赦なくごりごりと掻き乱し続けた。

「あああっ……もうダメ。出ちゃううっ！　ああああぁぁ……」

　麗子は断末魔のような、絶望するような声を上げた。男の目の前で失禁してしまったと思ったのだろう。たしかに佐脇も麗子も、下半身の繋がっている部分に、熱いほとばしりを感じた。だがそれは俗に言う『潮吹き』だった。麗子には初体験だったらしい。

　その、セックスの絶頂感とはまた違う激しく長く続く悦楽に、麗子は我を忘れて完全に乱れてしまった。

「あぁーっ、すっすごいわ……なのに……あなたはまだイッてないのね」

麗子にとってこの男は、驚異的な性的能力の持ち主だった。

ふん、と鼻先で笑ったような音を出した佐脇は、アヌスに刺したままの指をごりごりと動かしながら、なおも肉棒をピストンさせた。

菊座をこんなに弄《いじ》られることも初めてらしい麗子は、快感がとまらず腰を大きく揺らせ、背中をカクカクと反らせて悶え続けた。

「なんならアナル・セックスを教えてやろうか」

「あ……今は、こっちの方で気持ちよくなりたいから……」

「あんたはケツの方が、感度良さそうだがな」

代議士夫人を貶《おとし》めるような言葉を放ちながら、佐脇は心身両面から麗子を追いつめていった。

アヌスから指を抜くと、両手で麗子の腰を抱え込み、激しい抽送に専念する。しかもそれは単純なピストンではなく、時に浅く弱く、時に強烈に奥の奥まで、しかも突如グラインドをしたりという、先の読めない緩急自在な腰づかいで女を翻弄した。

淫襞のすべてをぐりぐりとトレースしていくようなグラインドに、代議士夫人は文字通り、強烈すぎる快感に呆けてしまった。若い男と浮気はしていても、ここまで凄い快感を味わったことはなかったのだろう。

「わ、私、こんなに感じるなんて思ってもみなかった……」

自分の性器がこんなに妖しい音色を奏でるのか、という驚きを口にした。

「あんたは若い男を食いまくってセックスを味わい尽くしてるのかと思ったが、ようするにセックスのファーストフードを食ってるようなもんだったんだな」

「……悔しいけれど、そうみたいね」

それを聞いてハハハと声を上げて笑った佐脇は、突然体を起こすと麗子の躰を反転させた。挿入したままの、破天荒な荒技だ。

あっと思った瞬間、麗子の躰は俯せにされていた。

「あんたのケツはとても魅惑的だ……このまろやかな曲線と、この柔らかな感触は……そのへんの女にはないものだ。上品な女だけが持つ、特別なケツだな」

ワザと下品な言葉を使って麗子の臀部を褒めあげる。それは娼婦を品定めするようにも聞こえて、言葉責めの効果も持っていた。

佐脇は彼女の腰を浮かせると、次は後背位からがんがんと責めあげた。

さっきまでとは違う場所を強烈に責められて、麗子はもう言葉にならない、野獣のような呻きをあげるだけだった。

彼女は、今日三度目のアクメに達しようとしていた。C感覚、G感覚、そしてV感覚。

「い、イくっっ！」

ほぼ同時に絶頂に達し、がくがくと痙攣し、全身から力が抜けた二人は、ベッドにぐったりと倒れ込んだ。

「佐脇さん……だったわね。私にも一本くださる？」

事が終わって煙草に手を伸ばした佐脇に、麗子が言った。佐脇はくわえた煙草に火をつけ、麗子のふっくらした唇のあいだに挟んでやった。

「久しぶりだわ。普段は人目があるから、滅多に吸えないのよ」

おっとりした童顔に似合わない慣れた手つきで麗子は煙草を挟み、美味《おい》しそうに煙を吐き出した。セックスの前まで彼女が身に纏《まと》っていた代議士夫人、華やかな政治家の妻という雰囲気は跡形もなく消え去り、生身の女という感じになっている。

「あたくし、思い違いをしてたみたい。セックスは若い男がいいに決まっていると思っていたのだけれど」

「出張ホストは、それほどいい仕事はしなかったと？」

麗子は、佐脇の胸に顔を寄せ、頬ずりをしながら言った。

「今更隠しても仕方がないわね」

彼のメールアドレスを使って私を呼びだしたんですものねと、セックスを堪能した満足からか、麗子は不審がる様子もなく、翼はどうしたのか、と聞きもしなかった。

「和久井とは完全なセックスレスだから、翼くんとは定期的に逢って、お金を払って、抱いてもらっていたわ。言い訳をするつもりはないけれど、私にとっては精神安定剤を飲んだり、エステに行ったりするようなものだったの。彼は若かったから、それなりに満足させてくれた。でも」

あなたとの方がずっとよかった、と麗子は真剣な面持ちで言い、佐脇の胸に指を滑らせながら口ごもった。

「これからもこうして逢っていただくわけには……いかないわよね？　あなたは警察の方だし、お時間をいただく代わりに、お金を払うというのも失礼でしょうし」

「一応、公務員の副業は禁止されているんでね」

そう答えながら、佐脇は麗子のあまりの無防備さに驚いていた。

この女は代議士夫人という、自分の立場や身分をどう考えているのか。たとえば恐喝される危険をまったく考えていないのだろうか。

「しかし、あなたのような若くて美しい奥さんをセックスレスにしておくとは、和久井代議士も贅沢な人だな」

「和久井は若い女の子にしか興味がないのよ」

光の速さで麗子が返した。後援会のパーティで「自分の子もきちんと監督できない癖に」と吐き捨てた時と同じ、憎々しげな口調だ。

「私のときもそうだった。ご存じかもしれないけれど、和久井が手を出してきたとき、私はまだ高校生だったの。セーラー服を着て、和久井の事務所に手伝いに行っていて」

麗子が和久井の有力後援者の娘であることは、佐脇も知っていた。

「和久井は私のことを、それは熱心に口説いてきたの。馬鹿だった私は、和久井のように歳が離れていて社会的地位もある大人を夢中にさせたと思って、悪い気はしなかった。でも、今なら、それがどんなにおかしなことか判る」

麗子は佐脇の目をじっと見た。

「あいつは、ただのロリコン親父なのよ」

麗子が産んだ三男が早産だったというのは表向きで、実は『出来婚』だったこと、妊娠させられた時もまだ高校生だったこと、世間体も考えて、年の離れた結婚をして後妻に収まったが、自分は親と和久井の間の利権の道具にされたのだといまだに憤っていることを、麗子は取り憑かれたように、一気に話した。

「馬鹿よね。あんな変態に、一瞬でも愛されていると思ったなんて。和久井が夢中になったのは高校生だった私の若い躰であって、私という人間はどうでもよかったの。それが証拠に」

少しためらったが、麗子は続けた。

「今でも和久井は若い女を買ってる。もちろん以前とは事情が違うから、絶対バレないようにして。それに、お金さえ出せば今はなんでも買えるのよ。中学生でも、もっと若い子でも」

　怒りとともにずっと胸に秘め、吐き出す機会を探っていたのだろうか。身も心も許した相手とのピロートークとはいえ、麗子が喋っているのは重大すぎる秘密だ。佐脇が警察の人間であるということも、もはや気に掛けてはいないようだ。

「私、和久井の書斎で見つけてしまったの。若い女の子が写っているポラロイド写真を。それも女子高生なんかじゃないの。おっぱいも小さいし、あそこの毛もほとんど生えていないような女の子が脚を広げられて、あそこに男の人のモノが刺さっているところを、上から撮ったような写真よ。女の子を犯しているのも、写真を撮ったのも和久井本人なんだと、見た瞬間に判ったわ」

　なぜなら高校生だった自分にも和久井は同じことをしたからだ、と麗子は言った。

「和久井は私に挿入しながらポラロイドを撮るのが好きだったの。愛されているから、とその時は思っていたけれど、違ったのね」

　見つけた写真にショックを受けた麗子は怒りを抑えきれず、和久井にそれを突きつけた。

「だって、ローティーン相手の淫行なんて大スキャンダルになるでしょう？　別に嫉妬で言うんじゃないけど、私たちの子供の将来のこともあるし、少しは謹《つつし》んでくださいな、と和久井に釘を刺してみたのだけれど……笑い飛ばされたわ」

安心しろ。自分のような地位も金もある人間のためには、何をしても絶対に明るみに出ない、そういう仕組みや組織があるのだと、和久井はうそぶいたのだと言う。

「もしもそういう組織が摘発されても、顧客には絶対、迷惑がかからないようになっているのですって。必要なら誰かの口を封じてでも、と和久井は言っていたわ」

「おい。それはもしかしてリトルアリス事件のことじゃないのか？」

佐脇は身を起こした。

東京の赤坂で小学生の女の子が三人、誘拐・監禁されて、その子たちが登録していたデートクラブのオーナーが謎の自殺をとげた事件だ。

小学生ばかりが登録していたとされるデートクラブ『リトルアリス』には幻の顧客名簿があったと噂され、利用客には医者、弁護士などの高額所得者、中には現職の政治家までがいたと囁かれているが、その一人が和久井健太郎《けんたろう》だったとは。

だが、麗子は佐脇の反応にもほとんど無関心だった。

「さあ……私にはよくわからないけど……東京近郊の団地に主婦売春組織があって、和久井が東京で遊んでいるローティーンの女の子たちは、その団地で売春をしている母親の娘たちだから、親から文句が出ることも問題になることも、絶対にないのですって。お金目当てだからか、それとも親にも弱味があって娘を叱《しか》れないのか。で、娘を売るような親は東京だけではなく地元の、この県にもいるそうなの。だから、よくある話だ。気にするなって」

娘を売り飛ばす親たち。年端《としは》もゆかぬ我が娘を裏ＡＶに出演させ、エロ親父に犯される一部始終を撮影させて、ロリコン変態どものズリネタにするのと引き換えのカネで、パチンコでつくった借金を埋めようとしていた母親たち。

たしかにそういう母親はこの鳴海市にもいる、と佐脇は納得した。ロリ裏ビデオ『瀬戸内援交』に出演者の少女を斡旋していたのは、市内のパチンコ店『銀玉パラダイス』の店長。そして、パチンコとスロットにどっぷりハマり、サラ金漬けになって娘を売り飛ばしたのは、そこの常連の主婦だった。

東京で顧客が摘発されることなく終結したリトルアリス事件。そして、この県の、同じく主犯を挙げないまま幕引きを警察上層部から命じられた、『瀬戸内援交事件』。

もしかしてこの二つは、和久井代議士を介して繋がっているのではないか。

佐脇はそう直観した。

真剣になったのを気取られないよう、なるべくさり気ない調子で訊いてみた。

「ところで、あんたの旦那の地元後援会に、鳴海酒造の経営者は当然、入っているよな？　ショボい酒屋だが、この町を代表する地場産業である以上、大スポンサーだろ」

鳴海酒造の販売部長は、未成年を出演させたＡＶを製作・販売していた『瀬戸内援交事件』の事実上の主犯だが、上の意向で逮捕されることなく幕引きがされている。

「ええ、もちろんよ。あそこの販売部長が和久井には個人的に取り入っていて、よく二人でコソコソ話し合ったり、どこかに出かけたりしているわ」

麗子は間髪を入れずに答えた。目に憎々しげな光が戻っている。

「お飾りでも一応は妻であるあたくしの前で、和久井と一緒になってあんまりな話をしているから、一度怒ったことがあるのよ。女子高生だの中学生だのの話を大声でするのは、やめてくださいって。いくら田舎でマスコミの目が届かないといっても、それは犯罪でしょうって」

佐脇が直観したとおり、鳴海酒造の販売部長は、和久井代議士にローティーンの少女を紹介していたのだ。

「思い出して、また腹が立ってきた。あの酒屋のエロ親父、あたくしに向かって何て言ったと思う？　『奥さん、まあそんなに目くじら立てないで。若い娘の肌はもうピッチピチのぷりっぷりで、奥さんとは比べ物にならんのですから。いや、失礼。英雄色を好むと言いますから、和久井先生には大いにリフレッシュしていただいて、郷土のために今後も頑張っていただきませんと』ですって」

そのあと和久井はエロ販売部長と二人で書斎に籠もったという。

「最新作をお持ちしましたのでご高覧をたまわりたくとか何とか販売部長が言ってた。編集前で修整もまだ入っていません、って得意そうに。和久井は書斎にちょっとしたAVシステムを入れているのだけど何を見ているか判ったもんじゃない。いつも厳重に鍵をかけて、自分の不在時に私が入れないようにしてるの」

間違いない。『瀬戸内援交事件』の主犯にまで捜査の手が及ばなかったのは、和久井代議士の政治的圧力があったからだろう。だから県警は及び腰で早く幕を引きたがっていたのか。主犯が地元企業の幹部だからとか、そんなチャチなレベルの話ではなかったのだ。

「見て」

彼女が差し出した携帯の小さな液晶画面の中では、どう見ても未成年としか見えない全裸の少女を、特徴のある髪型や小太りな体型から和久井とわかる男が組み敷き、絡み合い、腰を動かしていた。

「これがあたくしの保険よ」

麗子は憎々しげに吐き捨てながら携帯のスイッチを切った。

「夫のパソコンからコピーしたのよ。自分の都合で……もっと若い女が好きになったとか、そんな理由であたくしを切り捨てようとした時のためのね」

案外したたかな麗子の一面を見た佐脇は、さらにもう一つ気になっていることをぶつけてみた。

「ところで、あんたの息子だが、最近かなり暴れているようだな」

夫への憎しみに底光りしていた麗子の瞳の色が、さっと翳った。

「いろいろと……ご迷惑をおかけしているのでしょうね」

口調が急に弱々しくなった。何か問題を起こしているのなら教えてほしい、と言った。

「あの子は最近、口を利いてくれなくなったの。まるで汚いものを見るような目で、あたくしを見て……帰ってきても、着替えて、夫の秘書からお金を受け取ると、すぐにまた出ていってしまうし」

父親である和久井代議士からは、金絡みのトラブルを起こさないよう、あいつには欲しいだけ小遣いを与えておけ、少々の問題ならこちらで処理するから、と言われるだけで、母親である麗子にも、庸三が外で何をしているか、誰も教えてくれないのだと言った。

「和久井はあの子が可愛くないのだわ。上の二人とは違って、勉強が出来ないから。で、厄介《やっかい》払いするみたいにお金を与えて好き放題させて、トラブルを揉み消して……あの子は厄介の種でしかないの」

和久井の長男と次男は死んだ先妻の子で、三男の庸三だけが、後妻である麗子が腹を痛めた子だ。

「あの子が駄目な人間に育ってしまったことには、私にも責任があるのでしょうね。愛の無い結婚をしたから。でも、それが全部あたくしのせいなの?」

麗子はきっと顔を上げた。口調にも目の光にも怒りが戻ってきている。

「あの子を産んで結婚する以外に、あたくしに何が出来たのかしら？　あの子を産んだから大学にも行けなくて、人並みの恋愛も青春も無かったわ。それを今、少しぐらい取り返そうとするぐらい、許されてもいいのじゃないかしら？」

「だから出張ホストの翼と遊んだのか？」

「そうよ。いけないの？」

叩き返すように麗子は言ったが、やがてうな垂れ、静かに泣き出した。

「どうしたらいいの？　……普通の母親なら叩いてでも、首に縄を付けてでも、あの子を夜の街から家に連れ戻すの？　私には判らない。私だって男と遊んでいるから、あの子にお説教する資格はないし。あの子は、それをわかっているんじゃないかと思うの。あの、私を睨み付けるような目を見ると、死にたくなるわ」

佐脇は麗子の震える肩を抱いてやったが、内心は辟易《へきえき》していた。

父親はロリコン、母親はホスト狂いか。この政治家夫婦にとって自分たちより若い少女は、保護し、愛し、導くべきものではなく、セックスの対象なのだ。これじゃ庸三がグレるのも仕方がない。

口の中に苦いものが湧いてくるのを感じながら、佐脇は、自分が知り得た庸三の行状を麗子に告げるべきか迷った。

ドラッグの密売、ゲームセンター従業員とのトラブル。そのゲーセンの従業員の真治は、麗子が買っていた出張ホスト『翼』その人だった。そして石井が死んだあの夜、現場のダムに居た庸三は、石井とトラブルになり……。

『そ、それは……。庸三さんが「おふくろを悪く言うな！」ってキレて』

庸三の非行仲間を締め上げて吐かせた言葉を思い出して、佐脇はハッとした。

麗子のホスト遊び。真治こと翼の死。そして庸三……自分が今気づいた繋がりを、生前の石井も追っていたのではないか？　それであの晩、あのダムで……。

一本、線が繋がった。

だが、泣き続けている麗子には、我が子のことを心配するよりも、自分の置かれた惨めな立場しか目に入っていないようだ。

「一体、私が何をしたって言うの？　私は馬鹿だし、大学にも行っていないし、出来婚で結婚した駄目な女かもしれないけれど、あの子は一生懸命育ててきたわ。今だって可愛いと思っているのよ。代議士の妻だって一生懸命やってる。出たくもないパーティに出て、愛想笑いを貼りつけて、後援会のエロおやじにどんなに失礼なことを言われても我慢して。ホストぐらい買わなきゃやってられないじゃない。なのに夫は若い女に狂い、あの子は私を汚いものを見る目で見るし……。もう、疲れたわ。何もかも嫌になった」

こういう自己憐憫《れんびん》モードに入ってしまった女は気の済むまで泣かせるしかない。口先だけの慰めを言う気にもならない。

佐脇は、子供を一人産んだ熟女にしてはスレンダーな背中を撫でてやりつつ、やはり現在追っているさまざまな疑惑については黙っておくことにした。腹を痛めて庸三を産んだ母親ではあっても、可愛いと言った言葉が本当でも、この女は息子について大事なことは何ひとつ知らないのだ。

気の済むまで泣いたあと、麗子はさっぱりした顔でバスを使い、破れたブラウスの上にコートを着込んで帰って行った。また逢おうという話はどちらからも出なかったが、佐脇は訊かれるままに自分の携帯番号を教えた。

「翼」がどうなったのか、麗子はまったく訊きもしなかった。どうやら彼女の中で翼が占めていた場所は、あっさりと佐脇に取って代わられたらしい。悪気はないが、いろいろなことを深く考えず、気にもとめない女なのだ。

女としては可愛いが、母親としてはどうなのか。まあ、そこまでおれが心配することじゃない。

佐脇はドアを閉めた。

部屋はもう一泊取ってある。戻ってもひかるの部屋しか行き場所はない。ならば明日の朝までここで過ごすか。このホテルにはサウナやジムもある。

喉の渇《かわ》きを覚えてミニバーに手を伸ばし掛けたところで、部屋のチャイムが鳴った。ふと見ると、乱れたベッドにシルクのスカーフが置き忘れられていた。

忘れ物に気づいた麗子が戻ってきたか。

佐脇は、ピンクとミントグリーンの色も鮮やかな、いかにも麗子が気に入っていそうな絹の布を片手に立ち上がり、ドアノブに手をかけた。

「忘れ物か」

そう言いながら開けたドアはものすごい力で中に押されて、佐脇はよろめいた。

完全に油断していた。部屋の中に、何者かが転がるように侵入してきた。

「美沙っ……美沙は何処《どこ》だっ！ てめえ、女房を何処に隠しやがったッ」

乱入者は罵声とともに乱れたベッドのシーツを剥ぎ、クローゼットのドアを乱暴に引き開け、洗面所に押し入ってシャワーカーテンを引きちぎり、当たるを幸いコップやアメニティをなぎ払った。

またしても、山添だった。

この前、佐脇を刺した時には夜だったせいでご面相をよく拝めなかったが、今ははっきり本人だと判る。逮捕した時のまま、相変わらずやせ細り、シャブ中特有の、憑《つ》かれたような目の光もそのままだ。

山添が逃走中なのは知ってはいたが、まさかここに現れるとは予想もしていなかった。

さてどうするか。ここで山添を取り押さえて鳴海署に差し出してやる義理はないが、刑事である自分がこそこそと逃げ出すのもおかしい。容疑者の脱走だけでもあり得ないのに、そいつが猟犬のようにまっすぐ自分めがけてやってくるのは、間違いなく山添のバックにヤツを動かしている何者かがいるのだ。

山添を絞り上げて吐かせようと佐脇が決めた途端、荒れ狂っていた山添が振り向いた。こけた頬の上で目がらんらんと輝いている。本来なら顔立ちの整ったいい男だろうに、今は薬の禁断症状と怒りに我を失っている。

「てめえ、佐脇ッ！　今度こそ殺《や》ってやるっ！　よくも……よくも人の大事な女房をおもちゃにしやがったなッ。てめえが美沙にしたことは全部割れてんだぜ。覚悟しやがれッ」

「よう、山添。この間はヒットエンドランで逃げたくせに、今日はえらく腰が据わってるじゃないか。どこぞのチンケな黒幕にネジを巻かれたか？」

「う、うるせぇっ！」

山添は、腰だめにしたナイフで突進してきた。これはもう脅しなどではなく、刺客《しかく》だ。

佐脇は手近にあった椅子を構えて盾《たて》にしたが、山添の突撃にあっけなく壊れてしまった。

その残骸を投げつけると、二つ目の椅子で暴漢の後頭部を殴りつけた。この際、山添が死んでも構わない。が、この程度でくたばるような相手ではない。

案の定、一撃を食らった山添はふらふらしたものの、倒れ込むほどのダメージは受けていない。

「食らえ、この人でなしがっ！」

「人殺しにそう言われちゃ、ざまぁねえな」

上着の懐に手を入れた佐脇を見て、山添はドキッとして動きを止めた。

「オマエはこう考えてるんだろ。非番の警官は拳銃を署に置くのが規則だ。だから今は丸腰のはずだ。だが、この佐脇という野郎はとち狂ったオマワリだ。上司の言うことも聞かねえワルだ。だったら服務規定なんざ無視して非番だろうがなんだろうが拳銃を持ってるんじゃないか？　それもニューナンブとかじゃなくてマグナムみたいな凄いのを持ってるんじゃないかってな。さあ、どうする？」

佐脇は、どこかで聞いたような台詞《せりふ》を吐いて山添の前に立ちはだかった。

脱走犯はしばし唸っていたが、いきなり「うるせえ！」と思考停止の怒声を上げると、再びナイフを構えた。

佐脇は三点セットの丸テーブルの脚を摑むと、突進してきた山添を受け止めて押し返した。

刺客のくせに度胸が据わらずなかば逃げ腰の山添は佐脇の敵ではない。ぐっと腰を落とした佐脇は相撲の押し出しの要領で山添を追い込み、壁に激しく押し付けると、やおら反動をつけてテーブルの天板でこの男の全身を打ちすえた。

山添の頭が壁に激突した。

「きうい」

悲鳴ともなんともつかない声を上げた山添にさらなる攻撃の手をゆるめることなく、血に飢えた悪徳刑事は何度も山添の頭を壁に打ち付けた。そしてナイフを構える余力を失ったと見るやテーブルを放り出して山添の髪を摑み、がんがんと音が全館に響くほど激しく叩きつけた。

「ま、待て……死んじまう……」

山添は泣きを入れた。

佐脇が手を離すと、そのままずるずると倒れ込んで、放心したように床に座り込んだ。

しかし休職中の刑事は容赦せず、無抵抗になった刺客をさんざんに打ちのめした。倒れ込んだところの腹をしたたかに蹴り、顔を踏みつけた。

山添は、中身が抜けたサンドバッグのようにフニャフニャになって、完全になすがままだった。止めてくれともこの野郎とも言葉を発せず、蹴られ続けているので、すでに死んでいるかのような状態だった。

だが、佐脇は上機嫌で暴行を続けた。

「どうせなら、雨に唄えばでも歌ってやろうか？」

だが、山添の反応はない。

「なんだ。死んだか？　それともオマエは洋画を見ないのか」

佐脇は足を止めて、ミニバーにあるピッチャーを手に取ると、中身の氷水を血まみれの男にぶちまけた。

「ううっ……ひでえことしやがる……」

「おれは実戦経験豊富なんでね。お前らみたいなずる賢くて卑怯な連中は、死んだフリが巧いからな。油断すると後ろからぶすりとヤラれる」

しかし、山添にそんな余力は残っていないのは明白だった。あと十分も経てば、顔はもちろん全身が紫色に腫れ上がり、歩くこともままならないはずだ。

絨毯には男の吐瀉物《としゃ》と血が広がり、その中には折れた歯も転がっている。スイートルームの白い壁には、男の抜けて貼りついた頭髪とともに、打撲で滲んだ血もついていた。

「見ろ。ホテルに大枚はたいて損害賠償しなきゃならねえ。お前の黒幕に払わせてやる」

佐脇は、山添の襟首《えりくび》を掴むとバスルームまで引き摺っていき、全身に冷水を浴びせた。血を洗い流すためだ。

そうしてずぶ濡れのままリビングに連れ戻すと素早くボディチェックをして、ズボンのポケットから携帯を見つけ出し、ライティングデスク用の椅子に、麗子のスカーフやバスローブの紐《ひも》を使って縛りつけた。

「さて、聞かせてもらおうか。お前、どうしてここが判った？　誰の差し金だ」

「さあな」

山添は顔を歪《ゆが》めると、絨毯《じゅうたん》にツバを吐いた。が、床に転がったのは折れた歯だった。

佐脇は男の携帯電話を確認した。アドレス帳は空だが、着信履歴には一つの番号が残されている。どうせ足のつかない「飛ばし」の携帯だろうが、山添を鉄人28号のように操っている黒幕と直接話してみるのもいい。

自分に尾行がついていないことは何度も繰り返し確認したが、麗子がマークされていることまでは考えが及ばなかった。おそらく麗子には、「翼」が殺される以前から、尾行がついていて行動を監視されていたのだろう。

佐脇は着信履歴にある番号をリダイヤルし、山添に突きつけた。

「お前を操縦してる奴に言え。『佐脇を取り逃がしました。今ホテルの駐車場です。やつが逃げないよう出入り口を見張ってください』ってな。そうしたら、オマエの大事な美沙に逢わせてやるよ」

恋女房命の山添は言われた通りに携帯電話に喋った。その通話を切った後、佐脇は自分の携帯から美沙にホテルの名を告げ、すぐ来るよう呼び出しをかけた。

「来るってよ。まあ鳴海からだとちょっと時間はかかるが。良かったな」

「オマエ……ヒトの女房に向かって……自分の女みたいに」

山添は怒りのあまり身悶えしたが、椅子に縛りつけられているので、どうしようもない。

「約束通りに会わせてやろうって言ってるんだ。感謝されこそすれ、怒られる筋合いはないと思うがな。ああ？」

佐脇が向こう脛《ずね》を蹴ると、縛られた男はそれ以上の言葉を発しなかった。何を聞いてもダンマリを決め込むことにしたらしい。佐脇は自分だけビールを飲んで時間を潰した。

数十分後、佐脇の携帯が鳴った。

「よし。八階まで階段で来い。エレベーターを降りて廊下を右手に進んだ角部屋だ。まず向かいの部屋をノックして誰もいないのを確認しろ。大丈夫だ。出ていく人間はチェックされているが、ホテルに入ることに何も問題は無い」

思ったより早い。言われたとおり、美沙はタクシーを飛ばしてきたのだろう。

さらに数分後、控えめなノックがあった。今度はドアスコープを確認して素早くドアをあけ、外の人物を招き入れた。

薄いブルーのうわっぱりにズボンと長靴姿、頭を三角巾で覆い、マスクをした女が、音もなく部屋にすべりこんだ。ゴム手袋をした片手には大きなゴミ袋、もう片方の手にはモップを持つという念の入れようだ。

「誰にも見られてないだろうな？」

「はい。言われたとおり、従業員用の通用口から入りましたから……」

若々しく澄んで綺麗な声の持ち主は、美沙だった。

その声を聴いた途端、椅子に緊縛されていた山添が激昂した。

「美沙っ！　お前、このデカにヤラれたって本当なのかッ」

掃除婦姿の美沙の手からモップとバケツが落ちた。拘置所にいるはずの夫の姿を目の前にして、立ち竦《すく》んでいる。

佐脇はゆっくりと彼女に歩みより、山添に見せつけるようにその肩を抱いた。

「心配することはない、美沙。お前には指一本触れさせないから」

清掃婦の水色のうわっぱりを脱がせると、抜けるように白い肌と、悩ましい黒のシースルーのブラジャーが現れた。美沙の乳首はすでに硬く勃っている。

白い三角巾をはずすと、アップにまとめられた柔らかい茶色の髪の毛がはらりとほどけ、マスクをはずすと、途方に暮れたような、白痴美といってよい美貌が現れた。

佐脇の指がブラ越しに乳首をくりくりと嬲ると、美沙は呻き、腰が抜けそうなほどの反応を見せた。

「相変わらず感度がいいな。ずいぶん気分出してるじゃないか」

「ああ……だって、だって……」

怒り狂っているヤクザの夫に怯えつつ佐脇の手から逃れようとはしない美沙は、あるいは自分との行為を夫に見せつけているのではないか？

それはそれで面白い。

「おい。あのクソ亭主に、お前のぐっしょり濡れたオマンコを拝ませてやれ」

野暮ったい清掃婦の黒いズボンと長靴を脱がせると、形の良い真っ白な両脚と、その股間をぴったりと包む、ブラとペアのショーツが現れた。

黒のシースルーの下着からは、あまり濃くない秘毛が透けている。

佐脇は美沙の躰を、椅子に縛られている山添の前に押し出して、晒すように、至近距離まで近づけてやった。

「おい、山添。これなら女房のあそこがよく見えるだろう?」

そう言いつつ美沙の右の太腿に手をかけて、左右に広げた。

「くっ……」

山添は、佐脇に悪態をつくのも忘れ、獄中で夢にまで見た恋女房の躰に、目が釘付けになっている。

「ほれ、美沙。亭主にお前のあそこを拝ませてやれ」

「い、いや……そんな……恥ずかしいです」

首筋までを真っ赤に染めて俯きながら、それでも美沙は佐脇に逆らおうとはしない。

左右に広げただけではなく、片脚を思い切り頭の方に上げさせると、シースルーの下着に包まれた美沙の股間が大きく広げられた。

そこは、まさに、溢れるほどに淫液をしたたらせ、ぬめり切っていた。

お預け状態の山添の目の前で、佐脇はパンティ越しに美沙の秘唇に遠慮なく指を伸ばす。容赦なく嬲るうちに、そこは、くちゅくちゅという淫らな水音を立て始めた。美沙の上体を羽交い締めにしている左手では、ブラごしに乳首を嬲ってやる。

夫の目の前で二箇所を責められた美沙は悶え、せつなげに喘いだ。

「見ろよ。お前の女房は相当な好き者だな。これじゃサセ子だぜ。お前が仕込んだのか？」

「てってめえ！　人の女房をおもちゃにしてんじゃねえッ」

「ほう。だが、お前の女房は俺におもちゃにされたがってるみたいだぜ」

佐脇が美沙の恥裂を嬲る指の動きをさらに早めると、美沙は濃厚なフェロモンを撒《ま》き散らしながら、ゆっくりと腰を揺らせ始めた。

「ああ……もう、やめてください……あっダメ。やめないで」

夫の目の前で辱められている美沙の瞳は、完全に官能で潤んでいた。自分でもどうにもならないのだろう。腰が淫らに悶えて揺れ動き、佐脇の手に秘部を擦り付けるようにする。

「馬鹿野郎。てめえ、早く女房から離れろ！」

「うるせえな。静かにしないと目玉潰してやるぞ。見物出来るだけ有り難いと思え、このカス」

山添は怒りのあまり眦《まなじり》が裂けそうなほどに目を見開き、全身をわなわなと震わせた。しかしその股間はズボンの上からでもはっきり判るほどに、怒髪天《どはってん》を衝いている。

「ほれ美沙。亭主の前でお前が気を遣るところを見せてやれ」

縛《いまし》められている夫の、目の前わずか数十センチのところで、美沙は佐脇の指技に屈する寸前まで追い上げられていた。

夫に見られているのが被虐の悦びをもたらしたのか、美沙はいっそう感度が高くなっているようで、パンティ越しの指戯を受けショーツ越しに敏感な部分を弄られると、悶えずにはいられない。

「やめろッ、美沙。お前はおれの女房だッ。そんなデカのおもちゃになるんじゃねえッ」

山添の声には、ぎりぎりと歯がみをするような憎しみと苦悩が滲み出ている。

「あ、あなた……許して……許してください……でも……あたし、自分の躰がどうにもならないんですッ」

「どうにもならないんだとよ。オマエが臭い飯食ってる間に、女房は男日照《ひで》りでヤリ狂いだぜ」

佐脇は手際よく美沙からショーツとブラを剝ぎ取って全裸にすると、その媚体を夫に見せつけるようにしながら、あらためて指で乳房と股間を辱め始めた。

「はうううっ……」

悶える美沙の喘ぎと、ぐっしょりと濡れた恥裂からのいやらしい水音はさらに激しくなった。刑事の指は美沙の割れ目をくつろげ、鼠蹊部からラビアまでを念入りに愛撫し、ときには牝穴をくじり、焦らすように肉芽をこねては指を離し、また軽く叩いてというような、ほとんど拷問に近い責めを繰り返した。

「あああああ、いっそ、いっそのこと、最後までイカせてっ！」

美沙はその寸止めの焦らしに狂乱し、何度もイカせてくれと哀願した。しかし、佐脇は美沙の乱れようを嘲笑《あざわら》いながら指を動かし続けた。

「お前の女房はほんとうに好きものだな、山添。見えるか？　サネがこんなにぷっくりと膨らんで、男が欲しいとオマンコがひくひくしてるぜ」

「やめろ！　美沙をおもちゃにするな」

「バカかお前。お前に見せつけるのが面白いんじゃねえか。けどお前の女房も肉便器ってやつか？　普通、この状況でオマンコひくひくさせてチンポが欲しいと腰を振らないぜ」

「あなた……許して！」

しかし美沙は、腰が蠢《うごめ》いてしまうのをどうしても止められない。

そんな阿鼻叫喚《あびきょうかん》をたっぷり楽しんだ佐脇は、もういいだろうと美沙をイカせてしまうことにした。

右手の中指でずぶり、と美沙の蜜壺をえぐり、親指の腹で美沙のクリットをぬるぬると転がし、擦りあげる。のけぞった白いうなじに唇を這わせ、左手で張りつめた乳房を揉み立て、乳首を摘まんだ、その瞬間。美沙の全身は硬直した。

「あっ、もう……ダメ……イク、イってしまうッ……ゆるしてあなたッ」

悲痛に一声叫び、美沙は夫の目の前で気を遣った。佐脇に羽交い締めにされた全裸がのけ反るように痙攣《けいれん》し、白い両脚は激しく突っ張って震え、持ち上げられた足の爪先がぎゅっとしなっている。美沙の蜜壺が佐脇の指をぎゅううっと締めつけ、びくんびくんという女壺全体の痙攣が掌に伝わってくる。

それを食い入るように見つめる山添のぎらつく眼と勃起しきった股間を確認して、佐脇は倒錯した優越感を味わった。

「おれも気分が出てきた。考えてみれば、オレはまだイッてないんだ。しゃぶってくれよ」

夫の目の前で果ててしまった美沙を、自分の股間に引き寄せると、またも山添が喚いた。

「くそっ、てめえ、おれの女房にそんなことをさせるな！　風俗でも働かせたことのない、大事な女なんだ……頼む」

最後は泣きが入ったが、佐脇はそれを冷然と無視してズボンのジッパーを下げた。

夫の前で恋女房を凌辱するという刺激は想像以上で、麗子とセックスをしたばかりだというのに、ペニスはしっかりと硬度を取り戻し、鎌首をもたげていた。

「そんな大事な女房ならお前がさっさとカタギになっていれば良かっただろうが？　誰かの道具になって人殺しとかするから、こういうことになる。因果応報ってヤツだ」

そう言いながら、呆《ほう》けたような表情の美沙の唇に、青筋の浮いたペニスを咥えさせた。大きさはそれほどでもないが、硬度と回復力は自慢の一物だ。

「お前、それでも刑事かっ！　ヤクザ以下の人間の屑《くず》じゃねえかっ！」

「ほほう。すると三流ヤクザのお前は、屑以下の、生きてる値打ちもないゴミだな」

佐脇は美沙の髪を掴んでサオをしごかせた。ぴちゃぴちゃと音をさせながら唇を出入りする肉棒を見て、山添は嫉妬のあまり惑乱した。

「どうすりゃいいんだ！　どうすれば止めるんだ！　おれは、どうすりゃいいんだっ！」

「ンなこと、自分の胸に手を当てて考えてみるんだな。ま、今は無理か」

平然と口淫をさせ続ける佐脇に、美沙の亭主はますます錯乱した。きちんと話も出来ない状態にまでなってしまっては、口を割らせるのは困難だ。

「おい山添。事と次第によっては、お前の恋女房に、お前のモノを咥えさせてやっていいぞ。おしゃぶりだけじゃ不満なら、ハメさせてやってもいい」

本気か、というように一瞬、山添は目をカッと見開いたが、すぐに、ぷいとそっぽを向いた。

「お前の見ている前で、縛られたままでか。そこまで落ちぶれちゃいねえよ」

「おい。無理しないで正直になれ。美沙。お前の亭主のものを取り出してしゃぶってやれ」

じゅっぷじゅっぷと唇で佐脇の一物をしごいていた美沙は、思考能力を失っている様子で、言われるままにのろのろと向きを変えて、椅子に緊縛されている夫の両膝の間に裸身を割り込ませた。

「美沙……やめろ……お前はそんなことをしなくてもいいんだッ」

「だってあなた……ここがこんなになって」

美沙は夫のズボンのジッパーを下げ、男性を取り出した。びっくり箱のように飛び出してきた山添のモノは怒張しきって血管を浮き立たせ、その雁首は先走り液でテラテラと光っている。

美沙はその節くれだって透明な液を溢れさせている肉茎にいとおしそうに頬ずりをし、白い指をそえると、ぱくりと咥え込んでしまった。

「おおう……」

その瞬間、山添はうめき声を漏らした。

美沙は目を閉じ、頬をすぼめて無心に頭を前後させていたが、女に飢えていた山添は、程なく射精の秒読み態勢に入った。

佐脇は無情にもそこで美沙の頭を後ろに引っぱってペニスから引き抜かせてしまった。

「な、何しやがる……」

「おい、山添。美沙に続けてほしいか？　続けてほしかったらおれの質問に答えろ」

射精の寸止めほどキツイものはない。山添は怒り狂った。

「てめえはとことん腐ったデカだな。おれがそんな外道な取引に乗ると思うか？」

そうか、それは見損なって失礼したな、と佐脇はせせら笑い、美沙を山添の目の前の床に這わせた。

「律義なのかビビってるのか知らないが、お前が口を割らないと、お前の恋女房が痛い目にあうんだぜ」

佐脇は、美沙のきゅっと引き締まった白い尻たぶを左右に割り広げた。

「たしか、後ろはまだ処女なんだよな。お前の女房のアナル処女を戴くぜ。ローションとかはないから、いきなりぶすっとやることになる。無理やりの挿入は痛いらしいな」

佐脇は美沙の菊座を指先で撫でながらほくそ笑んだ。

「だけどオレは、そういう、女が痛がることをするのも好きなんだ」

山添は、ゾッとしたような顔になった。

「判った……あんたはそう言ったら絶対に実行するからな……知ってることは全部話す」

弱気になった山添は、陥落した。

「では、まず、お前がどうやって脱走出来たか。そこから話してもらおうか」

山添はしぶしぶ、話し始めた。

要領を得ない頭の悪い話しぶりだったが、総合すると、県警の担当者がわざと緩い警備をしたので、容易に脱走出来る状況だったらしい。これは佐脇の予想通りだった。

「で？　脱走する時、交換条件が付いたんじゃないのか？　おれを殺《や》れと。見事おれを殺すことが出来れば、お前の脱走は不問に付すどころか、逮捕自体、いや、国見病院院長刺殺事件自体をなかったことにしてやるってオイシイ話があったんだろ？　そういう餌《えさ》でもなけりゃ、お前みたいな半端者で度胸も根性もないワルは動かないよな」

山添は、図星を突かれて絶句したが、しばしの沈黙の後、しぶしぶと認めた。

「……まあ、そんなところだ」

「それを言い出したのは、結構エライ奴だろ？　お前の担当刑事クラスじゃないよな」

「ああそうだ。たぶん、アンタが思ってるヤツが正解だよ」

「なるほどね。じゃあ、そのエライ奴は、どうしておれを潰したいんだ？」

その問いに、山添の表情が消えた。

佐脇は質問を変えた。

「国見の件はどうだ？　アレも、どこか上の方から指示が出たんだろ。こっちはヤクザか。それなら喋っても構わんだろ」

　山添は唇を噛みしめて、絶対喋らないという意思表示をした。

「……じゃあ、おれが話してやろう。この県では不審死の死体検案書の作成は長年の慣習で国見病院が引き受けていた。監察医制度なんて気の利いたもんがあるのは五大都市だけだからな。で、お前の組が副院長の弱味を握って、都合のいいように死亡診断書を書かせていた。これで死亡保険金を騙し取るのも自由自在だ。違うか？」

　山添は相変わらず言葉を発しないが、表情が歪んだ。

「それでだ。石井はこの件を追ってた。かなり証拠固めも進んでたんだ。ゲームセンターの従業員で出張ホストの瀬川真治は、エライ代議士先生の奥方とやっちまったんだから、殺されても自業自得だが、俺の大事な部下をよくも殺ってくれたな、おい？　この落とし前はきっちりつけさせてもらうぜ」

「と、トンデモないっ！」

　山添が悲鳴を上げた。

「例のその出張ホストはたしかにオレが殺ったが、アンタの部下には、天地神明に誓って絶対に手を出してない。マッポを殺すと厄介だってことは、オレにだって重々判ってる」

　それを聞いて、佐脇は「ほぉ」とむっつり右門のように顎を撫でた。

「なら、出張ホストを殺れと言ったのは、誰だ？　国見の院長を殺れと命じたのと同じお偉いさんか？　黙ってると同意したと見なすぞ」

　山添は、頷いた。

　和久井代議士と地元のヤクザは完全に癒着《ゆちゃく》している。ロリコンビデオやロリコン売春はもちろん、国見病院から睡眠薬や麻薬、覚醒剤などが暴走族に流れたことも、死体検案書を書き換えて保険金詐欺はもちろん、殺しの揉み消しまで図っていたことも容易に推測出来る。そういう『御利益』にヤクザはいくらでも金を払うし、一方、政治家が一番欲しいモノも金だ。

「で？　もう一度聞く。石井を殺ったのは、誰だ？」

「知らねえ。それだけは本当に知らないんだ」

　佐脇は拳で山添を何度も殴った。しかし男から出たのは鼻血と折れた歯だけだった。

　これ以上ここに留まる意味はない。あとはバックにいて鍵を握る人物に直接、ぶつかるだけだ。ここまで盛り上がったところで中断するのはいかにも惜しいが、美沙とのセックス以上に大事なことがある。

　佐脇は心身の苦痛に呻いている山添を横目で見つつ、山添の携帯から一一〇番をプッシュした。ここは隣県なので、通報がつながる先はT県警ではなく、K県警だ。

「これは親切心で知らせるんだが、神奈崎パークホテルのスイートに、山添明がいるぜ。取り調べ中に鳴海署から逃げた野郎だ。まあチンケな悪党だが、凶器を持ってウロウロしてるんでな。ガラ押さえるのなら早いほうがいいと思うぞ」

そう言って電話を切った。山添が逃げていることは鳴海署が秘密にしているかもしれないが、凶器を持って逃走中との通報があった以上、県警間の問い合わせなどが発生して隠しておけなくなるだろう。もちろん鳴海署の大恥が露見するわけだ。

仕掛けたからには早めにトンズラするかと思ったところで、バスルームから美沙が出てきた。部屋に入ってきた時の掃除婦の格好とは打って変わり、シャネル風の黒いスーツに身を包み、頭にはスカーフを巻いてサングラスをしている。すらりと背の高い女だけに、そんな格好が良く似合った。

「あの、これがお掃除のおばさんの服一式……」

美沙は掃除婦の制服用具一式をベッドの上に置いた。

「よし。お前はもうこの部屋を出ろ。ホテルの外には出るな。全部が片づいて俺が連絡するまで、最上階のラウンジとか、そんなようなところで時間を潰せ。さ、行け」

美沙を部屋から追い出して、佐脇は掃除婦に変装した。

自分の服をゴミ袋に詰めて、ドアの隙間から廊下を伺い、静かに部屋をすべり出た。後には失神している山添が残された。

間もなくここにはK県警の連中がわんさとやって来る。このホテルを張っている鳴海署のやつらはそれを見て、さぞやたまげることだろう。

佐脇はニンマリした。

連中の間抜け面にしろ阿鼻叫喚にしろ、出来ることならとっくりと見物したいものだが、巻き込まれて事情聴取されるとヤバい。

ホテルの掃除婦に化けた佐脇は、従業員専用の階段のドアを開け、掃除をするフリをして身を隠し、駐車場のある地下の階までそのまま階段を降り、ドアを細く開けて外の様子を窺った。

やがて目の前の駐車スペースに隣の県警のパトカーや覆面車両が何台も到着し、制服警官や私服の刑事が慌ただしい様子で降りてきた。その様子を車内から見ていた男たちが、これまた慌てた様子で降りてくると、エレベーター前で揉み合った。

「なんだよ、なにしてるんだよ」「邪魔するな」「そっちこそ邪魔するな」「オマエどこのモンだ」「それは……今はちょっと」などという押し問答をしていたが、やがてエレベーターが来て一緒に乗りこんだ。

この様子では、監視していた鳴海署の連中が、想定外のK県警の捜査員の出現に驚いて揉み消しか弁解か事情説明かよく判らないが、とにかく慌てて浮き足立ったのは明らかだ。

佐脇はドアを開けて駐車場に歩み出た。が、もうそこには監視をしているような様子はまったくなかった。恐らくは代車のナンバーも割れているかもしれない。しかし車の周りに監視の気配はまったくなかった。

佐脇は堂々と車に乗りこむと、長居は無用とばかりに早々に発進させた。しばらく走って、誰も来ない海岸沿いの農道に車を停め、そこで掃除婦の恰好から着替えた。

一息ついて、カーラジオをしばらく聴いてみたが、ニュースでは国会のドタバタ騒ぎが報じられているだけだった。

そして二時間後。これだけの時間があれば、スイートルームの山添も発見されて、K県警と鳴海署の間でもそれなりの話がついて、騒動は収まっているだろう。

それを見計らって佐脇は、山添から取り上げた携帯から、そこに登録されている番号をプッシュした。

ツーコールもしないうちに繋がった声は、聞き覚えのあるものだった。

「やあ。佐脇巡査長ですか？　やってくれましたね」

入江だった。

「あれからK県警に頭を下げ、山ほど苦しい言い訳を並べて、ようやく山添を引き取りましたよ」

「ふん。最初から逃がさなきゃ余計な手間もかからなかったんだ。オレが厄介なことをしでかした、みたいな言いぐさは止めろ」

マスコミが何も発表していないところを見ると、山添の脱走も、その身柄を隣県の県警に押さえられたことも、どうやら「なかったこと」にされたらしいことは判っていた。

「K県警にも、もみ消しに協力してくれたマスコミにも相当な借りをつくったことだろう。だが、それはすべてそっちの責任だ。あんたが余計な悪巧みをしたからだろうが」

電話の向こうの入江は、しばし沈黙した。

「佐脇君。どう思おうと勝手だが、山添を逃がしたのは私ではありませんよ。私なら、あんな頭の悪いことはしない」

「正確には山添を逃がし、私を殺させようとした、ですな。たしかにあんたなら、もっと確実な方法を考えたかもしれないね。山添にもっとサポートしてやるとか、ね。自分の手が汚れるのを恐れてバカな部下に下請けに出したのが間違いでしたな」

またも入江は沈黙した。

「一つだけ聞いていいですか、刑事官殿。和久井麗子への監視を続けたのは何故なんです？　瀬川真治こと、ホストの『翼』が殺された後なら、もうその必要はなかったでしょうに」

沈黙がややあって、入江が口を開いた。

「きみも……いろいろ調べたようだな。一度会って、話さなくてはならないようですね」

望むところだった。

「いろいろ、ほかの者に知られちゃまずいこともあるのはあなたもお判りでしょうから、どうか一人でお越しください。刑事官殿」

部下の石井を殺したのは誰か。佐脇はそれを入江の口から直接、聞き出すつもりだった。美沙の躰を餌に口を割った山添は、和久井麗子が買っていたホスト『翼』は自分が殺ったが、石井のことは知らないと言った。

一方、和久井麗子と地元の有力政治家との間に生まれた三男の庸三は素行が修まらず、地元の不良仲間とつるんでいる。さらに庸三は暴走族経由で暴力団と繋がり、その父親の和久井もローティーンの少女を食い物にしている地元の援助交際組織を通じて、やはり暴力団と繋がっている。

「場所ですか？　二条町に『ヘクター』というバーがあります。ゲームセンターの裏手ですよ。いや、翼が働いていたほうじゃない。そっちは潰れた」

佐脇は、自分がテリトリーにしている店を指定した。

入江は、では二時間後に、と言って通話を切った。

佐脇は国道やバイパスを避け、裏道だけを使って鳴海市に戻った。勝手知ったる裏街道というやつだ。田舎の県道や市道にはNシステムも設置されていないし、パトカーの警邏《けいら》もない。

早めに鳴海市二条町に着いた佐脇は、ゲームセンターに足を向けた。

すでに、街は夜を迎えようとしていた。

古ぼけたゲームセンターでは、一人の若者がクレーンゲームをしていた。白いジャージの、だぶだぶの上下を着て、首からゴールドのチェーンを何重にも下げている。

佐脇は、さりげなく店内に入ると、ゲーム機の向こう側に廻り込んで、若者を観察した。

小柄な躰。茶色に染めた髪。突っ張った格好をしているが、童顔だ。広いなめらかな額と、大きな目に特徴がある若者は、地元選出の代議士、和久井と後妻の麗子とのあいだに生まれた問題の三男、庸三だった。

母親に似ている。今日の午後、ベッドを共にし、間近に見たばかりの顔とそっくりだ。麗子と同じく、一見、虫も殺さぬ可愛い顔だが、物事も人間も、見た目どおりとは限らない。

クレーンゲーム機のガラスケース越しに観察されているのにも気づかず、庸三は無心にゲームを続けた。

巧みにクレーンを操作してピンクのウサギの耳を挟んだ。間髪を入れずに持ち上げて、スロットに落とす。そこに一人の少女が寄り添った。若者にぴったり躰をつけようとしたが、彼はうるさそうに肘で彼女を押しやった。

化粧の濃い少女はひどく悲しそうな顔になり、それでも彼から離れず、いろいろ話しかけている。

が、無心だった庸三の顔がだんだん険しくなると、どん、と突然、不穏な音が店内に響いた。彼が拳で激しくゲーム機の金属パネルを殴ったのだ。

「てめえ、うぜぇんだよ。女なんて大っきらいだ。汚いからな」

店内のノイズの中に、その捨てぜりふは佐脇にも聞こえた。

彼はいままでに取ったとおぼしいぬいぐるみを三つ四つ、少女の胸に押しつけ、どすどすと足音を響かせて店を出ようとして、入ってこようとした別の若者とぶつかった。

ガンを飛ばして喧嘩でも売る勢いの庸三だったが、相手の若者の顔を見ると握った拳を下げた。

「ンだよ晋一《しんいち》」

「庸三、どうしたの」

晋一と呼ばれた茶髪でもルーズな格好でもなくゲームが好きな普通の若者風の彼は、気軽に庸三に声をかけた。

「うるせえよ、晋一。黙ってろ」

庸三は晋一に言い捨てると、外に止めてあるシルバー・メタリックのホンダＮＳＸに乗りこんで、少女を振り返る事もなく車を出してしまった。

高校の制服を超ミニにして穿いている金髪の少女は、ぬいぐるみを抱えたまま立ちすくんだ。マスカラが溶けて流れ、黒い筋になって頰をつたっている。

どぎつい化粧と金髪、改造した制服からして、生活安全課の世話になったことも二度や三度ではないはずなのに、その仮面が剝がれ落ちると年齢相応の幼さに見え、子供のように寄るべない感じがした。

「ケイコ、泣くなよ……」

「……楽しかったのに。あんなに優しかったのに……酷いことばっかり言って、目つきまで怖くなって……庸ちゃんが心配なのに」

晋一の存在など眼中にないような少女は、庸三の消えた先に向かってつぶやき続けた。

佐脇は心の中で、お前のせいじゃないよと彼女に言った。可哀相ではあるが、これはもう、ああいう男を好きになったリスクというものだろう。

晋一が彼女の肩を押して椅子に座らせて落ち着かせようとしているのを見て、佐脇は外に出た。

入江との待ち合わせに指定したバー『ヘクター』の周りを、ひととおり歩いてみて、鳴海署ないしはT県警の連中は誰も来ていないことを確認した。が、念には念を入れた。

空き缶を集めている顔見知りのホームレスを呼び止めて千円札を数枚握らせた。

「じいさん、頼みがある。この店の周りでデカみたいなやつらを見つけたら、知らせてくれないか」

老人は皺深い目をしばたたかせた。

「あんたの同類を見つけたらってことかね？　だが、アンタにどうやって知らせる？」

「簡単だ。そのでっかいゴミ袋の中の缶カラ、そいつを全部、道にぶちまけてくれるだけでいい」

老人は頷き、サンタクロースのように大きな袋を背負ったまま角を曲がった。

ほどなく入江が姿を現した。すぐそばまでタクシーを乗りつけ、店に入ったのを確認して、佐脇も木製の古びたドアを開けた。

カウンターの中には顔なじみのバーテンが一人。ほかに客はいない。

佐脇が頷いただけで、バーテンは手際よくシングルモルトのウィスキーを二つのグラスに注いでカウンターに置くと、そのまま店を出て行った。

古びて暗い店内で、佐脇は入江の隣に座った。

「挨拶は抜きで、早速本題に入りましょう。どうですか、刑事官殿。国見病院院長の刺殺事件の『真相』を不問に付す見返りに、和久井の三男を石井殺しの容疑で挙げさせて貰えませんかね？」

入江は手にしたグラスに口は付けず、佐脇の顔をしげしげと見た。

「それは、出来ないよ。ダメだ。取引をするなら、もっと実行可能な、現実的なネタにしてもらわないと」

「なるほど。和久井と暴力団の繋がりは、選挙も近いから、表に出せないと。県警の名誉よりも、地元選出の有力代議士の名誉の方が大事ですか」

「それは君、両方大事だよ。だから、国見の件も、和久井の三男の件も、どっちも、ナシだ。取引の材料には出来ない」

入江はそう言い切ると、グラスに注がれた琥珀《こはく》色の液体をじっと見た。佐脇が指定した店だから、酒に何か入っているかもしれないと疑っているのだろう。

結局、入江はグラスをカウンターに置いた。

「君にまったく手土産を渡さないのも失敬な話だ。そう思うから、ちょっと独り言を言うよ。聞く聞かないはあんたの勝手だ」

「どうぞ。そういう小細工は好きじゃないけどね」

「……和久井の女房の件が、対立陣営に知られそうになった。君の方が詳しいはずだが、保守王国のこの県でも、国政選挙に打って出たい奴は結構いるんだ。和久井のライバル陣営によって夫人のスキャンダルが暴露されるのはヤバい。バレ方がヤバければ、政治的には致命傷になる。しかも夫人の相手の若者が和久井氏の事務所に金銭を要求してきた。言いなりに金を払わないと対立陣営に知らせると脅してね。一方、根無し草のようなあいう手合いは、急に姿を消しても誰もおかしいと思わない。和久井夫人は探すかもしれないが。それでまあ、もっとも確実な形で『処理』したわけだ」

「なるほどね。それは結構。だが、おれが一番知りたいことはそれじゃない。石井は……」

「佐脇君！」

入江は佐脇に最後まで言わせなかった。

「ここからは、私が取引を提案しよう。近々、君の休暇が終わってからだが、査問会が開かれるはずだ。君は、警察官として独特の活動をしているから、取り上げるべき問題は多いが、取りあえず、暴力団・鳴龍会との癒着、受刑者の妻との不適切な関係、つまり逮捕勾留者の妻との、倫理上微妙な関係が俎上に載るだろう」

こうなることは予想していた。佐脇を非公式に始末出来ないので、公式な手段で抹殺にかかるということだ。悪徳警官として社会的に葬るだけでは安心できないので、懲戒免職の上で逮捕。だが、逮捕状に書かれた嫌疑では死刑には出来ないから、鳴海署内の代用監獄に拘置中に誰かに殺させる。もちろん対外的には自殺したということで処理される。

佐脇には今後の展開が一瞬で予想できた。

もちろん、警察内部では誰も味方になってくれない。

「警察ってのは怖いぞ。挙げる気になれば誰だって挙げられるんだ。出る杭は引っこ抜けと言うだろう」

「で？　取引というからには、査問会と引き換えに、おれに何をしろと言うんですか？」

「警察をやめて、一切口を噤《つぐ》んでくれ。そうだな、外国にでも行くのはどうだ？　一生」

入江はにやりと嗤《わら》って佐脇を凝視した。

「賢明な君のことだから、もう判ってるだろうが、私に対して下手な脅しは効かないよ。君が愚かな男なら、たとえば非合法な手段で撮影した私のプライベートに関するビデオの存在をチラつかせようと考えるかもしれないが、そんな初歩的な恐喝が成功するとは、今更思わないほうがいい」

入江は先制攻撃を掛けてきた。たしかに佐脇は、入江と京子の「秘め事ビデオ」を持ち出そうとしていた。

予期した以上に肝が据わってまるで動じない入江に、佐脇は自分に似たものを見た。それだけに手口も読める。このままでは、自分の負けだ。

その時。

表の通りから、がんがらがらんがらんというけたたましい音が響いてきた。大量の空き缶が路地に散乱する音だ。

ホームレスのじいさんに頼んでおいた合図だ。

入江配下の警官たちが、この店を包囲しようとしている。

この男は、有無を言わさず佐脇を拘束してしまうつもりなのだ。しかしそれは、何としても避けなければ。

佐脇は反射的にスツールを蹴って入江に飛びかかると羽交い締めにし、ほとんど一瞬にして胸ポケットから引き抜いたS&Wの三十八口径を、入江の喉元に突きつけた。

「きみ……いざという時はこういうことをしようと思っていたのか……」

そこまでは考えていなかった、と入江の声は狼狽《ろうばい》していた。

「刑事官殿。ここは大人同士、円満にノーサイドといきましょうや。あなたのお友達だか手下だかは知らないが、ここを取り囲んでいる連中に、黙って署に戻るように言って貰いましょうか」

「しかし……この状況は、きみにとってこそ最悪なんじゃないか？　凶器で私を人質に取ってる以上、狙撃班に射殺されても仕方がないぞ。マスコミだって、きみのことを気が狂った悪徳警官として報じるだろう」

入江が余裕があるそぶりをしようと必死で平静さを装っていることは、喉仏の廻りの筋肉が強ばっているので判った。たぶん心臓は口から飛び出るほど早打ちしているだろう。

「そうなったら、アンタも同時に命はないがね」

入江は、喉の奥でぐっという奇妙な音を出した。佐脇は畳みかけた。

「だから、外の連中が気を回して狙撃班を呼ぶ前に話をつけたいんだ。で、こっちには、もう一つ材料がある。有川俊太《しゅんた》という名前に聞き覚えは？　今は少年院を出て、福井県で働いているはずだが」

入江の表情に動揺が走った。

「今は有川ではなく、吉田《よしだ》と名乗っているんでしたかな。離婚した母方の姓を名乗っていると聞いたが」

「それがどうした？　有川俊太は確かに岸和田女子高生監禁致死事件で挙げられた連中の一人だが、当時は未成年で、主犯でもなかった。それで？」

ニヤリと嗤って見せた入江だが、顔の筋肉は強ばったままだ。

「あの事件の主犯が誰だったかは、当時大阪府警で捜査を指揮されていた刑事官殿がよくご存じのはずだ。あくまでも忘れたというなら、有川俊太が有川京子の弟だと言えば、思い出すかな？」

佐脇は、用意しておいたＩＣレコーダーを取り出し、銃を構えながらスイッチを入れた。再生された音声は、京子のマンションに仕掛けたビデオで隠し撮りした画像からダビングしたものだ。

『あの事件の本当の主犯はお前の弟だってことはみんな噂している。未成年なのをいいことに、ずいぶん酷いことをやったよな、お前の出来の悪い弟は？　マトモに裁判受けたらオッサンになるまで刑務所暮らしだったはずだよな。それを逃れられたのは誰のおかげかな？　障害者の仲間を主犯に仕立てたんだよな。知的障害は減刑の理由になるからな。その顛末を忘れたとは言わせないぞ……だがここで、事件の真相をリークすればどうなるかな？　えらい騒ぎになるよな。今はインターネットの時代だ。お前も、大阪で結婚しているお前の妹も、お前の田舎の年取った両親も、どこかに身を隠して、一生こそこそ暮らさなきゃいけなくなるだろうな』

入江が自分で口にした、岸和田女子高生監禁致死事件。

塾帰りの女子高生を、未成年者を含む若者の集団が拉致、監禁、輪姦の末に暴行致死させてしまった数年前の事件。何人かの若者が逮捕されたが、事実上の主犯は未成年だったのではないかと当時取り沙汰され、そして今もその噂が根強い。

入江の目の縁がぴくぴくと痙攣し、白い額にも汗が滲んできたように見えた。

「どう思いますか、刑事官殿。言っておきますが、この資料は県外の信頼できる人間に、すでに送付済みです。私が逮捕、または入院するか死んだ途端にマスコミに流れるよう手は打ってありますが」

ブラフだった。実際、佐脇はそこまで手が回っていなかった。だが、入江には充分な打撃だった。

「あの女との現場写真でも持っているのかと思っていたが……」

愛人との情交現場の写真などより、世間を震撼させた衝撃的事件の捜査を愛人のために歪め、それを材料に脅迫まがいなことをしていると知れることには、比較にならないほどのダメージがある。入江個人にも、警察全体にも。

「……君の情報収集力を甘く見ていたようだ」

入江の全身から強張りが抜けた。

「胸ポケットに、携帯が入っている。出してくれ」

入江は、佐脇から受け取った携帯をプッシュし、外にいるであろう警官に連絡した。

「予定は変更だ。署に戻っていい……いや、心配するな。悪かった。私の見込み違いだった。後で説明する。すまん」

通話を終えた入江の身体からは、緊張が完全に抜けていた。

それを感じて、佐脇も銃を引っ込め、羽交い締めを解いた。

「…………」

声が出ないのか、さっきは口を付けなかったグラスを摑むと、中身を一気に呷《あお》った。

「どうだろう、佐脇君。ここからを本気の取引にするのは。さっきの条件は撤回する。というか、警察から君を放り出すがごとき部分を削除訂正する」

入江は、高収入が保証される転職先への斡旋を口にした。

「県南警備と言えば、署長クラス以上の大物の天下りの指定席だ。そこで常勤顧問のポストがある。県警本部ナンバー2並みの、エグゼクティブ待遇だ」

入江はうかがうような目で佐脇を見た。

「この条件なら、君も住み慣れたこの地元を離れる必要はない。酒でも女でも、今までどおりのいい思いが出来る。今の状況を考えてみたまえ。これまでどおり、鳴海署の連中と一緒に仕事を続けるというのは、難しいだろう？」

「その件についてはどうかご心配なく。おれはまだ定年じゃないですしね」

「署の内部に君を売り渡し、逮捕させようとした連中がいるのに？」

驚く入江に、佐脇はグラスのスコッチを一息に飲み干して、答えた。

「そこまでヤワな神経はしておりませんのでね。刑事官殿の神経が保たないというのなら別ですが。でも、あなたはいずれ栄転して警察庁《サツチョウ》に戻る人じゃないですか」

「では、あくまでもこのまま本職にとどまると言うのだね。だが、繰り返し言うが、県警としては、和久井代議士のいかなる経歴にも傷をつけることは出来ないぞ。巡査長である君に逮捕状を請求する資格はない。その資格を持つ刑事課長も署長も、そんなことは絶対にしない。ゆえに、君には、和久井の三男を逮捕することは出来ない」

佐脇はグラスを置き、立ち上がった。

「腐った県警に頼る気はありませんね。さしあたり今日のところは刑事官殿の過去を暴くつもりが私にはなく、刑事官殿も私の身分に干渉することはない……こういう合意が成立したということで如何《いかが》です？」

入江の無言を承諾と解釈して、佐脇はバーを出ようとしたが、ドアに手をかけて振り返った。

「あんたも警察官なら知ってるだろうが、現行犯逮捕には、逮捕状は要らない。明らかな違法行為を目撃すれば善良な市民として、逮捕せざるをえない。その線でやってみるかもしれませんな」

佐脇は愉快そうに鼻歌を歌いながら、バーのドアを開け、出て行った。

第七章　死の罠《わな》

石井殺しの犯人は、和久井代議士の三男、和久井庸三と、その取り巻きの河瀬啓介だ。ひかるの部屋に戻った佐脇は、個人的に調べたことを総合して、改めてそう断じた。

最初は、ホストを同じ場所で殺った山添が犯人だろうと踏んでいたのだが、山添自身がそれを否定した。さらに庸三の取り巻きの啓介をクラブ『ドンキー』の前で締め上げて吐かせた内容が決定的だった。

『……たしかにおれたちは……おれらと庸三さんは、あの晩与路井ダムに居たよ。チンケなくそ真面目そうなおっさんが自分はデカだと言って、あんたみたいに、ホントのことを言えっていうから。でもそれはおれらも庸三さんも知らないことで』

『このダムで若い男が死んだのは……あれはお前らがやったんだな、って、あのデカが。自殺に見せかけても無駄だと。庸三さんが、なんで俺らがそんなことしなきゃなんねえんだよって怒って、それでデカがまた何か言って……したら庸三さんが突然キレて』

『そ、それは……。庸三さんが「おふくろを悪く言うな！」ってキレて』

これで完全に流れが判った。

石井は、見込み違いをしていたのだ。

ホストの『翼』を殺したのは、和久井本人から、あるいは周辺から命を受けた山添だったのだが、それを、石井は、母親の情事を許せなかった庸三の仕業だと推測してしまった。

子供としては、淫乱な母親ほど堪え難いものはない。それでも見て見ぬフリをし、非行に走ってその気持ちをまぎらわしていたのだろうが、突然、母親の不倫の事実を目の前に突きつけられ、しかも殺人の容疑者扱いされたとしたら？

石井は、あいつらしい緻密《ちみつ》な証拠を突きつけて庸三を追及してしまった。

国見病院が横流ししている薬物の線を追ううちにたどりついた庸三が、ホスト殺しの容疑者だと石井が考えたのは無理もないのかもしれない。しかし、和久井代議士が力ずくで自分の妻の不始末を清算させたという可能性までは考えが及ばなかったのだろう。

母親の男遊びという不名誉な事実を突きつけられ、しかもその相手殺しの犯人と名指しされて激昂した庸三は、数人の手下たちとともに、石井をダムから突き落としたのだ。

その証言を佐脇がきっちり取る前に、邪魔が入ってしまった。しかし、仮にきちんと供述調書をとったところで、和久井の息の掛かった県警上層部に握りつぶされるのがオチだ。

入江の言う通り、県警は、全力を挙げて、和久井を守ろうとしている。和久井を守るということは、妻の麗子がスキャンダルから、息子の庸三が、犯した罪から守られるということでもある。

佐脇は、あの夜、ダムで石井が若者たちの集団に取り囲まれているところを目撃した若者二人となんとか連絡をとろうとした。

一人は携帯電話の電源が入っておらず、もう一人のものは解約されていた。

最初に話を聞いた時に住所を聞いてあったので、佐脇は会いに出かけた。次の行動を起こす前に、彼ら目撃者の話をもう一度確認して、決心を固めておきたかったのだ。

石井と揉みあっていた若者たちの背恰好が庸三たちと一致すれば、裏は取れたに等しい。

が。まず片方の住所を尋ねてみると、不在だった。アパートの郵便受けにはかなりな量のダイレクトメールなどが溜まっていた。

得体のしれない男が郵便受けを調べたり、ドア付近を何度も見ているのを見とがめたのが、一階に住んでいる老婆だった。いわゆる町内の情報通、というタイプのその老婆は、佐脇が特に訊きもしないのに、その部屋の住人は怪我をして入院していると、入院先の病院まで教えてくれた。

「なんか、通り魔に襲われたらしいよ。物騒だねえ、最近は」

老婆はそう言って顔をしかめて首を竦《すく》めた。

これも口封じか。

胸騒ぎを覚えつつ佐脇が言われた病院に急ぐと、たしかに目撃者の彼が肋骨を折られて入院していた。

ベッドに寝ていた彼は、病室に入ってきた佐脇の顔を見るなり、顔色を変えた。

「会いたくないんだ！　帰ってくれ！」

そう怒鳴ると毛布を頭から被った。

「ファミレスであんたにいろいろ喋った後、やられたんだ！」

「通り魔だと聞いたんだが」

「ああ、通り魔だろ！　警察は通り魔に間違いないって言ってたけど……」

そこまで言うと、我慢出来ないという感じで若い男は毛布から顔を出した。恐怖と怒りでパニックになっている。

「『余計なこと喋りやがって』と口走ったんだよ、その通り魔は。判るか？　本当は通り魔じゃないだろ？　あんたに喋ったから、おれを狙ったんだろ？」

「それは……」

「あんた、警官だと言ったよな。なんだ？　警察ってヤクザみたいに仲間割れしてるのか？　なんで証言しただけのオレが消されかけたんだ？　口封じかよ！」

男は溜まっていたものを一気に吐き出すように話した。

「バイトが終わって、もう深夜だったんだけど、帰り道で、いきなり。金属バットで殴られたんだよ！　頭とかやられたら死んでたよ、絶対。だけど、完全に頭は外してたね」

目撃者の若い男は、胸を押さえた。

「あばらを狙われたんだ。参ったよ。折れた骨が肺に刺さってた。死ぬ寸前だったんだと。その寸止め加減が素人《しろうと》じゃないって、おれにだって判るよ」

彼は気弱な笑みを浮かべた。

「で、なにしに来たの？　おれの見たことは、あの時もう全部喋っちゃったよ。ほかに話すことないし。その前に、オレがナニを言っても『通り魔だから』としか言わない刑事をなんとかしろよ。おれを襲った奴は、『これ以上余計なことを言うと、次はもっと怖いぞ』って言ったんだぜ。一緒にファミレスであんたに話をしたあいつ。あいつがどうなってるのか、心配だよ」

取りつく島はまったくなかった。法廷で証言するのはもちろんのこと、目撃談の再確認すら出来る雰囲気ではない。

「もう一人の彼はどうなった？」

若い男は、しばし目を泳がせた。

「さあ。おれがやられたのを知って、バイトもやめてどこかに行っちゃったみたいだよ。

県外に引っ越したって話だけど、携帯も解約しちゃって、連絡の取りようもないよ」

彼はそう言って、佐脇をじっと見た。

「なんか、悪い予感がする。もう、いいだろ。警察は何も言ってこないし。この前電話で聞いたら、捜査はやってます、何か判ったら知らせますって、相手にしてくれなかったし。ふざけんなよ、あんたら。何も悪いことをしてない市民を守れない警察なんていらねえよ」

「いろいろと申し訳ない」

佐脇は深々と頭を下げた。彼に対しては謝るしかない。

「君の安全は、私のほうから関係部署に伝えて絶対確保するから。通り魔の捜査についても急《せ》かせて、現状を報告させるから」

ホントかよ？　と相手は疑わしい目で佐脇を見た。

「ま、とにかく、前に喋った以上のことは何もないので。そういうことで」

若者は佐脇にそっぽを向いて毛布を被ってしまった。

確実に、手が回っている。

佐脇はポケットマネーから出した見舞金の封筒をベッドサイドのテーブルにそっと置いて、辞去した。

前回、彼が佐脇に喋ったことは、石井としか思えない小柄な男が『毛皮のついた紫のダウン着た、お洒落な感じの若者』に突き飛ばされていて、あとからそいつの援軍が押し寄せてきた、という目撃情報だ。そして一一〇番通報したのに警察が出動した形跡はなく、しかも事件当夜の、あの付近の道路のNシステムの画像はすべて消去されているのだ。

県警ぐるみの、完全な隠蔽《いんぺい》。

その背後にいるのは、地元で隠然たる力を持つ和久井代議士。金子署長を完全に意のままに動かすだけではなく、警察庁から入江がやってきたということは、県警レベル以上の影響力が働いていると考えて間違いないだろう。県警が和久井にここまで忠実に動くということは、県知事レベルまでが汚染されていると見て間違いない。地方分権が進みつつある現在、この地域の政権は、いわば自治体ぐるみで和久井家のスキャンダルを揉み消す態勢だ。マトモな手段では和久井庸三を起訴どころか、逮捕すら出来ない。

だが法で裁けないからと言って、あの不良息子にぬくぬくと罪を逃れさせることは、断じて出来ない。県警上層部が庇《かば》えば庇うほど、和久井代議士が権力に物を言わせ、汚い手を使えば使うほど、それを知った佐脇の怒りは募った。

第一に、与党有力者の二世である立場をカサに着て、田舎の県警なんぞアゴで使えると決めつけているクソ代議士に腹が立つ。議員でありながら児童買春という重大な犯罪行為を犯しているロリコン狂いのエロ親父だ。そして、金だけを浴びるほど与えて育てたその息子は完全な出来損ない。こんな屑に、あの優秀な石井を殺されたままでいられるわけがない。

滅多に他人に同情しない佐脇だが、ふと、石井の恋人だった篠井由美子の顔が浮かんだ。

真面目な男に真面目な女。二人は地味に静かにゆっくりと、愛を育《はぐく》んでいたのだ。その愛と未来を、出来の悪いドラ息子が無残に踏みにじった。

このまま放置することは許されない。罪を犯したのなら、きっちり償《つぐな》わせなければならないのだ。

そして、石井の死の落とし前をつけるには、法に頼るわけにはいかないということだ。立法府の一員たる代議士と、司法警察官がグルになって悪事を働いているのだから、それを罰するには、超法規的手段しか残っていないではないか。

佐脇は、制裁を実行に移すことにした。

マスコミは飽きやすいのか、はたまた入江から包囲網解除の指令が飛んだものか、佐脇のマンションからすでに『報道陣』の姿は消えていた。

佐脇は預けてあった修理工場から、愛車の真っ赤なフィアット・バルケッタを受け出した。

今まで乗っていたひかるの車では、これからの行動にはパワーが足りない。このド派手な車を田舎で走らせるのは自ら証拠をばらまくに等しいし、バルケッタは見てくれ優先の軽い車なのはカー・マニアなら周知の事実だ。しかし、佐脇には秘策があった。

＊

夜。

佐脇は二条町の、庸三行きつけのゲームセンターの前で張っていた。奴がシルバー・メタリックのホンダNSXに乗っていることは知っているし、そのナンバーも以前見た時に職業柄しっかりと覚えている。

彼は、庸三の動きを監視していた。とは言え、乗っているのが人目を引くフィアット・バルケッタだからむやみに尾行することはできない。だが、このゲームセンターのそばで網を張っていれば必ず引っかかる。

案《あん》の定《じょう》、庸三はやって来た。これ見よがしにNSXをゲームセンターの近くに路上駐車して、店の中に入って行った。

ゲームに興じる庸三を、佐脇は車内で待った。今度車に乗りこんだが最後、ヤツは再び自分の足で地面を踏むことはないだろう。

そう思うと、佐脇は冷静になった。体の芯《しん》に氷でも打ち込まれように、冷徹な気分になっていた。

もし、ゲーセンで誰かをナンパして車に乗せるようなら、その無関係な女が降りるまで待つしかないが、どうせやることは一つ。気を長くすべての条件が整うまで、いくらでも待ってやる。

やがて、二時間が経ち、庸三は少女と一緒にゲームセンターから出てきた。この前、庸三につれなくされて泣いていた、ケイコという金髪の少女だ。

だが、二人の雲行きが怪しい。少女が庸三の腕を引っ張り、引き留めようとしているが、庸三はその腕を振り切った。諦《あきら》めない少女は、ほとんど意地になったように庸三にすがりついたが、それもまた簡単に振りほどかれて突き飛ばされ、路上に倒れた。

少女は泣きわめき、大声で怒鳴《どな》っている。態度を豹変させた彼をなじっているのだろう。

だが庸三は無反応で冷たく一瞥《いちべつ》すると、車に乗りこみ、少女を拒絶するようにドアを閉め、これまた少女を追い払うように神経質にエンジンを吹かせると、あっちへ行けと言わんばかりにタイヤを鳴らして急発進させた。

チャンス到来。今、NSXに乗っているのは庸三だけだ。

佐脇はアクセルを踏み込んだ。

もうすこし行けば、Nシステムが配備されていない道路に出る。そのエリアを佐脇は熟知している。何度検挙しても懲《こ》りない暴走族を挙げるのに、Nシステムの無いところで覆面パトカーで煽《あお》り、族連中の自慢のマシンを大破させ、本人にも大怪我をさせて懲らしめる。この『手法』は結構頻繁にやっている。そのためにもNシステムを回避し、証拠を残さないスキルは磨かれているのだ。

だが今夜の佐脇には、庸三を『懲らしめる』というレベルでやめておく気はなかった。

「罠《わな》にかかったな。どうせ死ぬなら、それまでに小便ちびって、神や仏にすがりたくなるほどの猛烈な恐怖を味合わせてやる」

道路は港から離れて、どんどんと山の方に入って行く。この辺は岬のように山が海にせり出した地形で、岬の付け根に港があるから、道はすぐに山の中に入る。そうして人家もまばらになって交通量も減る。道路が田圃の真ん中を突っ切るようになれば、もうNシステムはない。

やがて、窓外には田圃が広がった。

佐脇はアクセルを踏み込み、真っ赤なバルケッタのノーズをNSXのテールすれすれに接近させた。庸三はアクセルを踏み込む。しかし佐脇はさらに容赦なく踏み込んで、またも接近させた。ここで庸三がわざと急ブレーキを踏んでぶつけてきても、佐脇のバルケッタのブレーキ能力は高いし、ハンドルの追従性もいい。

次はNSXを追い抜いて前に回り込み、急ブレーキを踏んで追突を誘ってやった。

庸三も急ハンドルを切って回避したが、バックミラーに映るその顔は激昂していた。

その後二度ほど急ブレーキを踏んだり蛇行運転をしたりして煽ってやると、ついに庸三は完全にキレた。

アクセルを踏み込んでバルケッタの前に出ようとする。が、佐脇は巧みにハンドルを切ってその追い抜きを阻《はば》んだ。片側一車線の田舎道だが深夜になるともう他に車の影はない。

このまま幅寄せしてやれば、庸三の車は田圃に横転するか用水路に突っ込んで終わりになるが、それでは目的が達せられない。怒らせるだけでは意味がないのだ。

多少冷静な相手なら、ここまで煽られれば異常を察して停車して相手をやり過ごすか、あるいは交差点で別の道に逃げるのだろうが、すでに庸三は完全にキレていたし、そもそも自分にこういう真似をしてくる命知らずがいること自体、性格的に許せないはずだ。

が、交差点で庸三は急ハンドルを切って右折し、佐脇の前から消えた。その道は農道で、田圃の中の里山をぐるっと廻っている。

案の定、次の交差点で、遠回りになる農道を一度離れ、ショートカットして先回りしたＮＳＸが横から現れ、佐脇のバルケッタの前に出た。

ここで佐脇は思い切りアクセルを踏み、バルケッタのノーズをＮＳＸのテールにぶつけた。オカマを掘ったのだ。あわせて、ヘッドライトで派手にパッシングをし、ホーンをけたたましく鳴らしてやり、駄目押しにもう一度、バルケッタのノーズをぶつけてやった。

これで車を路肩に寄せたり、ブレーキを踏んで完全に停車すれば、庸三の負けだ。だが、暴走族のメンタリティでは、ここで負けることは許されない。こっちがパワー不足のイタ車だけに、こんなイカれた野郎はとことんやっつけなければ気が済まない、と息巻いているはずだ。

しかし、佐脇のバルケッタは、普通のバルケッタではなかった。ひかるのクルマに乗っている間に馴染みの修理工場に入れて、チューンナップさせていたのだ。エンジンを元の一八〇〇CCのものから三〇〇〇CCに換装し、それに合わせてブレーキもサスペンションも強化した。ハッキリ言えば違法改造車で、警察官が所有すべきクルマではないのだが、もはや佐脇の存在自体が違法と言ってもいいのだ。

庸三のNSXが多少改造されていたとしても、充分勝てる状態にチューンされている。しかも、佐脇の超攻撃的な運転は、庸三が減速すれば、ぶつけてでも強引に前に進んでやるという意思を明確に表現していた。

ヤツには逃げ切るしか残された方法はない。どんな脇道に逃げ込もうが追い続けてやる。幸いこの辺りはしばらくNシステムはない。庸三が死ねば何があったのか証拠も残らない。

佐脇は更にアクセルを踏み込んだ。いくつかの信号は赤だったが、脇から車が進入してくる気配などないし歩行者もいない。

派手にパッシングを繰り返し、ホーンも鳴らし、接近しては遠ざかり、また接近してテールすれすれまで寄せる煽りを繰り返した。

決め手は、S&Wの三十八口径だった。ハンドルを操りながら、左手で窓から突き出し、銃口を向けてやったのだ。

庸三のNSXは一気に加速した。チキンで虚勢を張るしか能のない、出来損ないのドラ息子が恐怖に顔を歪ませている様子が、簡単に想像出来た。

佐脇の目の前を爆走しているNSXは、テールを左右に振っていた。動揺しているのか、スピードの出しすぎでハンドリングが難しくなっているのか、整備不良か。

いずれにせよ佐脇には好都合だ。

しかも、ゴールは間近だということは佐脇は知っていてもヤツは知らない。この先に鼠取りがあるのだ。車の通行の少ない、一本道。走り屋が週末にやって来ることも多くなり、県警の小遣い稼ぎで、スピード違反の取り締まりをする好ポイントになっていた。

冷静な時の庸三なら走り屋として注意深くもなっていようが、今はそんな状態ではない。

やがて、二台の車はNシステムが設置されている領域に接近した。そして、側道には、スピード違反取り締まりのパトカーが待機しているのも見えた。

佐脇は、エンジンブレーキをかけて速度を落とした。

　しかし庸三のＮＳＸはスピードを落とさない。突然減速したバルケッタを振り切ったと安堵しているのか、逆転勝利に小躍りしているか、あるいは完全に逃げ切ろうと目を血走らせているか。とにかく、ＮＳＸはそのまま突っ走った。

　突然、暗闇の中でパトライトが赤く回転し、ヘッドライトが闇夜を切り裂いた。

　電子音ではない、威圧的なサイレンを鳴らしながら、パトカーが脇道から飛び出すと、庸三の車を追尾し始めた。

　ここで佐脇は脇道に外れてブレーキを踏み、完全に停車させるとタバコに火を点《つ》けた。後は高みの見物だ。バルケッタはＮシステムに捕捉されてはいない。

「そこのＮＳＸ、止まりなさい！　今すぐ停車しなさい！」

　エンジンの轟音と、かなり荒々しいパトカーのスピーカーから発する警告が聞こえてきた。近くに待機していた別のパトカーも追跡に加わったのだろう、車の走行音が増えた。

　佐脇のいる位置からはその追跡は見えない。しかし、遠くから響いてくる音だけ聞いていれば状況はハッキリと判る。

　庸三は、即座に免許取り消しになる速度違反をしている。それに多分、酒を飲んでいるだろうし、車内には違法な薬物もあるだろう。ここで捕まればヤバい。さすがに親の七光が利かないかもしれない。利いたとしても無傷では済まないだろう。だが逃げ切って現行犯逮捕さえされなければ、あとからいくらでも揉み消しは利く。

いるはずだ。ヤツなりに出来の悪い頭でそう考えたに違いない。でなければ、警告に従って停車して

「この先は、T字路なんだよな」

佐脇が呟いた時、遠くからけたたましいブレーキとスリップの音、さらに激しいクラッシュの轟音が響いた。

佐脇は一旦来た道を戻り、迂回して、現場近くまで車を走らせた。遠くに回転する赤色灯と大きな炎が見えた。

車を置いて徒歩で近づいてみると、T字路の突き当たりに立ちはだかる工場のコンクリート塀に銀色の車が激突して炎上していた。庸三のNSXはぐにゃりとねじ曲がり、原形を留めていない。

スピードを出し過ぎていた庸三がカーブを曲がり切れず、コンクリート塀に激突したのは明白だ。

周囲にはパトカーが数台停まり、警官が路上で立ち尽くしていた。この状況では手のつけようがない。まもなく消防車と救急車がサイレンと鐘を鳴らしながらやって来た。しかし現状を見る限り、庸三は車中で即死か、焼死だろう。路上に投げ出された様子もない。

目的は、果たした。

それが石井の敵《かたき》討ちだったのか、あるいは自らの憎しみを晴らす行為だったのか、佐

脇にも判らなくなっていたが、とにかくこれで気は済んだ。

その翌日、地元新聞の社会面ではトップで、ローカルテレビ局のニュースでも最初に、庸三の交通事故死が報じられた。

「T三区選出の和久井健太郎衆議院議員の三男、和久井庸三さんが、昨夜、交通事故を起こして死亡しました。県警鳴海署によると、和久井さんが運転する車が県道二四六号線を大幅なスピード違反で走行しているのを取り締まり中のパトロールカーが発見、追跡したところ、和久井さんはT字路でカーブを曲がり切れず、農協の飼料工場のコンクリート壁に激突し、即死しました」

昨夜遅く帰ってきて、愛車を自分のガレージに入れたついでに、久々に自宅に戻ったのだが、佐脇にはどこからも連絡は入らなかった。入江も金子も、その他の連中も、みんな和久井対策で忙しく、佐脇に構うヒマがなかったのだろう。というよりも、佐脇を下手人としてしょっぴこうにも、証拠が出てこないのだろう。庸三のNSXのテールには追突された跡が残っていたはずで、佐脇のバルケッタのノーズにも、ぶつけた跡があるのだが、肝心のNSXは大破して炎上してしまったから、バルケッタが追突したという証拠は消えてしまったはずだ。

それにしても、入江から「やったのは君だろ」という電話すら入らないのが、かえって気味が悪い。

起き抜けに立て続けにタバコを吸ったので咳き込んでいると、電話が鳴った。

ほれきた、と身構えて出てみると、相手は磯部ひかるだった。

「佐脇さん、昨日は私のマンションには戻らなかったのね？」

「なんだお前か。まあ、ずっと自宅を空けとくのも物騒だからな。様子を見に来たら誰も張り込んでないんで、郵便物とか古新聞の整理をしてるうちに面倒になってな」

ふーん、とひかるは不審そうな声を出した。

「せっかく出張から戻ったのに。こってり抱いてもらおうってワクワクしてたのにな」

昨夜、ひかるを抱けただろうか。まるでその気にならなかったか、あるいは感情が高ぶって、そのまま激しいセックスになだれ込んだだか。

「今から会えない？　ちょっとお休み貰ったし……例の件のことも聞きたいし」

ひかるが言うのは、関空で会った出張ホストの元締めのことだろう。

「判った。またこっちから連絡する」

電話を切ってシャワーを浴びていると、また電話が鳴った。どうせひかるだろう。一度で用件の済まない女だ。

「なんだ！」

濡れたまま電話を取った佐脇は乱暴な声を出したが、相手はひかるではなかった。

「……和久井麗子です」

あ、と佐脇は呻いた。

「今からすぐ、お目にかかりたいのです」

感情を殺した声に、嫌とは言わせない、という凄味《すごみ》が感じられた。

「国見病院で待っています。すぐ来てください。では」

用件だけ言って、電話は切れた。

昨日の今日で、バルケッタで行くのは憚《はばか》られたが、タクシーを呼ぶのもまだるっこしい。

佐脇はそのまま愛車に乗ると、国見病院に急いだ。


庸三の遺体は司法解剖が終わって、霊安室に安置されていた。

「ご覧になります？　ほとんど炭になってますけど」

遺体の枕元に立ち尽くしていた麗子は、魂が抜けたような虚《うつ》ろな顔で、佐脇に言った。

あれだけの炎で焼かれたのだ。コンクリート塀に激突した衝撃で即死したのか、一瞬にして爆発炎上したその炎で焼死したのか、炭になるほど燃えてしまったのでは、解剖してもよく判らないだろう。

「いや、結構」

佐脇は遺体を包んだ白いシーツを捲ろうとする麗子を制止した。仕事柄、無残な死体は山ほど見ているが、今回ばかりは御免《ごめん》被《こうむ》りたい気分だ。

麗子は、血の気が失せた青ざめた顔で終始無言だった。凄味すら漂う彼女に、佐脇は何も言えなかった。

庸三は、グレて始終問題を起こしていた。いずれ、というより既に、父親だけではなく、政界進出を準備中の、腹違いの兄の足までを引っ張る存在でしかなかった。この女と和久井の夫婦仲も、やがてはこの不良息子のせいでうまく行かなくなるのは確実だっただろう。母親だから今は悲しむのは仕方がないが、そのうちにこの女も、仕方がなかったのだ、息子が殺人犯として挙げられるより、不慮の事故で若くして死ぬというほうが良かったのだと悟ることだろう……。

自分にそう言い聞かせることがやましさの裏返しだと気づいて、佐脇は憂鬱《ゆううつ》になった。

「……あなたが殺したのね。どうしてなの？　あの子が一体あなたに何をしたというの？」

やがて口を開いた麗子は、押し殺したような声を出した。

「何を言っているのか、判らないな」

佐脇はシラを切った。どう考えても、自分が庸三を追い込んで事故死させたという証拠は、残っていないはずだ。

「ご子息が亡くなったことについてはお悔やみ申し上げます。しかし、私には関係のない話だ。あなたの気持ちは判る。お子さんを亡くして動転なさってる。それは判るが、感情的になって良いことは何ひとつない」

「あなたは、あくまで自分は関係ないとおっしゃるのね」

思い詰めた表情の麗子は、霊安室を出ると、廊下の奥に向かって「でてらっしゃい」と声をかけた。

と、L字形に曲がった廊下から現れたのは、いつぞやゲームセンターで庸三に冷たくされて泣いていた、金髪の少女ケイコだった。そう言えばあの夜も、庸三を車に乗せまいとゲームセンターの前でさんざん腕を引っ張っていたのだ。

ケイコは、佐脇の顔を上目遣いにじっと見た。

「あなたが言ってたのは、この人に間違いないわね？」

少女はこくりと首肯《うなず》いた。

「……はい。その人です」

「あなたが何を見たのか、言ってくれる？」

証言を引きだす麗子は、妙に手慣れていた。

「あたし、見たんです。庸ちゃんの車を、変わった形の外車が追いかけて煽るところを。車の中にいたヒトの顔もしっかり見たから」

「その運転していたヒトというのは、誰？」

ケイコは黙って佐脇を指差した。

「前にもゲーセンで見かけたことがあるので、顔を覚えてたし……あの真っ赤な外車、他で見たことないから、見間違えることはないし」

迂闊《うかつ》だった。女の子はクルマには興味ないと決めつけていたし、夜だから車内はよく見えないと想定していたのだ。いやその前に、彼女がこちらを見たという記憶がない。

「……このままじゃ、庸ちゃんが可哀想」

少女は目に涙を一杯に溜め、唇を震わせて言った。

「必要なら私、裁判にでも何にでも出るから。証人になるから」

面倒なことになった。だが、庸三には、死ななければならない理由があったのだ。

佐脇は反撃に出た。あんなクソガキの親とカノジョに足を引っ張られてたまるか。

「まあいいだろう。仮にだ。百歩譲って、あんたの息子は俺のせいで死んだとしよう。そこにいる子に証言させて、どうしても裁判にするというのなら、それもいい。だがそれが彼にとっていいことかどうか、あんたは事情を知らないだろう？　自分の息子のことを、なーんにも知らないんだろう？」

佐脇が麗子を睨むように見ると、庸三の母親は目を背けた。

「あんたは母親だから、息子を無条件に可愛いのは判る。だが、残念ながら、彼は天使というわけではなかった。それについては、そこにいる彼女がよく知っているだろう」

母親として知らないほうがいいこともあるが、お望みならあんたの息子が何をしていたのか、洗いざらい公にしてもいいんだぜと佐脇が続けると、麗子は半狂乱になった。

「それが何なの？　私を脅かしているの？　あの子が何をしていようが……最悪、人を殺していたって、死刑になんかなるはずがないでしょう？　あの子はまだ未成年なんだから！」

「落ち着くんだ！　和久井夫人！」

佐脇は麗子を名字で呼んだ。

「……あなたは自分の立場を考えたほうがいい。あなたは庸三の母親である前に、代議士の妻でもあるんだぞ。相当なワルだった庸三の悪事が露見したら、かなり面倒なことになる。親の責任を追及されて和久井が議員辞職に追い込まれるか、それを逃れても、選挙で落ちたらどうする？　いや、かろうじて当選しても、スキャンダルを背負った議員は党内で出世しないぞ。親が大物でもまるで芽が出ない二世議員なんて選挙民に値打ちはないから、いずれ落選する。議員は世襲だと思い込んでいたあんたら一家は路頭に迷うんだぜ」

「あの人のことなんかどうでもいいのよ！」

麗子は泣き叫んだ。

いつもの一糸乱れぬ楚々とした代議士夫人ぶりは見る影もない。髪は乱れ、化粧もすっかり取れているが、その分、艶々した素肌と本来の若々しさが露わになっている。たぶん、この女の中身は、和久井に孕ませられ、出来婚に持ち込まれた高校生のままなのだろう。

「あの子が……庸三がいなければ、こんな結婚、続ける理由もなかった。私の人生って何だったの？　和久井もあなたも勝手な理由で人をおもちゃにして……許さないから！」

自分の息子と年の変わらないような若い男とさんざん遊んでおいて、今さらそれはないだろう、あんただって、と佐脇は口に出しかけたが、それはやめた。

「和久井の力で佐脇さん、あなたのことを絶対潰してやるわ！」

麗子の目には異様な光が宿っていた。

「力っていうものは、あるうちに使うのよ。それで力は守られるの。あんたみたいな県警の一職員なんか、なんとでも出来るわよ。それに和久井は、地元のマスコミも押さえてるんだから、あんたの口を封じるのなんか、簡単なことよ！」

「あんたはいい母親だったからな。いつだって子供第一の」

佐脇は皮肉たっぷりに言い返したが、それが麗子をさらに激昂させた。

「何が言いたいのかわかるわよ。あたしは良い母親なんかじゃなかった。学歴もなくて、出来婚でロリコンのじじいと一緒になった、何をやっても中途半端なダメな女よ。でも、そんなあたしでも、あの子は慕《した》ってくれたのよ。母さん、母さんって。あたしをそこまで慕ってくれたのは、あの子だけだったのよ！」

「……よく言うぜオバサン。だったら男遊びもほどほどにすれば良かったじゃないか」

佐脇が言いたいことを代弁したのは、声変わりしたばかりのような少年の太い声だった。

ケイコの後ろから姿を見せたのは、庸三とつるんでいた仲間の晋一《しんいち》だった。

「あいつは……庸三は全部、知ってたんだぜ。あんたが、あいつやあんたの旦那に隠れて何をしていたのか。あいつがグレたのは、アンタの男遊びが原因なんだぜ」

晋一は責めるような鋭い目で母親を睨みつけた。

「な、何を言ってるのっ！」

麗子は目を剝《む》いた。

「何よアンタは！　どうせこのオマワリの差し金でしょ！」

「いいや。おれは関係ないよ」

佐脇は、意外な展開にめんくらった。どういうつもりで晋一が現れたのか。単純に、友達の死をコイツなりに悼《いた》んで、ということなのか？　そんなに純粋な気持ちの発露であると考えていいのか？

「オバサン。あんたは全然判ってないよ。判ってないくせに、勝手にモノゴトを決めつけるなよ。そういうの庸三は一番嫌ってたんだぜ。あいつがあのデカを殺《や》ったのだって……」


そこまで言って、晋一はしゃべり過ぎた、という表情になって口を噤んだ。

「アナタ、ナニ言ってるのっ！」

麗子は金切り声になって晋一に言い募ろうとしたが、その後は興奮のあまり言葉にならず、キイーッと叫ぶと全身をガクガクと痙攣させながらその場に倒れてしまった。最近ではあまり見ない、ヒステリーの典型的な発作だ。

「庸ちゃんのお母さん！」

少女が慌てて麗子に駆け寄って抱き起こした。佐脇は壁に取り付けられている館内電話を取り上げると受話器に告げた。

「霊安室で遺族が発作を起こして倒れた。鎮静剤を用意して飛んでこい」

電話を切ると、彼は晋一に近づいた。

「おい。今の話、もっと詳しく聞かせてもらえるか？」

イヤとは言わせない、と佐脇は晋一の腕を強く摑んだ。

「あ、あのオバサンはいいのかよ？」

「ただのヒステリーだ。放っておいて大丈夫だ。連絡もしたし。さあ行こうか」

佐脇は、パニックになっている女二人をそのままに、国見病院を後にした。

＊

三日が経過した。

県警内の、そして県知事や与党周辺との調整が終わったのか、入江がやっと佐脇に呼び出しの連絡をしてきた。

「遅いじゃないですか、刑事官殿。根回しがよっぽど大変だったようですな」

「とにかく、会って話そう、佐脇君。電話でする話じゃない」

入江は、セントラルホテルの一室を指定した。鳴海署の中ではいろいろと不都合なのだろう。佐脇も、要人を任意で聴取する時にはこのホテルを使う。名前はセントラルだが、実態は安いビジネスだ。

指定された午後一時に部屋のドアをノックすると、入江が応対した。

「悪いが、身体検査させてもらうよ」

入江は佐脇の全身をチェックした。

「ご心配なく。あんたを取って食う気はありませんから」

彼はポケットから携帯電話と財布を出して入江に見せた。

「武器のタグイもICレコーダーも、何も持ってませんよ。携帯も切りましょう」

携帯電話の電源を切りつつ部屋の中を見渡すと、ベッドの他に応接セットのあるセミ・スイートの室内には、入江以外に誰もいない。

「サシで密談ってわけですか」

入江は何も言わず、佐脇に椅子を勧めると自分も先に座って一通の書類を示した。

「無駄話は省こう。これは、山城恵子《やましろけいこ》の供述調書だ」

「ヤマシロケイコって誰です？」

「和久井庸三の事故当夜、君を目撃した人物だ」

あの少女のフルネームはヤマシロケイコと言うのか。

調書に目を通し始めた佐脇に、入江は畳みかけるように言った。

「君の車は、たしかにNシステムでは捕捉されていない。だが、山城恵子以外に複数の目撃証言を取ってある。慎重な君が、あんなド派手な車を使ったのが敗因だったな。かなりの数の人間の記憶に残ってるんだ」

入江はニヤリとした。

「暴走族同士の煽り合いかと思ったが、前を走ってる奴の顔が引き攣ってたんで、馬鹿なゾクのレースではないと判ったとか、派手な外車が国産車を執拗に煽って爆走していたから、てっきりヤクザを怒らせた族が追われてると思ったとか。煽っている車のナンバーを覚えてる人もいたぞ」

あの県道には人影はなかったはずだが、どこに人目があるのか判ったものではない。いやその人目さえ警察は捏造できるという素朴な事実を、佐脇は改めて突きつけられた。

「和久井庸三を事故死に追い込んだ責任を問うても良いんだ。道路を慎重に調べれば、君の車のタイヤの痕跡とかも出てくるだろうしな」

「まさか。ブレーキも踏んでないのに出てくるわけは……」

と言いかけて、佐脇はやめた。その気になれば警察は鑑識の結果などいくらでも捏造出来るのだ。結論が先にあれば、それに辿りつくような証拠を揃えるのは簡単だ。そして、多くの場合、それをひっくり返すのは困難だ。

「いいでしょう。では私を危険運転致死傷罪で起訴すればいい。警察はクビになるだろうが、石井の無念を晴らせたのだから、文句はありませんよ」

佐脇は腹を括《くく》った。こっちがまったくの無傷というわけにも行くまい。

「キミキミ。それはあまりに都合のいい話だよな。自分でもそう思うだろ？　満額認められても最高二十年、併合加重が認められても最高三十年。無期懲役なら最高でもほぼ十七年で出所できる。それじゃあ殺人の罰としては見合わないよなあ。遺族の感情としては」

入江は冷笑しながら佐脇を眺めると、スーツの胸に手を伸ばし、S＆Wの三十八口径を取り出して、テーブルに置いた。手にはハンカチがあって、銃に指紋がつかないようにしている。

「君の名誉を守るために、殉職というカタチをとっても良いんだ。こちらとしては、君に依願退職されては困るのでね」

「つまり、そいつを使って拳銃自殺をしろということですか」

「私の口からは何も言えないよ。ただ、どうだろうね、このまま話が済むと思うかね？」

やはり録音を警戒しているのだろう。入江は慎重に言葉を選んでいる。佐脇は言った。

「しかし和久井代議士としてはスキャンダルさえ明るみに出なければ、それでいいはずじゃないのか？　スキャンダルの生産工場だった不良息子が死んでくれて、今は後顧《こうこ》の憂《うれ》いもなくなっただろう。それとも、おれが死ななきゃ完全に口を塞げないとでも？　おれとしては石井の死の真相が公表され、やつの名誉が回復されるのなら、取引してもいいんですよ。それはハナから言ってることだ」

しかし入江は、ハンカチ越しに構えたリボルバーを佐脇に向けた。

「駄目だ。取引ということじゃ納得しない方がいらっしゃるんだ」

「和久井代議士が？　それは解せませんね」

銃口を向けられながら、佐脇はタバコを出して火を点けた。

「そうだ。その大先生だ。君にあくまで死を以てご子息の死を償《つぐな》わせたいそうだ。しかも、強硬に言ってきてる」

「死ねというなら死にもしましょうが」

佐脇は紫煙を吐き出した。

「庸三は、父親の政治活動の邪魔にしかならなかったはずです。一家のお荷物だった息子が死んで、そこまで悲しむ人間ですか、和久井は？　そこまで情のある父親だったとはね」

「きみの疑問はもっともだが、問題は夫人なんだ」

入江は皮肉な笑みを浮かべた。

「私だって、こんな面倒なことはしたくない。信じてはもらえないだろうが、佐脇巡査長、私は君のことは評価していた。一緒に仕事をしたいとも思っていた。私は好悪《こうお》の感情ではなく、能力で人を見ることの出来る人間だ。だが、それが出来ない人間も多い。ことに女は駄目だな」

入江は拳銃を佐脇に向けながら続けた。

「和久井夫人が、君の死を要求している。それが叶えられない場合は、とんでもないスキャンダルがマスコミに出回るそうだ」

「大方、そんなところだろうと思っていましたよ」

隣県のホテルで麗子が見せてくれた携帯動画を佐脇は思い出した。

小さな液晶画面の中で、全裸の少女を和久井健太郎が犯していたのだ。

『これがあたくしの保険よ』

憎々しげな表情で携帯を折り畳んだ麗子の表情を思い出した佐脇は、やはりと腑に落ちた。麗子が切り札を使おうとしているのだ。息子の仇《かたき》を取ってくれなければ和久井の未成年淫行をマスコミに暴露してやると、愛されない妻にして不幸な母親は、夫であり、息子の父親である男を脅したのだろう。

「だから、きみの『処分』は、絶対条件なんだ。きみの決断がどうしても必要だということだ。きみだって、最後の決断は自分で下したいんじゃないか？」

「刑事官殿。おれは盗聴マイクも仕掛けてないし、この会話が外に漏れる心配はない。はっきり言ったらどうです？　おれが自分で拳銃の引き金を引くか、あんたがおれを撃ち殺すか、究極の選択をしろって」

入江は黙ったまま、冷たい目で佐脇を見つめるだけだ。

タバコが燃え尽きて、佐脇の指を焦がし、時間の流れが戻ってきた。

「……仕方ないですな」

佐脇は溜め息をついた。

「水を……いや、なにか酒を貰えますか。こんなおれでも、死ぬと決めたら喉がカラカラだ」

いいとも、と入江はミニバーにあったミニチュアボトルを全部佐脇に渡した。

それをチャンポンにしてごくごくと飲んで一息入れた彼は、諦観した表情になった。

「腹を括《くく》りましたよ。事情はわかりました。刑事官殿としても、与党の有力代議士からの圧力となれば仕方ないですな。だがしかし、どうせなら出処進退は自分で決めたい。武士の情けとして、そうさせて戴けますか」

「結構だ」

しかし、入江はホイホイと拳銃を佐脇に渡しはしない。佐脇が受け取ったら最後、即座に銃口が自分に向くかもしれないからだ。

「で、死ぬ前にそれとなく別れを言いたい相手がいるので、一本だけ、電話をかけさせてもらえますか？」

入江はニヤリとした。

「女か。いいだろう。だが、私が相手を確認してからだ」

「それでいいですよ」

佐脇は自分の携帯を入江に渡し、登録されている「山添美沙」に掛けてほしいと言った。

入江は自分の手帳を開き、番号を照合した。

「たしかに、これは容疑者の女房の番号だな。君が最後に声を聞きたい相手がこの女か。警察官として絶対に手を出してはいけない相手だけに、さぞやいい女だったんだろうな」

そう言いつつ入江は佐脇の携帯の番号をプッシュした。

頼むから出てくれ、美沙、と、表面平静を装いつつ、佐脇は心臓が止まりそうだった。

やがて入江が黙って携帯を佐脇に渡した。

「……美沙か。こんな時間だが、ちょっと声を聞きたくなってね。いや、用は無いんだ。済まなかったな。じゃあ」

電話の向こうで美沙が息を呑む気配がしたが、そのまま佐脇は携帯を切った。

「遺書を書かせてほしい」

「今生の別れなのにあっさりした電話だと思ったら、遺書か。さすがのきみも死を前にすると、諦観《ていかん》というか、枯《か》れた心境になるのかな」

「最後の最後まで、皮肉なお言葉、痛み入ります。三十分だけ、時間を戴けますか」

佐脇は入江に頼んだ。

「そういう律儀《りちぎ》な面があるとは意外だったな。いいだろう。遺書があったほうが、後始末をする側としても何かと都合がいい。書名と押印を……この場合、拇印でいいだろう。それを忘れないでくれ」

入江が見ている前で、佐脇はホテルの便箋にペンを走らせた。

きっかり三十分後。

書きあがった『遺書』を手に取った入江は、目を通すうちにみるみる険しい顔になった。

「どういうことだね。これは、遺書ではなく供述調書じゃないかっ」

「その通りですよ。あとは和久井庸三の遊び仲間である新見《にいみ》晋一に署名、捺印させれば一件落着です。私の部下である石井雅彦巡査が与路井ダムで殺された、その真相の一部始終です」

「おい、君」

入江は手にした『遺書』をぱんぱんと叩いた。

「こんなものが通用すると思っているのか、きみは？　任意の事情聴取すらやってないというのに」

「だったら奴を呼びだして取ればいいだけの話でしょうが」

「だから。そんなことは出来ないと、何度言ったら！」

苛立たしく入江が声を荒らげた時、彼の携帯が鳴った。

話の腰を折られて不快そうに電話に出た刑事官は、眉間に皺を寄せ、低い声で「判った」と返事すると通話を切った。

「和久井庸三の不良仲間の河瀬啓介がたった今、自首してきたそうだ。与路井ダムで石井巡査を暴行し、結果的に死なせてしまったと言ってな」

入江は佐脇を見据えた。

「これは、きみの差し金か？」

「さあね。河瀬啓介には、もしもお前がやったのなら、殺意はなかったと言えと、それだけはアドバイスしましたが」

佐脇はうそぶいた。啓介が自首したというなら、三十分前に佐脇が仕掛けた『爆弾』はすでに作動しているはずだ。

「刑事官殿。あれはインターネットに接続しているはずですよね」

佐脇は机の端にある、入江の個人所有らしいノートパソコンを顎で指して言った。

「ちょっと起動して、検索してみていただけませんか。キーワードは『和久井、未成年淫行、画像』あたりで、ひとつよろしく」

「なにを言っているんだ、きみは?」

すでに「勝ち」を確信したかのような佐脇の様子に何かを悟ったのか、入江は飛びつくようにノートパソコンを開けてネットに接続し、キーワードを入力した。

まもなく、エリート刑事官の口許が歪み、呻き声が漏れた。

「佐脇くん。これもきみのやったことなのか?」

画面には佐脇が麗子から見せられたものと同じ、和久井が未成年の少女とベッドで絡み合っている動画が映し出されていた。

麗子との逢い引きの後、佐脇はスーパーハッカーの三橋に命じ、麗子の持っている画像を盗ませた。パソコンの画面から出ている電波を検出し、パスワードをクラックする「テンペスト」という技術を使ったらしいが、門外漢の佐脇にはその方法はよく判らない。

だが入手したそのスキャンダラスな画像は、もしもの時のための切り札にしておいた。

この切り札ファイルを誰か一人だけに預けておくのは心もとないので、美沙を含めた複数の女たちに送信しておいた。

『用はないが声を聞きたくなった』

これが合言葉だった。佐脇が正気なら絶対に言うはずのない、この言葉を合図に、佐脇の女の誰かが、ただちにネットに流すという手はずを整えておいたのだ。

同時に、庸三のダチ・啓介を締め上げた。和久井代議士はほどなく失脚する。同時に父親の威光を失った庸三もアンタッチャブルな存在ではなくなり、ただの不良に格下げになる。そうなれば交通違反、レイプ、万引きと、山ほどある罪状が過去に遡《さかのぼ》って検挙され、裁判になる。しかも常習犯だから成人扱いの刑事裁判だ。当然、共犯のお前も道連れだ。そうなる前に自首して少しでも罪を軽くしろ、と因果を含めておいたのだった。

「庸三が石井を殺した本当の理由は、奴が母親のことを言われて逆上したからです。石井は、国見病院の副院長が発行した不正な死亡診断書の線を追っていました。その捜査の途上で、庸三の母親が出張ホストを買っていた事実を摑んだ。それを石井が突きつけたので、奴は逆上してしまったんです。今から考えれば不用意な追及の仕方だったとは思いますが、石井は融通が利くほうではなかった。捜査官としては非常に緻密で、優秀な男でしたが」

佐脇の説明を聞く入江の顔からは表情が消えていた。

「真相は以上です。ところで和久井の息子が石井を殺った『本当の動機』ですが、それは読んでお判りのように、その『供述調書』には書いてありません。河瀬啓介も動機に関しては口を噤《つぐ》むでしょう。ワルが執拗に迫ってくる刑事にキレて衝動的にやった、という線でまとまるでしょう」

口の中が粘つくのは今度は入江の番だった。冷蔵庫のミネラルウォーターを一気飲みして入江は、やっと言葉を発することが出来た。

「……しかし、そんなまとめで君はいいのか？」

「石井を殺した犯人が全員捕まって、きっちり罪に問われれば結構です。警官殺しは普通の殺人より罪が重くなりますしね」

それに、と佐脇は続けた。

「この線での決着なら、ずっと和久井の言いなりだった県警にも傷はつきませんよ。で、どうされます、刑事官殿？　この画像がネットに流れた以上、あんたが私を殺そうが、流れはもう変わりませんよ。それどころか、私の死それ自体が爆弾となって、和久井一人にとどまらず、あんたや県警上層部まで道連れにするでしょうな。いずれにせよ和久井健太郎衆議院議員は、もうおしまいですよ。沈む船には一刻も早く見切りをつける、それがあなた方エリート官僚の生き方とお見受けしましたが」

失脚した和久井を切り捨てれば、佐脇の言う通り、県警には傷はつかない。一方、切り捨てに失敗すれば県警と和久井の癒着《ゆちゃく》が疑われ、一県警にとどまらず、日本の警察システム全体の威信が低下するだろう。永く囁かれてきた「有力政治家と警察の癒着」が表沙汰になってしまうからだ。

「オレはね、こうして真相を知り、犯人が相応の罰を受け、石井の名誉が回復されれば、それでいいんです。職務中に容疑者に殺されたわけだから、石井は二階級特進ですよね？」

「……そういうことだ。石井君は、警部ということになるな」

「ならば、オレは、これ以上、この件について誰にも話しませんよ。義理堅さあってこそのヤクザであり、オマワリですからね」

青白い顔にようやく精気が戻ってきた入江をさらに説得すべく、佐脇は続けた。

「河瀬啓介は、薬物密売にも瀬戸内援交にも絡んでいないので、過失致死と死体遺棄での立件でしょうな。ついでに拓海も引っ張っておきますか。あいつも族のヘッドとして事情を知ってるはずだ」

「……そうしてくれ。この件はきみが担当してくれ。きみの休暇はこれにて終了だ」

入江は右手を佐脇に差し出した。

佐脇も、その手を握って、握手を返した。

「現職代議士が未成年淫行、買春では庇《かば》いようがないな。和久井の離党、議員辞職、政界引退は避けられないだろう。与党としては、代わりを補欠選挙で埋めればいい」

入江は元気が戻ったのか、頭が回転し始めたようだ。

「佐脇君。ひとつこれを我々の美しい友情の始まり、ということにしようじゃないか」

＊

佐脇と入江、両者痛み分けという形で、事態は収拾された。

石井殺しに関する真相が伏せられる代わりに、佐脇の不祥事も不問に付された。

その後、入江は福岡県警に刑事官として横滑り異動していった。

佐脇は同じ鳴海署に居残り、何事もなかったように仕事を再開した。

和久井一族は政界から消えた。

石井の姿だけは永久に戻っては来ないが、それ以外は何も変わらない。変化があったとすれば、栄転を間近にした署長の金子が以前よりいっそう佐脇に気を使い、ほとんど腫れ物に触るような態度になったことくらいか。

「なあ、佐脇君。私が異動して新しい署長が来ても、君のことは本署の、いわば至宝として格別の便宜を図るよう、申し送りをしておくから」

だが佐脇は、別段調子に乗るでもなく、以前と同じようなペースで酒を飲み女を抱き、地元の暴力団から賄賂を取り、マイペースぶりを崩さなかった。

ただ一つ、新しい習慣が出来たことを別にすれば。

月に一度、与路井ダムのほとりにたたずむ男の姿があった。

男はダム湖に酒を注ぎ、夜が更けるまで湖面を見つめると、赤い車に乗り、ふたたび俗塵にまみれた街へと下りてゆくのだった。

この作品はフィクションであり、登場する人物および
団体は、すべて実在するものと一切関係ありません。

悪漢刑事

一〇〇字書評

切り取り線

購買動機（新聞、雑誌名を記入するか、あるいは○をつけてください）

□（　　　　　　　　　　　　）	の広告を見て
□（　　　　　　　　　　　　）	の書評を見て
□ 知人のすすめで	□ タイトルに惹かれて
□ カバーが良かったから	□ 内容が面白そうだから
□ 好きな作家だから	□ 好きな分野の本だから

・最近、最も感銘を受けた作品名をお書き下さい

・あなたのお好きな作家名をお書き下さい

・その他、ご要望がありましたらお書き下さい

住所	〒				
氏名		職業		年齢	
Eメール	※携帯には配信できません		新刊情報等のメール配信を 希望する・しない		

この本の感想を、編集部までお寄せいただけたらありがたく存じます。今後の企画の参考にさせていただきます。Eメールでも結構です。

いただいた「一〇〇字書評」は、新聞・雑誌等に紹介させていただくことがあります。その場合はお礼として特製図書カードを差し上げます。

前ページの原稿用紙に書評をお書きの上、切り取り、左記までお送り下さい。宛先の住所は不要です。

なお、ご記入いただいたお名前、ご住所等は、書評紹介の事前了解、謝礼のお届けのためだけに利用し、そのほかの目的のために利用することはありません。

〒一〇一-八七〇一
祥伝社文庫編集長 坂口芳和
電話 〇三（三二六五）二〇八〇

祥伝社ホームページの「ブックレビュー」からも、書き込めます。
http://www.shodensha.co.jp/bookreview/